Miss deer

[鹿 小 姐 书 系]

小抓狸了解一下

夏离 著

廣東旅游出版社
GUANGDONG TRAVEL & TOURISM PRESS
中国 · 广州

图书在版编目（CIP）数据

小狐狸了解一下 / 夏离著. —广州：广东旅游出版社，2018.11

ISBN 978-7-5570-1515-2

Ⅰ. ①小… Ⅱ. ①夏… Ⅲ. ①长篇小说—中国—当代 Ⅳ. ①I247.5

中国版本图书馆CIP数据核字（2018）第216526号

出　　品：大周互娱
出 版 人：刘志松
总 监 制：杨翔森　曾筱佳
责任编辑：黄文健
特约编辑：周　璇　陈玉洁
封面设计：周　丽
版式设计：李映龙
封面绘制：符　殊

小狐狸了解一下

XIAO HULI LIAOJIE YI XIA

广东旅游出版社出版发行
（广州市环市东路338号银政大厦西楼12楼　邮编：510180）
广东旅游出版社图书网
www.tourpress.cn
邮购地址：广州市环市东路338号银政大厦西楼12楼
联系电话：020-87347732　邮编：510180
长沙鸿安印刷有限公司
（地址：长沙市岳麓区莲花镇五丰村）
880毫米×1230毫米　32开　9印张　259千字
2018年11月第1版第1次印刷
定价：34.80元

本书如有错页倒装等质量问题，请直接与印刷厂联系换书。

目录 MU LU

目录 MU LU

第一章

那个粗暴的男人

“十、九、八、七、六、五、四、三……”

顾笙在心里默默倒数，小巧白皙的面容紧绷着，视线紧盯着后视镜里那辆白色宝马。她减速，它也减速；她转弯，它也转弯；就连她猛打方向盘倒转岔路，它也紧随其后。

坐在一旁的周琦从后视镜里看到，一边打量自己新做的美甲，一边忍不住啧啧感慨：“这林恒，是存心跟你过不去了啊。”

“你说说，这两天，光坐在你的副驾驶座上，我看他没跟十回也有八回了，这不又来了，你到底怎么想的？”

“我？”顾笙无奈地叹了口气，瞥了眼周琦妩媚成熟的波浪大卷，又看了眼自己清汤挂面似的黑长直，十分自觉地打了个寒战，“林恒那种吊儿郎当的富二代，追我也就图个一时新鲜，你没看他以前那些女友，要胸有胸要屁股有屁股，我哪儿降得住他？何况，我对他也没什么感觉。”

说着，顾笙瞄了眼后视镜里还在尾随的汽车，渐渐拢起眉心。

如果再不想办法甩开林恒，她一会儿的生意肯定要泡汤。这一单报酬颇丰，抵得上她三个月的收入了，绝不能让他坏了事儿。

想到这儿，顾笙手一顿，视线掠过后视镜里狭窄拥挤的隔离带，心里忽然有了主意。她拍了拍周琦的肩膀，狡黠一笑："姐们儿，安全带系好了啊。"

周琦感觉不妙。

上次顾笙这么笑过之后，那名百般纠缠的雇主可是直接被她深夜扮鬼的模样吓进了医院。

那一脸惨白的惊恐，她到现在都还记得。

她心头一悬："我说姑奶奶，你又想……"

可她话还没说完，顾笙已经扭转方向盘，干脆利落地踩下了刹车。

车猛然停下，耳畔响起刺耳的摩擦声，身后的宝马被这突如其来的变故逼停，卡在隔离带上，寸步难行。

林恒下了车，看着被自己碰得七零八碎的保险杠，一脸蒙。

而奸计得逞的肇事者早就发动车子飞驰而去，一溜烟儿不见了踪影，只余残留的尾气在空气里飘荡，久久不散。

甩开碍眼的尾巴后，顾笙心情愉悦，周琦却揪着安全带后怕，恨不能戳醒这个顽劣少女。

"你知不知道刚才有多危险？万一闹出人命怎么办？"

"放心吧，距离我都目测好了，林恒绝对好好的。"

说着，她打了个响指停了车，招呼周琦换驾驶座："你来开，我得换衣服，快没时间了。"

天色渐晚，窗外小雨淅淅沥沥下个不停。

她从驾驶座下来后，钻进被放平的车后座，开始换衣打扮。

白T恤，不要。

平底鞋，不要。

牛仔裤，也不要。

她拆开崭新的包装袋，抖一件月白色抹胸晚礼服，褪去黑色蕾丝内衣，贴上乳白色胸贴，动作麻利地从头到脚套了进去。

不几秒，狡黠灵动的女汉子就摇身一变，成了一位贤淑曼丽的翩翩佳人。

一袭长裙拖曳在地，白中带蓝的抹胸裙将纤细的腰身勾勒完美，若不论身高，只看凹凸有致的身材和明眸皓齿的眉眼，顾笙也算一个大美人。

只可惜……

她看了眼自己只到长裙三分之二处的小短腿，幽幽叹了口气，活像遭人抛弃的小怨妇。

155啊155，放在微博上那都是半残疾人士。

周琦面无表情地翻了个白眼，从副驾驶座丢过来一双带防水台的细高跟，显然对她的自怨自艾已经司空见惯。

“别看了，你就算盯出个洞来，155也不会变成165。”

顾笙生无可恋地看着她：“周琦，你好烦。”

可回应她的只有一根竖起的中指。

好像自18岁把顾笙从马路牙子上带回家开始，她就一直这样刀子嘴豆腐心，毒舌又犀利。明明她也还是个和顾笙一样大的学生，却既成熟又光芒四射。

她会为顾笙解决问题，在顾笙深夜痛哭时默默转身给她一个拥抱，就连顾笙现在这份职业冒牌师的工作，都是周琦推荐才应聘成功的。

车子停到希尔顿酒店门口。

从回忆里抽出思绪，顾笙换上那双恨天高，扶着周琦的胳膊下了车。职业冒牌师，顾名思义，就是在不同的场合下冒充不同身份的人，替雇主参加一些无关紧要的高端工作宴会。

顾笙今天要参加的，是一场古董交流大会。

进入会场前，周琦从手提包里递给她一张邀请函，卡片落款处龙飞凤舞写着陆氏集团总经理卢月清的名字。

交流会设在酒店三楼大厅。

顾笙进去时，晚宴已经开始。

圆形吊顶下的水晶灯照亮了整个会场，璀璨华丽的光芒映照着舞池里觥筹交错的酒杯和翩翩起舞的身影，她深吸了口气，稳住大半码的高跟鞋，姿态优雅地向里面走去。

进了会场，顾笙端了杯酒，一边走，一边挨着大厅周边的卡座看过去，寻找自己的任务目标。

她要找的，是一个叫李子明的中年男人。

这个李子明，是陆氏集团想要接洽的合作对象，这次除了应付性出席交流会之外，雇主还要求顾笙先探一探李子明的底，看看他到底有多少合作的诚意。

陆氏集团是本市数一数二的知名企业，以珠宝和钻石称霸商界，最近不知怎么了，忽然把目光放在了古董收藏这一块。

听说李子明懂收藏，知古董，唯独没有商业运营的能力，最近多家珠宝公司都在拉拢他。

难怪陆氏集团的人也会着急。

视线转了几圈以后，顾笙晃了晃杯中殷红的液体，终于锁定目标。她单手理了理衣服上的皱褶，又对着红酒杯照了照，确定自己看起来妆容得体，这才走过去。

“李总您好，我是陆氏集团的公关经理，久仰大名。”她弯腰，微笑着伸手，卡座上的男人却敷衍地一笑，并没有起身回应的意思。

“是卢经理？来，坐下聊。”李子明打量她几秒，夹着雪茄的手指了指对面的沙发，态度有点微妙。

顾笙应声上前落座，却忍不住腹诽：这个李子明，公司都要被收购了还这么爱端架子。万一今天来的不是她，是真正的卢月清，恐怕这桩生意要完了。

可腹诽归腹诽，表面功夫还是要做好。

顾笙按照事先调查好的，跟李子明聊了聊最近的收藏时局，又说起自家小时候收藏过一对南宋官窑的青釉八方弦文盘口瓶。

听到古董，李子明果然来了兴趣。

“南宋的青釉？”

顾笙心中得意，面上却不好意思地笑了笑：“是啊，说是祖上传下来的，我其实不大懂，都是小时候听父母在耳边念叨才有点印象。

“不过南宋的青釉我倒很喜欢。釉色优雅，釉层肥腴莹润、浑朴滋润、厚而晶亮，一部分呈乳浊状，带有酥油光，质感上追求璞玉的效果，玉质感很强，与‘做旧’后的乌光质感完全不同。不知李总您更喜欢哪一种？”

“我和你喜欢同一种。

“没想到卢经理年纪轻轻，懂的倒是不少。”

一番分析下来，李子明的微妙轻视果然不见，态度来了个一百八十度大转弯。顾笙心中一喜，正想提合作的事情，眼角余光却看到一个身姿挺拔的男人正从远处走过来。

看到她，他似乎挑眉笑了笑。

那笑容意味深长，让她心里有点发慌。

时间回到几分钟前。

顾笙坐下后，李子明聊天敷衍，怎么都不愿意多谈。为了打破这个僵局，顾笙去洗手间给周琦打了一个电话，让她帮忙查一查他的喜好，顺便把南宋青釉相关的赏析资料发个信息过来，供她交谈使用。

可她没想到，刚挂了周琦的电话走出洗手间，就看到一个面容俊朗但右额上有一道浅浅疤痕的陌生男人靠在洗手台上抽烟。

她们的对话内容，被他一字不差地听进了耳朵里。

什么冒充总经理……

什么南宋青釉……

顾笙真想抽自己两个大嘴巴！

可还好，她也看到了他一个小秘密。

离开匆匆，顾笙踮起脚，“贴心”地替男人掸了下袖子上的烟灰，一双眼睛似月牙弯弯：“放心吧，只要你帮我保守秘密，我也一定不会卖了你。”

她做这一切的时候，男人都眉眼淡然地沉默着，仿佛达成了一致。可现在看起来，并不是这样的。

李子明还在絮絮叨叨，顾笙却渐渐攥紧了手。

这个男人过来是想干什么？

揭穿自己冒充卢月清的身份吗？

还是想卖李子明一个人情？

如果事情被揭穿，她该怎么面对李子明？又该怎么跟雇主交代？

顾笙心脏怦怦直跳，大脑飞速旋转着，应付对面的闲谈也显得有些心不在焉，几次答非所问。

李子明疑惑："卢经理怎么了？身体不舒服吗？"

"没有不舒服。"顾笙掐了掐掌心，僵硬着嘴角扯出一个笑容，"就是坐久了觉得有点儿热。李总您不觉得吗？要不我们去跳个舞走动走动吧。"

说着，她站起身，想拉着李子明离开卡座，可手还没伸过去，就被附近一个李子明认识的人拦下了。

两人打着招呼闲聊，迟迟不肯离开座位，身后的男人却越走越近，眼看就要走到李子明面前。

顾笙太阳穴突突直跳，情急之下，她倒退几步挡住了他。她紧蹙着眉，手伸到背后紧紧拽住男人的衣角，不让他继续往前。

她压低嗓音质问他："你到底想干吗？你这样乱来，就不怕我把你的秘密也公之于众吗？"

驰未深却面色淡定地挑了挑眉，低头看着她："什么秘密？这个？"

熙攘人群中，他垂在身侧的另一只手掌伸到她面前，悄无声息翻转过来，上面赫然躺着一枚色泽暗哑的微型窃听器。

顾笙不久前撞见的，正是他想往一个胖男人身上安装窃听器却未能得手的画面。可现在他竟然对她的威胁毫不在意。

她心里猛一沉，脑子乱哄哄的，一时竟不知还能说些什么。这时，李子明好像聊完了，开始喊她："卢经理，走吧，去跳舞。"

他目光灼灼，神色似有疑惑。

她僵在原地，一时进退两难，额头沁出细密的汗珠。

顾笙用力掐了掐自己的掌心保持镇定，正想着说些什么先支开李子明，身后的男人就语速极快地开了口："听着，我并没想揭穿你，我只是需要你的帮助。之前我已经错过最佳时机，现在只能由你跳舞的时候帮我把窃听器放到胖男人身上。"

"我凭什么相信你，你已经毁约一次了。"

"你可以不信。"驰未深没什么温度地笑了笑，"但我失败了，就会一口咬定你是我同伙，到时候吃牢饭有个人陪着也不错。"

说着，他强行掰开她的手，把窃听器塞进她的掌心，推了她一把。

"快去吧，人家还等着呢。"

他的嗓音低沉悦耳，如冷冷秋风扫过落叶，沉澈而掷地有声，却带着十足的威胁。

顾笙步步向前，却能感觉到身后的男人始终亦步亦趋，站在离她不到一米的地方。她提着一颗心，进入舞池之后，目光便追寻在胖男人身上。

那胖男人完全不知自己已经被盯上，还在跟美女搭讪揩油，时不时讲个段子逗美女开心。顾笙不能动作太明显，只能一边跟李子明跳舞，一边趁着大幅度转圈的机会往那儿挪。

一点一点，她终于挪到胖男人身边，趁着舞池灯光黑暗，想伸手把棱角锐利的窃听器装到他耳后或手臂上，却没有注意到，他们已经离门口的保镖越来越近。

她按照驰未深说的，将窃听器紧贴胖男人的皮肤往里摁，他说轻轻一摁就能镶嵌进去。可不知是手生还是掌心有汗太滑，顾笙心一慌，竟然失手了。

胖男人感觉到刺痛，惊呼一声："什么东西？！"

顾笙心里咯噔一下，舞池的灯光瞬间变亮，此时只要有人低头，她脚下的窃听器就会暴露无遗。

完了！

她心生绝望，这时才看到门口的保镖离这里只有十几米的距离，听到骚乱，立刻打算过来查看。如果被保镖抓住，报了警，那非法安装窃听器材的罪名可不小。

李子明不知道发生了什么，还问了她一句：“卢经理？”

顾笙脸色有些发白，整个人已经慌了。

就在事态快要失去控制时，她身后忽然响起一道熟悉又陌生的声音。

“卢经理？”

那人轻笑一声，穿过人群走了进来。

“我怎么记得，陆氏集团的卢总经理不长这样呢？这位小姐怕不是跟人介绍错了姓名？”

是驰未深。

他晃动酒杯跟李子明打了个招呼，眼含浅笑地看着只到自己肩头的少女，说话的语气漫不经心，内容却如一道惊雷，骤然炸裂在人声鼎沸的宴会里。

一瞬的鸦雀无声后，周遭议论纷纷。

“我也见过卢经理一次，的确不太像了……”

“不是听说卢经理已经三十多岁了？她看着也不像啊……”

短短几秒钟，胖男人的惊呼就被淹没在人群的议论里，所有目光都集中到了顾笙身上。她脸上火辣辣的，又气又恼，却在对上驰未深微皱的眉头和沉静如水的目光时，忽然明白。

他这是在走下下之策。

转移注意力，暗度陈仓，用一个看似爆炸性的谎言来掩盖可能发生的更严重的后果。和被抓进监狱来说，揭穿谎言遭人唾骂的确更划算一点儿。

顾笙紧咬着下唇，看着驰未深一边扔下炸雷，一边趁乱捡起地上的窃听器，不动声色地靠近那个也开始八卦的胖男人。

门口的保镖和保安都快要过来，李子明已经变了脸，目光咄咄地望过来，声音里怒意如火。

“卢经理不打算解释解释吗？什么叫之前不长这样？！”

说着，他按铃叫了保安。

“我……李总您先别急啊，您听我解释……”

顾笙一边安抚处在暴怒边缘的李子明，一边绞尽脑汁想办法拖延时间。

她不知道，这个男人到底是怎么做到现在还想着去装窃听器的？难道现在不该先带着她跑吗？可他们现在已经成了一根绳上的蚂蚱，他还在执拗地行动，她也不能放任不管。

驰未深显然也早就想到了这点，继续看着她说："这位小姐还想解释什么？

"如果你还是不肯承认，不如就让大家问你几个关于陆氏集团投资方向的问题，看看你能不能回答出来。能答上，那就当我记错了。

"答不上，那你是不是假的卢经理不就一目了然了？"

他继续往她这里引着火，人却已经到了胖男人身边。

周围人问的问题顾笙当然一个都答不上。

局面分外难堪又剑拔弩张。

看了看驰未深快要得手的动作，又看了眼已经被气得头顶冒烟的李子明，顾笙一咬牙，一跺脚，迅速做出决定。

下一秒，议论纷纷的大厅里，只见穿月白色抹胸长裙的少女瞬间变换脸色，哭得梨花带雨。

"李总，您大人有大量，就原谅我这一回吧……"

"我发誓，我之前跟您说的那些话都是真的，我是听别人说了您在古董界的地位，心生仰慕，实在好奇得厉害，这才找人买了邀请函混进来的……"

"这姑娘，看着年纪挺小的，怎么一点儿分寸都没有。"

"是啊是啊，我一开始还以为陆氏集团又招聘了新的公关经理呢……真是人不可貌相。"

赶来清理闲杂人等的保安近在眼前，顾笙见状哭得更加凄惨，直到眼角余光看到驰未深准确地将窃听器塞进那人的上衣内兜，这才渐渐止住。

而驰未深显然对这个临时搭档的乖巧配合十分满意。

微暗的灯光下，他棱角分明的侧脸宛如白雪覆盖的巍峨山脉。

冷，且硬。

顾笙分明看见，他穿过人群走向自己时，深邃的眼底有笑意一闪而过。

她听到自己扑通扑通的心跳声，仿佛冰雪逢春融化，又似枯木绽放新芽，衬得整个世界都明亮了许多。

李子明看着眼前蒙骗了自己的少女，火冒三丈，哪里还生得出什么怜香惜玉之心。

看到保安过来，立刻厉声道："抓住这个骗子！别让她跑了！"

顾笙被喊醒，见状要逃，却被稳步路过的驰未深紧紧攥住掌心，在众人还没反应过来之前，就牵着她的手向二楼试衣间拔腿狂奔。

"跟紧我！"

她抿紧嘴唇，一边跟他跑，一边踹掉脚下的恨天高，像一尾灵活的鱼儿，转眼便消失在人群之中。

"我朋友离开前在二楼厕所储物间的窗口挂了攀岩绳，如果你没有其他办法，我们可以去那儿看看。"

"不用！"

驰未深偏头看了眼少女俏丽沉静的眉眼，有些意外她慌乱过后的镇定，又看到她力气疲乏，索性像拎小鸡一样，揪着颈带把她拎过最后两级台阶，推开试衣间的门，将追来的保安锁在门外。

他的手臂修长有力，肌肉的弧度恰到好处，高大笔直的身形如一棵白杨，挺拔而健硕。

一股被羞辱的恼怒油然而生，可顾笙根本来不及仰头算账，就已经被他拦腰抱起，推开试衣间的窗户直接跳了下去。

窗户下面是游泳池。落入水底时，顾笙清晰地感觉到一双宽厚的手掌抚上了她的大腿根。

酥酥麻麻的触感，令她从脚趾红到头顶。

然而驰未深并没有让她多想太久。

他摸索着找到她过长的裙摆，双手微微用力，刺啦一声撕开了曳地的晚礼服。长裙变短裙，腿上的重坠感瞬间消失。

在保安寻找过来之前，他们相互帮忙逃出游泳池，躲进了酒店后的一片小花园。

花园里草木茂盛，各色花朵鲜艳绽放，只有一小块地方种着拥簇成团的蜀葵。

黑夜里，两具湿漉漉的身体紧紧相依，藏在一人高的蜀葵丛里。

顾笙靠在驰未深宽阔坚硬的胸膛上，听着他灼热有力的心跳声，觉得这一夜过得实在惊心动魄，可她此时竟然不觉得气恼。

僵硬半晌，她忽然下意识地捂了捂自己胸前的唯美风光，却听到头顶传来低笑。

“别捂了，早看光了。”

“你！”她怒目相视，他却有些无奈，伸手比了比俩人的身高差，“长夜漫漫，我总不能一直仰着头。”

那一刻，他眼底波澜微动，漆黑深邃的眼睛仿佛沁了清浅的月光，一直蜿蜒到顾笙心底。

如雨滴打在窗户玻璃上的淅沥之声，如屋檐下失重飞过的鸟雀。

她的心，在这转瞬即逝的对望里，忽然失衡。

“那然后呢？”周琦吃着薯片，眼泛绿光地盯着顾笙，“你们就没有发生点儿什么干柴烈火的邂逅吗？”

“想什么呢你。”顾笙无奈地将她蓬松的卷发头摁远了点，顺手拽下她鼻梁上的夜光眼镜扔出去，“你以后能不能别戴这种稀奇古怪的玩意儿了？大晚上怪吓人的。”

“哎，我的姑奶奶，你怎么比我们学院那个老教授还烦人。”周琦一边抱怨，一边又爬到沙发尽头捡回自己的眼镜，“不过人家那么帅，你就真的一点儿想法都没有？”

“照我对你的了解来说，不应该啊。”

顾笙正在剪着指甲，闻言撇嘴看她：“什么不应该？”

“不应该不春心萌动呀。”

“你想想，不说你以前喜欢的男明星，就说你最近看言情小说里的男主，哪个不是这种很帅很有男人味的？”

“而且最重要的一点，”周琦坏笑两声看着她，“你以前可从来不屑在我面前讲那些偶遇的小男生。”

“这就充分说明，昨晚遇到的那个男人在你心里不一般。

“看来我们的小尼姑终于要春心萌动了，我竟然有种自家猪终于学会拱白菜的自豪感？

“哎哎哎姑奶奶你别打人啊！我错了我错了，我不该说你是猪，你才是那朵水灵灵的小白菜！”

……

和周琦打闹的间隙，顾笙忽然想起昨晚回家前的最后一幕。

那时酒店三楼的晚宴已经结束，保安也放弃继续寻人，他们从酒店后面的花园里出来，走到路边等车。

一番折腾后，她的长发被揉得乱七八糟，抹胸长裙也被撕得七零八碎，只剩上半身和大腿根以上的重要部位被堪堪遮住。

冷风一吹，她下意识地缩了缩肩膀。幸好身边的男人还算绅士，把自己的西装外套脱下来递给了她。

出租车停到身边，顾笙习惯性打开后车门钻了进去。

她想，他应该会送自己回去吧？毕竟都这么晚了……

可驰未深走到副驾驶座跟司机交谈了两句，又回来了。面对她疑惑的神色，他弯腰揶揄：“怎么，你不会以为我还要送你回家吧？”

嗯？

顾笙呆了下。

等她反应过来时，车子已经在驰未深的示意下开出老远，后车窗只剩他不近人情的背影和被雨淋湿的路面，渐行渐远。

……

“陆氏集团那边怎么办？”

虽然顾笙在出事的第一时间撇清了陆氏集团和她的雇佣关系，但这一单她的失误太明显，被其他雇主知道，难免会影响以后的工作。

说好听点，职业冒牌师是互惠互利，应需而生。说难听点，它就是生存在灰色边缘夹缝中的一个职业，不受法律保护，不被常人所知，行内人数寥寥可数，一有风吹草动便会传得沸沸扬扬。

周琦替她担心也正常。

顾笙拧眉想了会儿，她交了这个月房租，又用手机操作，退掉了账户里昨晚刚进账的一笔订金，按合同上的违约条例给陆氏集团的负责人发去信息，表示愿为此事负全责。

可从昨晚出事到现在，无论她用什么方式联系陆氏集团的负责人，那边都毫无反应。

周琦安慰她：“说不定人家大企业，看不上你那点儿赔偿金呢。”

说得也是。

反正横竖都是一死，早晚不都一样。

想到这儿，顾笙收起手机，跟周琦道过晚安后，转身进了自己的卧室。她的卧室在二楼走廊右侧，门前摆了一盆一人高的小橘树，万绿丛中点缀着屈指可数的几颗黄色小脑袋，羞答答地垂下来，被月光笼罩得憨态可掬。

只有树下的花盆透着年岁久远的陈旧。

一如她放在桌上快要翻烂的那本《新闻学概论》。

这一夜，顾笙又梦到了从前。

梦里是18岁的自己。

那一年，一场突如其来的大病带走了相依为命的奶奶。替奶奶操办过丧礼之后，她乘火车南下，来到栾川，想要投奔姑姑一家，却被小区物业告知，根本没有这样一家人。

那时她已经花光了所有积蓄。

万念俱灰之际，顾笙想到了偷。

如果能偷到一点钱，她就可以吃顿饱饭，睡个好觉，明天或许还能去外面找份包吃住的工作，好好生活下去。

想到公园里寒冷如冰的长椅，和已经被饿得绞痛的胃部，她咬了咬牙，把目光放到了一家人来人往的快餐店。

快餐店是开放式的，不用点餐也可以进去休息。她在门口等了很久，直到看见一个打扮得精致漂亮的成熟女生走过来，才跟在她身后进了快餐店。

女生浑身上下都是名牌，看起来非富即贵。

可最终，顾笙改变了策略。

跟着那个漂亮女生进入快餐店洗手间后，顾笙伸手拽住她，用一把莫须有的“匕首”——从兜里掏出一个扁平的烟盒——抵在她腰间，色厉内荏地道：“麻烦掏一百块钱买了它。”

周琦先是被吓了一跳，可当她感觉到身后那把“匕首”的不对劲儿，又看到镜子里少女微微颤抖的双臂和冷汗淋漓的额头时，好像忽然明白了些什么。

“如果我不买呢？”

顾笙紧绷着稚嫩的眉眼，努力装出一副凶狠的样子：“你最好配合点！如果不听我的，我也不知道下一步会做些什么！”

她是真的不知道，心慌，却努力维持着表面的狠厉。

周琦没有急着给她钱，而是漫不经心地摆弄了下自己时髦的卷发，低头看了眼她掌心明显捡来的烟盒，有些不解：“你明明可以从我包里偷钱，为什么还要多此一举？”

“这样你良心上会更过得去一些？”

镜中少女紧抿着苍白的唇，沉默半晌才说：“从法律上来讲，盗窃比强买强卖的性质恶劣很多，如果不小心被发现，我宁愿选择风险小的那一个。”

嘿，有勇有谋，这姑娘还挺有魄力啊。

就这样，周琦把顾笙带回了家。

她家是一栋二层复式小楼房，房间装修简洁大气，却冷冰冰没有人气。

周琦有一个多情的母亲和一个花心招摇的父亲，他们在国外忙于自己多彩斑斓的生活，除了定时打点钱过来，几乎没有工夫过问她的生活。

那时顾笙才明白她说的，“咱俩算是没娘的孩子凑一块取暖了”。

这世上，总有这样或那样同病相怜的人走进一个圈子共同生活。

顾笙和周琦便是其中两个。

在手机铃响起的瞬间梦境戛然而止。

熟悉的音乐，熟悉的旋律，顾笙被吵醒，迷迷糊糊从枕头下抽出手机，摁了接听键。

“喂……”

“喂，您好？请问是顾笙顾小姐吗？”

职业化的女声，一秒就把顾笙从憋屈的起床气里震醒。

残存的记忆里，会用这种语气跟她讲话的，就只有陆氏集团那边的负责人了。她从床上翻身坐起来，心脏高高悬起。

“我是顾笙。”

“贵公司的索赔方案……出来了？”想起自己银行卡上为数不多的余额，顾笙轻呼了口气。

电话那头的人对她的忐忑毫无察觉，语气依旧机械而公事公办。

“是这样的顾小姐，我们考虑到日后还要跟李总继续合作，因此想暂时聘请你到我们公司来上班。”

上班吗？

这跟预想的不太一样啊……

她眨了眨眼，转念一想，试探着询问：“那合同上的违约金？”

“这个您不必担心，只要您好好配合公司签下李总这单生意，我们经理不仅不会向您索赔，还会支付您一定数额的报酬作为聘用工资。”

竟然还有这种美事儿！

真是塞翁失马焉知非福啊！

她心里一乐，爽快地答应下来。

挂了电话的第一时间，顾笙便哼着小曲儿，美滋滋地发了一条微博动态。动态发出去没几秒，隔壁卧室响起咚咚的敲墙声。

“你捡着钱了？这么高兴。”

她拉开浅白色落地窗帘，露出一口小白牙：“这可比捡钱幸运多了！”

陆氏集团是本市知名企业，如果能进去工作一段时间，不论长短，对顾笙来说都是件好事儿。万一以后她想转行，也有了一份能拿得上台面的正式履历。

周琦显然也想到了这一点。

“那我下午听完课陪你一起去逛街。”

“去买两套职业装，高跟鞋和手提包。”

“第一次去上班，装备好歹不能落下。”

如果要一起出门逛街，顾笙就得先陪周琦听完上午的课。

出门前，她放下披肩长发，换上一身白衬衫牛仔裙，再从一排高跟鞋里挑出一双坡跟松糕凉鞋穿上，摇身一变，就成了十八岁的清爽小学妹。

学校坐落在栾川市中心，是一所艺术类院校，周琦是新闻系大四的学生，临近毕业，为了让学生能拿出像样的毕业作品，学校特地组织了一个学期种类不同的“正在消失的中国传统艺术文化”的特别讲座，供他们参考学习。

今天这一场，是关于骨扇工艺的。

“骨扇？”

顾笙起了好奇心。

这样古色古香的工艺品，她以前只在电视里看到过，没想到今天竟然能够亲眼看到。

“一会儿到了你就知道了。”不等她再问，周琦便神秘一笑，低头看了眼手表，“时间不多了，我们得快点。”

“可讲座不十一点才开始吗？”

现在才十点啊……

顾笙被这紧张兮兮的气氛弄得莫名其妙。等她跟着周琦找到讲堂时，才终于明白她说的时间不够是什么意思。

此时，偌大的讲堂已经被黑压压的人头占领了，其中百分之八十都是女生，个个打扮得花枝招展靓丽逼人，甚至有人还当场化起了桃花妆。她们脸上的雀跃之情溢于言表，讲堂里兴奋的窃窃私语声也从未间断。

顾笙有点被雷到：“这不就是一个讲座吗？为什么搞得像场相亲大会？”

“你还别说，这里几乎所有的女生都是为了见帅哥才来的。”说着，周琦露出招牌式的八卦笑容，打开手机递给她，“喏，你瞅瞅。”

瞅？

顾笙接过她打开的相册一张张滑动。

风景，风景，古韵十足的工艺品小店，碧玉精致的条条扇骨，还有一个身姿挺拔的背影。

这个背影……似乎有些眼熟？

顾笙的视线落在那人捏着扇骨被特写放大的手上，正要继续滑动屏幕往下翻看，讲堂前面就传来一阵带着小声惊叹的骚动，连平时淡定的周琦也忍不住用胳膊肘捅了她几下，催促道：“快看快看！”

“看什么、看……”

她疑惑的尾音最终停顿在那张熟悉的眉眼上。

竟然是他！

那个在酒店里胁迫顾笙，还撕破她晚礼服的陌生男人。

此时他正侧身站在教室门口，神色淡淡地跟对面的老师沟通着什么。

不同于那夜的不羁，今天他穿了一件白衬衫，袖子微微挽起，露出流畅的手臂肌肉，衬衣扣子解开一个，修饰着挺拔的身姿线条，禁欲又不显得刻板。

锋利如刀的侧脸轮廓，透出几许冷硬的俊朗，光是站在那里，就像一幅油画，带着致命的诱惑。

难怪阅人无数的艺校美女们也会春心荡漾。

顾笙听着旁边的女生叽叽喳喳地跟朋友科普：“我跟你们讲，这驰老板不仅帅气多金，男人味爆棚，更重要的是他坚守底线啊！他们家多年以前就是做骨扇生意的，绝密制方传承到现在，做出的每一把骨扇都价值不菲。”

“光说今年，市内几家知名的珠宝企业开出天价报酬，想在传统工艺品上分一杯羹，驰老板都没有答应，说是不想毁了骨扇精良的制作和口碑。”

“还有这场讲座，校长三顾茅庐才把他从骨扇店请出来，听说一会儿还要带我们去参观骨扇店呢！”

说着，女生捧着花痴脸看着台上男人完美的侧脸。

顾笙却听得有些烦躁。

好不容易碰见一个她感兴趣的男人，结果对方条件还这么好……这还让她怎么有勇气下手?

有的人遇见爱情会一往直前，有的人却会自卑退缩。

顾笙是后者。

她越想越沮丧，越想心越凉，眼角余光瞥见近在咫尺的教室后门，想，要不走吧?趁没人注意偷偷溜出去，眼不见心不烦。

殊不知，一道沉静锐利的目光已经从讲台上扫了过来。

从踏进教室开始，驰未深就看到了趴在教室最后一排的顾笙。她长得实在娇小玲珑，卡在一群长腿美女中间，想不注意都难，可她的打扮又和寻常学生无异。

他忽然发现，这丫头不仅灵动多变，还极其擅长伪装。不论什么环境下遇到，你都会看到一个与之相配的角色，不会感到突兀，也不会显得格格不入。

像一只……千面小狐狸?

有点儿意思。

驰未深手上的动作顿了顿，漆黑的眼眸闪过一丝不易察觉的波澜。

在顾笙够到门把手，即将奔赴自由的瞬间，讲台上传来一道淡淡的嗓音。

“上来帮个忙。”

他的声音清清冷冷，不容置疑，带着沉沉的分量，径直压到顾笙身上。

溜走计划泡汤，利箭一样的目光齐刷刷地看了过来。

疑惑有之，嫉妒有之，不屑亦有之。

周琦碰了碰她肩膀小声道：“怎么回事儿啊？”

“我怎么知道……”

顾笙也一脸茫然。

可驰未深明显没有要放过她的意思。

他略带责备地勾了勾薄唇，语气熟络：“还愣着干什么？”

往讲台上走的时候，顾笙甚至能感觉千万支利箭齐刷刷地往身上戳。带着莫名敌意的窃窃私语很快传进耳朵。只是这一次，讨论的人不是驰未深，而是她自己。

“她谁啊？”

“不知道……校外的吧？”

“跟驰老板很熟的样子，难道是男女朋友？”

“怎么可能！她个子那么矮，腿那么短，长得也不好看，别开玩笑了好不好……”

即便这样，顾笙也听到身后成片的少女心稀里哗啦碎了一地。

讲台上，驰未深一边低声讲解中国骨扇的起源和发展，一边示意她拿起骨扇的每一种制作材料，放到大屏幕的投影仪下。

桌面上放着的十一根剔透如玉的青白色檀木扇骨，扇骨旁边是绫帛制成的精致扇面，扇面上或雕刻着栩栩如生的淡墨山水，或描绘着楚楚动人的古典美女。

“竹制的扇骨分别有玉竹、白竹、棕竹、湘妃竹、佛肚竹等名贵品种。”

“木制的则有紫檀、白檀（檀香）、黄杨、桃丝、鸡翅木、楠木……”

驰未深悦耳的嗓音透过话筒传进耳朵，带了几分嘶哑。

一晃神，顾笙就想起那天夜里他的低笑，带着胸膛的震动，震得她浑身发烫。

现在，这个身形挺拔的男人就站在自己身后。

她感觉自己的心一点点滚烫起来，仿佛有只小鹿在心房里横冲直撞，怦怦怦直想破膛而出。

幸好有其他声音掩饰。

顾笙掐了掐自己雪白的大腿，试图让自己清醒一些。

可偏偏人越怕什么就越来什么。

等她好不容易调整好状态准备继续配合讲课时，驰未深却走到她身后，勾了勾薄唇，揭开桌上的绫帛，取了一根新的扇骨出来。

“你拿错了，楠木的是这根。”他在耳边提醒。

取扇骨时，他没有错开身，而是走到她背后，前身贴着她的后背，一手拦住她拿错扇骨的手，一手取走对的那根，俯身低语的瞬间，轻薄的呼吸喷在耳畔，痒痒的、麻麻的，像春夜的风，灼得人脸红心跳。

虽然只是一瞬间。

可从台下看，刚才暧昧的姿势和驰未深嘴角勾起的宠溺弧度，无不透露出两人不同寻常的关系。

顾笙还没反应过来，就听台下再一次传来窃窃私语。

“看来他们果然关系匪浅……”

“对啊对啊，不然她这样平庸的女生，怎么可能被驰老板一眼看到。”

“真没想到啊，驰老板的审美竟然这么奇怪……”

失望夹杂着仅剩的少女心碎了一地。

顾笙手一顿，扭过头，看到驰未深嘴角微不可察的弧度。

是一种达成目的后的愉悦。

她忽然明白了，先前他为什么要故作熟络地喊住自己。

这个男人，是在利用自己帮他挡学校里的烂桃花。

台下的议论还没有停，悸动的心脏还在怦怦怦鼓动，顾笙低头看了眼脚下的厚底高跟鞋，心上蹿动的火苗却像被一盆冷水瞬间浇灭，寸寸沉寂。

一同沉下去的，还有她暗带欢喜的眉眼。

为自己可笑的心动，也为被利用后的愤怒。可她仍然配合着驰未深讲完了这节课。

课后，醉翁之意不在酒的多数学生匆匆离开，只剩下周琦和少数几个想以骨扇做新闻作品的同学打算一起去骨扇店拍照取材。

顾笙要等周琦去逛街，就必须陪她一起过去。路上，在周琦威逼利诱的八卦下，她坦白了前天偶遇的就是驰未深。

周琦果然一脸惊诧："行啊，没看出来你们竟然这么有缘。"

她笑着撺掇："那你一会儿抽空找他要个联系方式，方便发展。"

顾笙却摇摇头，意外地拒绝了。

"算了吧，反正也没有多喜欢。"

说话间，骨扇店到了。

驰未深的骨扇店开在市中心的繁华路段，店内分三层，一层经商，两层住人，从外面看，三层向阳的一面都装成了防弹落地玻璃窗，玻璃窗内隐约可见生长茂盛的绿色植物。

推开一楼的门，映入眼帘的便是装修清雅的骨扇店。古色古香的桌椅摆件，雕刻精致的木质夹层展台，还有展柜中莹润如玉却样式不尽相同的各色骨扇，再往里面走，竟然还有一间四方的院子藏在骨扇店后。

几人你看看我我看看你，都很好奇。可驰未深却不知去了哪里。

"驰老板不是说除了二三楼不能去，其他地方都可以吗？"

"对啊，我们进去看看吧。"

几人推开后门，刚想仔细看看，就被店内传来的争吵声吸引过去。

原来是客人和店员发生了冲突。

一个瘦弱男生手足无措地站在原地，看着掉在地上摔裂的骨扇和水杯残渣，整个人都蒙了。

道歉的话还没说完，就被女客人一巴掌扇偏了头。

"说句对不起就够啦？你知道这把扇子定金有多贵吗？！"

"怎么回事？"趴在窗户上往里看的女生瞪大了眼。

顾笙抿了抿唇，周琦问她："要不要出去看看？"

"还是别了，我们又没有看到事情的经过，也不是骨扇店的什么人，怎么插手？”

“说得也是。”周琦悻悻收回推门的手。

而店里的矛盾越发升级。

男生被一巴掌打过去后，柜台里的女生不干了，刚要出去阻止女客人，还未来得及，男生便被一把推到了地上，玻璃残渣扎进掌心，瞬间沁出血珠。

女生赶紧过去把他扶起来，护在身后，气得满脸通红，却还是极力保持客气。

“这位女士，您先听我说。”

“听什么听？我事情还多着呢！赶紧让他赔我把骨扇，赔不起就给钱，别磨叽。”

这时男生才反应过来，小声辩解：“不能赔钱给她，是她自己撞上来的。”

这明摆着想碰瓷儿啊。

可女客人不干了。

“谁，谁看到是我主动碰上你的了？你自己看见客人进来不知道躲一躲？”

“赔钱！今儿不赔钱我就不走了！”

那把扇子定金就好几万，客人无赖又耍横，男生急得眼都红了，绝望无助的模样令人心疼。

柜台女生也急了。

看得出她和男生关系很好，被气得不轻，心直口快道：“我看你就是没事儿找事儿！来碰瓷儿的！”

女客人脸上被揭穿的尴尬一闪而过。

随后便是掩盖心虚的虚张声势：“你这小姑娘怎么跟客人说话呢？！谁碰瓷儿了？谁看到了啊？啊？”

正说着驰未深单手插兜，推开玻璃门走了进来。

两个店员脸色复杂地定在原地。

女客人立刻高高昂起下巴。

“驰老板，你们店员撞坏了我的骨扇，不想赔钱，还想颠倒黑白诬陷我，你赶紧过来处理处理！”

驰未深淡漠地看着，想起他在门口看到女客人快步上前撞到男生身上的画面。

她以为没人看到，却没想到驰未深接电话进来晚了，把一切都看了个正着。

女生看到同伴流血的手掌，咬牙辩解道：“她撒谎，明明是她想碰瓷儿没成功，可店里的监控坏了还没修好……”

根本没有证据。

女客人更加肆无忌惮起来：“你看看你看看，现在还不知悔改，这都是些什么员工！”

驰未深把玩着手里的香烟，仿佛觉得聒噪，不耐烦地叩了叩柜台桌面，说：“既然没有监控，怎么证明你说的就是真的？”

女客人瞬间哑口无言。

“这……这……”

“既然你证明不了，那好。”驰未深掸了掸袖口的薄灰，视线扫过带着血色的地面，眼眸沉了几分。

没等女客人再编好说辞，他直接拿起店里的座机拨了门口保安亭的电话。

“我们店里有个胡搅蛮缠的客人，麻烦来两个人拖出去。”

“这么拽？”

周琦下巴都要掉下来了。

顾笙又何尝不是。

反观那女客人，一秒之间天堂地狱，脸色青一阵白一阵，直到被保安拖到门口才挣扎着怒吼：“你们怎么能这样！我要去工商局告你们！”

可驰未深对她的怒吼充耳不闻，仿佛只是在听一只烦人的苍蝇嗡嗡嗡嗡，眉头都没有皱一下，根本没在怕的。

“帅得惨绝人寰啊！”周琦感慨一声，忍不住戳了戳一旁的顾笙，

“真不愧是你看上的男人。”

“别，我可承受不起。”

顾笙撇撇嘴，还记恨着驰未深先前利用她的事情。

“再帅得惨绝人寰又怎样，不拿别人真心当一回事儿的人，不配被人喜欢。”

嘿，这丫头，脾气还挺大。

从窃听器里听到她说的话，驰未深颇为意外地挑了挑眉。

第二章

意外患难

第二天早上七点，顾笙准时被闹钟从梦中叫醒。

她起来时，周琦已经开车离开。餐厅上摆着热气腾腾的豆浆包子和油条，旁边贴着一张字迹清秀的便利贴。

——今天约会，不等你了。

——那祝你约会愉快！

顾笙在微信上回了她的信息，然后洗漱化妆，吃过早饭，拎着新买的手包出了门。

清晨的阳光温柔和煦，头顶偶尔飘下几片娇嫩的绿叶，她走进人行道里，清丽的眉眼被光晕揉开，嘴角带着少有的欢喜，用力吸了吸鼻间清新微凉的空气。

这就是新的开始吗？

她不知道，但看着路边往来的行人，街头卖早点的小摊，还有偶尔跑过脚下的流浪小猫，心里忽然很满足、很宁静。

原来从黑暗里走出来是这种感觉……顾笙盯着路过车窗里的自己看

了几秒，忽然想笑自己矫情，可还没来得及，面前的车窗就缓缓降落，露出一张阳光帅气的俊脸。

“照够了吗？”

林恒变魔术一样出现在她眼前。

一秒惊吓后，顾笙只剩下无语：“你怎么会在这儿？”

“来接你呗。”

“接我？”

她倒退一步，显然对他眼里灼灼的热情不是很受用。

听这口吻，林恒好像一早就知道她今天的行程。难道是周琦透露给他的？不太可能啊……周琦明明知道她不喜欢这个花花大少的……

那会是谁呢？她百思不得其解，林恒却取下墨镜，嘴角露出明晃晃的坏笑：“你确定要继续站在路边等公交？”

他低头看了眼导航仪上的时间，极有把握地捏住她的软肋，一字一句道：“现在是七点四十一。”

而顾笙跟陆氏集团约好的时间是早上八点，在二十六楼人事部报到。她只有十九分钟的时间。

遥远的BRT专用车道转弯处，没有丝毫公交车驶来的迹象。如果再磨叽下去，肯定要迟到了……

抿唇想了几秒后，顾笙到底还是打开后车门坐了上去。

林恒奸计得逞，笑得见牙不见眼，可看到后视镜里她习惯性双手环臂，下巴抵在膝盖上欣赏窗外风景的防备姿态，又不禁无奈。

“我说，能不能别防我跟防贼似的？”

顾笙心情好，懒得搭理他，瞥他一眼，有些好笑：“这还不是你自己造成的？”

“如果第一次见面你没有试图轻薄我，或许我能对你态度正常点。”

那是半年前的一天，顾笙和周琦闲得无聊，去A大附近的一家演艺吧玩。

表演中途，她去了下洗手间，就碰到了和一群富二代少年去酒吧过生日的林恒。

他正在跟一个化着超浓妆的性感少女从舞台下的卡座一路纠缠到洗手间外的走廊里，嘴角叼着烟，一副吊儿郎当的样子，却仍然看得出帅气中带着少年独有的飞扬气息，正是朝气蓬勃的年纪。

少女哭哭啼啼，像是不愿分手。

他却有些不耐烦："我已经告诉过你要分手，就算追过来也没有用。"

"可你之前明明说会爱我一辈子的！"

少女哭花了眼妆，一张精致的鹅蛋脸变成了色彩斑斓的调色盘，泪眼蒙眬中，狼狈又略带期盼，想踮脚去吻林恒，却被他一把推开。

顾笙被这些学生琼瑶式的爱情剧酸倒牙，刚想侧身离开，就被靠在洗手间门口的林恒一把拽过去，单手壁咚到了墙上。

他耸了耸肩，颇为无奈地看着对面撕心裂肺的少女，说："我现在看上她了。"

少女哽咽着抓住他的衣角："可我能改啊……你喜欢她什么我也可以学！"

"不用。"他冷冷地甩开她的手，又低头俯视顾笙，露出两颗小虎牙，嘴角的笑容痞帅飞扬，"美女，配合一下呗？"

配合你妹啊配合。

年纪轻轻不学好。

顾笙忍住翻白眼的冲动，在他俯身亲到她额头的瞬间，微微一笑，用力踩住了他的脚背。

那天她穿了双十厘米的细高跟，一脚踩下去，林恒疼得嗷嗷直叫。临走前，顾笙拍拍他的肩膀，语重心长道："以后还是少看点脑残偶像剧吧。"

回到卡座后，她把这事儿当笑话讲给周琦听。

却没想到他会是周琦认识的学弟……

可顾笙对比自己小的男生确实不来电。

车子开到陆氏集团门口，林恒还不死心，继续尬聊："你就一点儿都不好奇，我为什么会出现在你家楼下吗？"

"嗯，挺好奇的。"顾笙点了点头。

他心头一乐，正想卖个关子说，如果你答应待会约会，我就告诉你。可顾笙早就猜到了他那点小九九，拉开车门，笑眯眯地道："可我懒得问啊。"

说着，她挥了挥手，关上车门转身离开。

她走后，林恒看到后车座上摆放整齐的纸币。

那是她留下的车费。

飞扬的眉眼忽然落寞，他拽了拽衣领，觉得喉咙涩涩的，却一时什么话都说不出来。

原来被喜欢的人拒绝，竟然是这样的感受……

顾笙到陆氏集团的时候，卡了点，刚好八点整。

陆氏集团的华丽比她想象中有过之而无不及，在前台登记完预约信息，等了一会儿后，工作人员指引她上了二十六楼。

卢月清已经等在办公室。她坐在办公桌后，戴一副平光眼镜，长发挽成利落的马尾，身材高挑，形象姣好，严谨又不显呆板，是一个标准的女强人。

见她进来，卢月清抬了抬眼睛，说："顾小姐，我们直入主题吧。"

顾笙点点头："好。"

"那我入职以后，都需要做些什么？"

卢月清翻开办公桌上早就准备好的一个文件夹，伸手递给她："你的工作内容，薪资待遇和其他一切基本信息都落实在了合同里。顾小姐看看，若没什么不满意，签字就能生效。"

顾笙翻开文件夹里的合同，拣重点一页页看过去。

薪资，五百一天，不含报销类费用。工作时间，朝九晚五，周末双休。工作内容，签订李子明的合作单。工作期限，即日起至李子明签约合作的第二天。

保密条款，不能对任何行业相关的人透露合同内容和公司内部机密。

内部机密恐怕她看都看不到吧，何来泄露一说？她没看太明白，但也无所谓。

来之前顾笙已经想好，只要陆氏集团给的薪资在最低预算线上，她就签字。

一天五百，一个月净赚一万五，虽然没有做职业冒牌师赚得多，可这毕竟是个短期工作，她最终的目的只是为了给简历镀层金。

“如果没什么问题，顾小姐就快签吧，签完我们就得去见李总。”

“李子明？”

“没错。”

卢月清揉了揉酸痛的太阳穴，耐心地跟顾笙讲解：“当时为了挽留李总那边的合作机会，我们告诉他，你原本就是公司的特聘顾问，那天偷偷溜进交流会只是因为没有入场资格。”

“等下见了他别说漏嘴。”

“好。”

准备签字的时候，顾笙笔尖一拐，又停了下来。她想到昨晚睡觉前，周琦特地叮嘱她，一定要趁机多争取一些报酬。

“既然他们公司对李子明势在必得，你只要有把握拿下他，多要点报酬算什么。”

“想想你的买房计划，想想你银行卡里可怜的余额，凭自己本事赚钱有什么不好意思的？”

她试探着问：“卢经理，如果我帮贵公司签下李总这一单的话，难道没有额外的提成奖励之类吗？”

显然，卢月清没料到初入职场的顾笙会问这个问题。惊讶一秒后，她笑了笑，眼底是毫不掩饰的轻视：“这个要求是合理的。”

“但是顾小姐，据我所知，你只有高中学历，对古董的研究也并不多。如果只能暂时稳住李总，我们能给你的报酬也只有这么多。这就是你目前的价值。”

果然好相处都是假象。

桌子下，顾笙的掌心因为卢月清刻薄的言语渐渐攥紧。

她想起十分钟前，在大厅等候时，有个女助理走过来问她：“你是应聘什么职位的？”

她皱眉想了几秒，说：“应该是公关职员。”

“应该？”那位女助理皱了皱眉，说话毫不客气，“应聘什么职位都不知道，你是怎么通过简历筛选的？”

顾笙没想到卢月清根本就没有跟她同事打招呼。她想解释，女助理又上下打量了她几眼，说：“那你走吧，你这身高不够。”

“投简历之前没看应聘要求吗？公关部职员身高至少一米六五才行。”

“何况……”她看了眼顾笙手里的简历，语气更加尖锐不屑，仿佛在嘲笑她的不自量力。

“你只有高中学历？”

“高中学历来凑什么热闹，还不够耽误时间的，快走吧！”

说着，女助理指了指不远处的旋转玻璃门，像赶叫花子一样赶她走。

或许是这边动静太大，或许是“高中”“身高”这些词敏感度太高，大厅里等着的好几个应聘者都看了过来，细小的议论和窸窣的笑声像刀子，一下下扎进她心里。

她的视线落在隔壁应聘者手中金光闪闪的履历上，如芒在背，一时难堪到了极点。她僵硬着身子站在敞开的大门前，脸色一阵青一阵白，好半天才让自己镇定下来。

而现在，卢月清和那个女助理又有什么分别？

在她蔑视的目光里，顾笙终于忍无可忍，拍桌而起。

“卢经理，”她紧攥着自己的衣角，尽可能让自己的语气冷静下来，“您知道有一句话叫‘得了便宜还卖乖’吗？”

“说句不好听的，身高不够又怎样？学历不够又怎样？有本事你们别来找我啊。

“别那么看着我，我只是实话实说而已。

“你们一公司的人才，本科生研究生博士生哪个不比我厉害，可你让他们去搞定李子明啊？我高中毕业怎么了？身高不够怎么了？你们不照样得求着我签合同办事儿？！

“我好声好气跟您商量，那是不想闹得太难看！可你们公司要这么喜欢对别人颐指气使随意羞辱，那恕我再难奉陪！这点违约金我还赔得起！你也不用跟我再拿乔！咱们的合作就到此为止！”

说完，她合上桌面的合同，深出了口气，转身就走。

她不是不能接受别人说她的缺点，也不是不理解企业对员工有要求。可谁还不是自己爹妈生的？谁的心不是肉长的？她辛辛苦苦打拼到现在，靠自己的能力被请过来，凭什么还要被人羞辱践踏？

这世上本来就只剩下她一个，她才不会让自己白受委屈。

直到坐上路边拦到的的士，顾笙才发现自己的手在抖。

紧绷的那根弦断裂，眼泪吧嗒吧嗒像自来水一样落下，连她自己也不知道在哭什么，就是觉得委屈，特委屈。

明明是自己赢了，有什么好哭的！

她拿袖子狠狠擦了把眼泪，低头抠掉手机电池，好半天才呼出来憋着的那口气。

回到家，已经下午三点，周琦还没有回来。

顾笙吃了点冰箱里的剩饭，打开手机，看到十多个来自卢月清的未接电话。她没有回拨，而是把手机放到一边，躺到沙发上好好补了个觉。

一觉醒来，周琦也回来了。

不知是不是因为发泄过负面情绪的原因，睡醒以后，她的心情好了很多。但她没有把今天的事告诉周琦，而是又晾了卢月清两天，直到陆氏集团那边实在等不下去，派卢月清和之前那个女助理来找她道歉。

顾笙知道，只要李子明那边没签下来，卢月清就一定还会回来找她。只是没想到会这么快。

其实一开始回到家，顾笙是想彻底丢掉这一单的。可她冷静以后仔细想了想，自己气也出了，态度也表明了，何必跟钱过不去呢？

陆氏集团的待客之道让她心里不爽，那她更要趁机好好宰它一笔，反正她本来也不是什么圣母心泛滥的三好少女。

最终，在原来的报酬基础上，合作以额外附加二十万元的成单奖励为条件达成。签了合同的第二天，顾笙就被陆氏集团派来的人开车送到了一个旅游景点。

原来李子明最近喜欢上了赌玉。

成色上好的玉，一般都藏在有玉脉的深山老林里，只要掏钱报名旅游团，就有专人开车接送他们到达目的地，每三人一组，由资深找玉人带他们在山林里四处寻找。

出发前，顾笙在附近的超市重新购买了一套装备和防身武器。再次见到她，当初怒不可遏的李子明竟然没有一丝尴尬和不适。

他笑着招呼顾笙过去，给她介绍站在自己身边的女人："来小顾，认识一下，这是我夫人。"

"李太太好。"

顾笙压下内心残留的那丝忐忑和尴尬，笑着跟对面的女人打招呼。

李子明快五十岁了，他太太的年龄应该和他差不多，但保养得非常好，看起来优雅知性，和李子明的感情也很好，亏她还买了防狼喷雾。

顾笙感觉自己更尴尬了……

进山的路陡峭而漫长。山路两边怪石嶙峋，半人高的野花杂草成片铺开，时不时还要注意脚下有没有狩猎者布下的陷阱。

为了缓解疲惫，几个人边走边聊天，隔半个小时换一个人在前面仔细探路，免得掉进陷阱。

"小顾今年多大了？家是哪儿的啊？"李太太一边接过李子明递来的擦汗纸巾，分给顾笙两张，一边问道。

顾笙擦了擦额头沁出的热汗，气喘吁吁道："我今年二十二岁，家算是本市的吧。"

"老家没什么人了。"

“是吗？”李太太显得有些惊讶，“那和我们儿子差不多大呢。”

“您儿子多大啊？”顾笙随口问道。

李子明算了算，沧桑的脸上露出几分笑意：“比你小一岁。”

“要是你们认识，说不定会成为很好的朋友，我儿子性格跟你很像。”

“是啊是啊，小顾现在有男朋友吗？”李太太趁机追问。

她觉得这些问题有点奇怪，但还是说：“还没有，我目前没打算恋爱。”

“哦，这样啊。”

李太太显得有些失望。但这失望转瞬就被崎岖道路上的艰险冲散。

走过进山的蜿蜒小路，踏进可能隐藏着玉石的崎岖峡谷，顾笙和其他三人的心都被高高悬起。

收获和付出都是成正比的。

在这场艰险莫测的寻玉活动中，这个道理也同样适用。虽然这片山林已经被人多次开发过，安全措施也极有保障，可他们都还是小心翼翼地走着，找着，生怕一不小心从峡谷上方的铁索桥上掉下去。

连接峡谷两头的铁索桥是由铁索和宽厚的木板拼接而成的，上铁索桥之前，每个人都全副武装，系上了安全绳和求救信号灯。走过去时，顾笙尽可能不往下面看。

她有点儿恐高。

峡谷下方是一条宽阔的河流，一想到万一跌下去就会被卷入河流，不知冲向何方，她的腿就开始抖。

幸好她走的时候李太太一直跟在她身旁。俩人相互搀扶，跟着李子明和那个姓乌的找玉人，竟也安全通过了铁索桥。

可顾笙没想到，就在通过铁索桥，马上到达挖掘玉石的山洞时，她低头系了个鞋带，等抬起头时，其他三人已经不见了。

在高大的灌木丛中，他们走散了。

灌木丛四面荒野，前面的小路崎岖凌乱，偶尔陡峭的地方还有悬崖，顾笙紧绷着神经，小心翼翼地走了很久，都没有找到通往指定山洞的方向。

她迷路了。

不能前进，也无法后退，还要提防脚下会不会忽然窜出毒蛇和野兽。

怪兽嘶鸣般的风声在山谷里幽幽回荡，耳边是令人窒息的沙沙声响，她找得筋疲力尽。就在这时，远处忽然传来窸窣的脚步声。

一瞬的欣喜过后，她的心高高悬起。

会是李子明他们回来找她吗？可如果没记错，方向根本不对啊……

她想起进山前找玉人再三叮嘱，说山里容易碰到劫匪，一定要跟紧他。

窸窣的脚步声越来越近，草木摩擦的声音一下下敲打着顾笙的心脏，她紧紧揪着衣角，浑身的汗毛竖起，胳膊上起了一层鸡皮疙瘩。

踌躇间，她猛地蹲下身，从背包里抽出一把锐利的匕首攥进掌心。

她的视线只剩一人高的草木在晃动。

动时，东西南北的草木都在动。

静时，东西南北的声音都停止。

终于，那人修长有力的腿脚露了出来。

不是熟悉的登山靴。

她的心一沉，身体更加僵硬。

最后，那声音停到了她身边。

顾笙几乎可以感觉到，那双眼睛正居高临下地望着她。

她想起《素媛》里的那个变态校长。

尖锐的指甲快要刺破掌心，草丛被拨开的瞬间，她用尽全力，刺出匕首，想，大不了就同归于尽！

可那人反应明显更快，一躲一闪便钳住她的手腕，反手一拧，就将她牢牢困住！

匕首哐当落地，顾笙还想反抗，却被强制性拎着领子转了个圈。就是这个熟悉的动作，让她忽然松了口气，绝望渐消。

随后的声音更是印证了她的猜想。

"小姑娘家家的，花样还挺多。"

驰未深略感好笑地看着眼前又是新鲜装扮的少女："今天又扮演什么角色？"

"经纪人？

"导游？"

为了让自己看起来更职业，顾笙今天特地化了一个成熟的妆容，戴上平光镜，发梢微卷，脸上点了几颗小雀斑，透着几丝初入职场的乖巧平和。

她的心重重地跌回原处，喘了几口粗气，颇为恼火地看着他，掌心一片汗湿。

"你是不是有毛病？荒郊野外也敢这么吓人？！"

"谁吓你了？"驰未深被她唬得一愣，半晌才舔了舔后槽牙道，"你看看手机，我发了多少条信息，你回了吗？"

顾笙撇撇嘴，拿出手机一看，果然好多条，都是同一个陌生号码发来的。应该是刚才太紧张，根本没注意到手机振动。她有点理亏，不敢继续瞪他，只好低头找其他话题转移注意力。

"那你找我干吗？"

她想了想："不会又想利用我吧？"

这个"又"字，可见怨念颇深。

"做女伴？做女友？还是又想出了别的新花招？"

她拍了拍手上的土，补充道："甭管做什么吧，我已经免费帮了你两次。如果还有下次，请驰老板先补交兼职费，然后再跟我谈。"

驰未深被她怼得闷声失笑，却没有急着回答。他上前一步靠近她，一手摁住她的胳膊，一手拎着她的颈带轻轻松松转了个圈，让她背对自己。

"你干吗？"

他漆黑如潭的眼眸动了动，落在她右边的耳朵上，沉声道："别动。"

他说话总带着似有若无的压迫气息，让人不自觉就乖乖服从。顾笙呆愣在原地，一时搞不懂他葫芦里卖的什么药，可也不敢动。

等了几秒，就感觉有修长的手指触上她的耳垂。

她生来肌肤似雪，吹弹可破。此时在午后的阳光下，小巧的耳垂被晒得玲珑剔透，甚是可爱，甚至还看得见上面细小的绒毛。

驰未深伸出手，漫不经心捻了捻她小巧通红的耳垂，看似不紧不慢，实则指尖在一点点加重力道，粗糙的质感在她的敏感地带揉搓，毫不客气。

她哪里受过这样的撩拨，过电般的触感席卷全身，瞬间面红耳赤，僵在原地，连声音都开始微微颤抖。

“你……你……”

“我？我怎么了？”驰未深挑了挑眉，语气淡淡，明知故问。

顾笙却感觉自己整个人都要傻掉了。眼眶不知怎么就开始发热，她的心脏仿佛一只战鼓，被人敲打的频率越来越快，脑子也乱成一团糨糊，彻底停止转动。

理智告诉她，不该这样……

这个男人一看就是情场老手，要是栽在他手上，肯定会被吃得渣都不剩……

可紊乱的心绪又难以控制。

脑中两个对立的小人厮打得你死我活，不分胜负。她又羞又恼地站在原地，一时不知所措……

驰未深却在下一秒猛然用力，从她耳垂上拽了个什么东西下来。

一阵刺痛过后，顾笙看清他掌心放着的暗灰色窃听器。小小的，很锐利，还带着她耳后温热的鲜血，可当初被装上去的时候，她竟然毫无察觉。

怪不得驰未深能准确找到她。

极速鼓动的心跳平息下来，令人颤抖的心悸却还游走在四肢百骸。她一张小脸红红的，白了青，末了，咬牙切齿地瞪着面前的男人，变得蛮横。

“你给我解释清楚！”

驰未深摸了摸下巴，大约也觉得理亏，从兜里掏出一个创可贴递给她，这才解释："那天在酒店，我其实带了两个窃听器。但原先预想的其中一人没来，为了防止事情败露，就把一个先放到了你身上。"

"后来离开得匆忙，便忘了。"

"那天在学校呢？你为什么不找我取出来？"

嘿，小丫头精明得很啊。

驰未深抿了抿薄唇，漆黑的眼底含了几分浅笑，说："我倒是想，可你怒气冲天的样子，也没给我机会。"

这话倒不假，发现又一次被利用后，顾笙就一直冷脸相对，何况骨扇店后来发生意外，他们根本没有什么时间单独相处。

听了这个解释，她的脸色稍微缓和，气氛也有所回缓。

驰未深捡起掉在地上的匕首，敏锐地观察了下周围被踩得乱七八糟的杂草，很快就猜出她眼下的窘境。

"迷路了？"

顾笙点点头，感受着耳垂阵阵发烫的热度，不太想跟他说话。

小姑娘心思总是多变，驰未深也并没在意。他半蹲下身，从她敞开的背包里找到指南针和地图，稍微观察了几秒，辨别出眼下的方位。

"你要去哪儿？"

"这儿。"她指了指地图上藏着玉石的山洞，"我要去找旅游团的人，在里面会合。"

可说完，又想到什么似的："要不你告诉我怎么走，我自己去好了。"

驰未深挑了挑眉，就听她叹气道："我倒也想有人带路。"

"可上次在酒店揭穿我的人就是你，现在我们一起过去，李子明夫妇看见的话……"

剩下的话不必说明，俩人都懂。上次兼职闹出意外，顾笙和陆氏集团好不容易才给圆回去，稳住了李子明夫妇，如果这次再看到他们在一起，人家会怎么想。

欺骗，愚弄，还是合伙拿人家寻开心？这对顾笙日后促成合作来说，有百害而无一利。

驰未深倒是忽略了这一点。

他意外地看了眼远处曲折蜿蜒的山路，又看了眼神色纠结的少女，很快点头：“行，那你自己去吧。”

嗯？

顾笙一脸黑人问号：这人怎么不按套路出牌啊。

她无语地看着他：“你还真打算让我一个人走？”

“不然呢？”驰未深睥睨她一眼，神色淡淡，从兜里掏出烟盒准备抽烟。

这是他第一次在她面前抽烟。低头，拢火，点烟，指尖燃起淡青色烟雾，朦朦胧胧，将两人的面容模糊成镜花水月。

呛人的烟味就像他不羁的脾性，是她驾驭不了的。顾笙想起初遇那天夜晚，在酒店外，他也一样没有给她继续纠缠的机会。这算不算是一种变相的拒绝呢？

半晌，她收起自己那点跃跃欲试的小心思，蹲到地上收拾好背包，重新背到背上，闷闷道：“没什么。”

不就是一个人找路吗？又不是上刀山下火海，有什么难的。她在心里为自己加油打气，却没看到几米外的草丛扔着一个油光水滑的塑料袋。

她走了没几米，就一脚踩到塑料袋上，直接从草丛右侧的陡峭斜坡滑了下去。

斜坡荆棘丛生，虫蚁密密麻麻，她的身体比大脑反应快一步，在发出求救信号的同时，手忙脚乱地攀住了陡坡上意外生长的一棵老树干。

彼时驰未深正站在原地抽烟。

听到惊呼声，他扔了烟头，大步流星狂奔过来。过来就看到顾笙正死死抱着一棵枯树分开的树杈，犹如一叶扁舟，半个身子孤零零晃荡在半空，手臂和背上的衣服被擦烂一片，陡坡边的杂草里隐约可见淡淡的血色。

他心中一沉，眉头渐渐蹙起，但还是先低声安慰她：“你先别乱动，我马上想办法拉你上来。”

陡坡枯树的枝干虽然粗壮，可毕竟在山坡上风化了许久，此时已经有开裂的迹象，如果再多几次挣扎，恐怕会立刻断掉。

因此先稳住顾笙才是正事儿。

“好，我不动。”看出他的意图，她立刻会意，小心翼翼应道。

她虽然心慌手冷，浑身颤抖，可却不敢乱来，生怕一不小心就震断了自己唯一的生路。

她的乖巧聪慧给驰未深省去很多麻烦。

他仔细探查过枯树附近的情况后，从肩上取下背包，翻出一条结实冷硬的攀岩绳，四处搜寻后，把一头紧紧系在了一棵常青树的树干上。

另一头被他拿着走到陡坡前，抛给了顾笙。可山风太大，绳子太轻，总是迎风乱舞，总是差一点，她死死抓着树干，不敢贸然行事。

驰未深的眉头渐蹙渐深，眸色也染上了几分冷冽。他抿唇搜寻半刻，终于在不远处的杂草丛里找到一根枯树枝。

掂了掂，重量正好。

他抽回绳索，绑了树枝，重新放下去。这一次，顾笙精准地抓到了绳索的一端。

她心中一喜，按照驰未深的叮嘱，把绳索紧紧缠绕在自己腰上，一手卡死绳头后，对他点头示意：“往上拉吧。”

驰未深见状扎稳马步，开始用力往上拉人。

他的身体健硕有力，拉动绳索时，手臂额头青筋暴起，给他本身俊朗的容颜更加了几分爆棚男人味。

顾笙一边尽全力顺着驰未深手里的绳索往上爬，一边提醒他注意身后的斜坡。可谁都没有注意到，远处常青树的树根，正在渐渐露出地面。

两人一拉一爬快有十分钟，绳索依旧悬在陡坡三分之二处，他们的体力却不如之前充沛。驰未深身后也是一个陡坡，左右两侧草丛地势太低，无法立脚用力拉人。

本以为简单的营救一时陷入僵局。顾笙的眼眶被风吹久了，红得像要哭出来似的。

驰未深颇为意外地挑了挑眉："平时看你胆儿挺大，原来这么不禁吓。"

虽然还卡在半空，可她小公鸡似的好斗丝毫不减，闻声立刻抬起头，反驳道："谁说我是被吓的，我那是被风吹的！"

"成，你没被吓到，吓到的是我。"驰未深极淡地勾了勾薄唇，手上的力道愈发加大。

顾笙知道他是想聊聊天分散自己心中的恐慌，因此十分配合。

可就在两人筋疲力尽，坚持到最后一刻，快要重回山路上时，绑着攀岩绳的那棵常青树再也支撑不住，彻底被连根拔起。

那是附近草丛里唯一一棵大树。

驰未深正用着力，身后忽然没了支撑，惯性导致前倾，瞬间就被曳地而来的常青树一起带着滚下了斜坡。

一同掉下去的，还有差点重见光明的顾笙。

掉下去的瞬间她心里只有一个想法。

完了完了！要死了！

不过死前有个帅出天际的男人陪着也还不错！

可她牡丹花下死的愿望并没能成真。

顾笙再次恢复知觉是在六个小时后。

那时山里天色已晚，树叶间的水雾滴滴答答落下，濡湿的脸颊冰凉一片。她摸到手边黏湿的血迹，愣了几秒，忍着头疼睁开眼。

"驰未深——"

耳边传来窸窸窣窣的声响，却并没有熟悉的身影。顾笙皱眉从地上坐起来，这时才发现，自己正躺在一间破败漏风的木屋里，身下铺了柔软的干草。

窸窣声是从门外传来的。

她推开门，就看到驰未深正咬着烟，坐在门口编东西。

原来他们从山坡滚落后，直接掉进了坡下的一条小河。小河河道不宽，胜在水深，顾笙摔晕后，驰未深用仅有的体力捞住她游上岸边，这才有了她刚看到的景象。

“那我们要不要等救援？”

顾笙看了眼灰蒙蒙的天，有些担忧。驰未深却没搭理她。

他身上没有太多擦伤，也看不到明显的伤口，她仔细打量一遍后放下心。可他自顾自忙碌着不说话，顾笙待在门口有点尴尬。

她想看看有没有信号可以求救，一摸兜却发现手机已经不翼而飞，除了两个人，他们其他什么东西都没有了。

“穿上，跟我走。”正想着，驰未深丢过来一双简陋的草鞋扔到面前，冷冷道。

顾笙看了看挂在脚上的厚底凉鞋，抿唇道：“不用，我这样就可以。”

“可以？”驰未深气极反笑，目光落到她歪歪扭扭的鞋子上，眉心慢慢拢起，语气也冷了几分，“要是当初看见你穿的是高跟鞋，我就直接让你掉下去。”

“谁告诉你走山路可以穿高跟鞋？”驰未深说。

“这不是高跟鞋……”

“不是？那这么厚的底是用来看的？”

他毒舌起来毫不留情，顾笙被刺得哑口无言。

她自知理亏，紧抿下唇不再吭声，但也大概知道驰未深之前为什么不理自己了。

换作是她，有人持续作死还要自己冒着生命危险去救，她也气，也会觉得不值。

见她毫不退让，驰未深脸色更差，直接伸手拽过她，趁她站立不稳拽下凉鞋就要往水里扔。顾笙的脸色却刷一下变得惨白：“不要！”

他盯着她的侧脸看了半刻，漆黑如潭的眼里带着令人畏惧的凌厉。

情急之下她小声辩解：“草鞋太扎脚了。”

他不理，声音更加冷淡：“那就光着脚走。”

这比杀了顾笙还难受。

她拽着鞋子不肯松手，眼眶通红地看着他："对不起！"

驰未深不作声。

她紧抿嘴唇看着他，眉眼执拗："我发誓，不会再有第二次了。"

"是不会再有第二次了。"他沉了眼眸，面无表情地推开她站起来，"要是有人执意作死，我也拦不住。"

顾笙知道他心里窝火，可她就是不放手。

恍惚间，脑海里响起几道熟悉刺耳的声音。

——"这些年我忍你忍得够多了！孩子不像我，你在外面朝三暮四花天酒地就算了，现在离婚了竟然还想让我养她，你的良心是不是被狗吃了？"

——"反正我没本事养她，你爱要不要！"

说着，男人一把把顾笙推进女人家里，匆匆离开，仿佛在丢一袋令人嫌恶的垃圾。

——"这小矮子爹妈都不要，估计不是亲生的。"

——"是啊是啊，你看她那样儿，眉眼不像，个儿也不高。老张和他媳妇儿家的人哪个不是大高个。说不定真是私生子……"

——"这小矮子长成这样还好意思说我家男人想欺负她，呸，真是不要脸！"

……

凌乱纷扰的回忆边缘，是她倔强的眉眼。

她抹了把脸上的水雾，忍着脚踝刺痛，认认真真穿上已经破损的凉鞋，这才踩着驰未深的脚印小跑着跟了上去。

闹了这出意外，去找旅游团会合是不可能了。顾笙想，等出山后一定要赶紧联系李子明夫妇解释情况才行。

她一瘸一拐地走着，这会儿才感到浑身上下火辣辣的疼。

驰未深腿长，走得快，她被远远甩下一截，却不敢开口喊他，只能尽力加快脚步。

走了几分钟后，他的背影就彻底消失在视线里。

顾笙看着大致方向摸过去，走了几步却发现不对劲。地上没有熟悉的脚印，再往回看，也没有。正踌躇着，身后就传来清冷的声音。

“过来。”

她回过头，看到驰未深冷硬的侧脸。

他瞥了眼她红肿的脚踝，依旧面无表情：“我背你。”

“不用……”她忐忑的拒绝还没说出口，就被他冷声打断，“难不成你还想让我陪你在深山里耗一整夜？”

啧，还是这么毒舌又绝情。

顾笙撇撇嘴，知道怎么说他也没错，不再矫情，乖乖趴到了他背上。

其实她只是怕自己太重而已……

身下的脊背宽阔温暖，她小心翼翼揪着他的衣领，忽然想起今天进山前周琦打给她的电话。

“第一天工作感觉如何？”周琦心情愉悦地哼着小曲儿，问她。

“挺好的呀。”顾笙眉开眼笑，“薪资一天五百起，外加二十万元的成单奖励，这个单子拿下来，我就能在家舒舒服服躺几个月了。”

“到时候你可别嫌我懒。”

“放心吧，我什么时候嫌弃过你。”周琦坏笑，“顶多让你做做家务洗洗衣服罢了。”

她撇嘴：“就知道你不会放弃任何一个劳役我的机会。”

闲聊了一会儿，周琦忽然提起驰未深。

“你真不打算追追看？我们系好多女生弄到了他的手机号和微信号，正跃跃欲试呢！”

“我……”顾笙习惯性抠了抠手指，有些无奈，“说实话，我也不知道。我是有点心动，也喜欢这个类型。可我觉得他这种男人中的极品我降不住。”

周琦一巴掌拍在课桌上，有些恨铁不成钢：“我的姑奶奶，谈恋爱讲究的是心动！是快乐！又不是养宠物，什么降服和驯服，你当是养马呢？”

“可他条件太好了……”

顾笙自卑。

别看她平时生活得张牙舞爪，每天都将自己隐藏在不同的人群里，拥有足够的安全感。可她深知，自己就是一个金玉其外败絮其中的人。

打开内在，一无所有，只剩一颗负隅顽抗的心。

“其实顾笙，”电话那头，周琦似乎叹了口气，“我一直觉得你活得太累了。”

“年纪轻轻就出来闯荡，过早地承受了社会赋予你的压力和重担，所以总能感觉到你不是真的快乐。”

“我们认识这么多年，不是姐妹胜似姐妹，我只是希望你能活得开心点，想要什么就去自己争取，不要顾虑太多。”

“如果一直畏畏缩缩下去，或许你错过的机会就再也没有了。”

“你仔细想想，好不容易碰到一个心动的男人，你愿意平白让给别人吗？”

她愿意吗？

不愿意。

顾笙清晰地听到自己内心的回答。

其实周琦说这些话，除了真的希望她能快乐点之外，还因为即将面临毕业，她可能会离开这座城市。她只是希望，离开后，自己的朋友也不会孤单。

殊不知这些话就像一把火，扑在顾笙心上，瞬间点燃了她心中潜藏已久、蠢蠢欲动的火苗。

驰未深踏着狭窄的山路前行，顾笙紧贴着他温暖宽阔的后背，心跳奇快。

遇到一块活动石板时，驰未深没站稳，脚下一滑，不慎踉跄。

身子前倾的一刹那，她下意识牢牢搂住了他的脖子。

驰未深身体一僵。

半晌，他轻轻咬了咬牙，深吸一口气，冷静几秒后才单手掰开她的胳膊，语带警告地侧过头：“手别乱动，抓紧我的衣服。”

“嘁，知道啦！”

她撇撇嘴，却听话地松开手，两只手挪到身后，揪住他腰间的衣服，亮晶晶的眼睛因为刚刚揩油成功而眯成一道弯弯的月。

好不得意。

第三章

所谓惊喜

最后，顾笙跟着驰未深一起回到了位于市中心的骨扇店。

走出深山，在路边找到驰未深的车，并去医院检查包扎完伤口后，已经是半夜两点多。她在路边电话亭给周琦打电话，想让她来接自己回去。

可一听她和驰未深在一起，周琦立刻放下手里的车钥匙，给她出谋划策。

“我的姑奶奶，你是不是傻？这么好的机会放在眼前，你不好好把握机会，增进一下和驰老板的感情，还要让我接你回家？

“你仔细听一听，是不是有大海的声音在脑子里面咆哮？”

……

她瞄了眼正准备开车门离开的驰未深，压低嗓音：“可现在就去他们家，进度是不是太快了点？”

周琦忍不住翻白眼：“那你觉得过了今晚，你还有理由光明正大走进驰老板家吗？”

“好像……是没有。”

“那不就得了，赶紧上啊，管他三七二十一，先培养培养感情再说！”

“行，那不说了，我去追他！”

说罢她也顾不上电话那头周琦还在哎哎喊她，拖着半瘸的小短腿就拦下了驰未深那辆黑色宝马车。

她拍了拍车窗，扒着车窗往里面看：“驰老板……”

驰未深缓缓降下车窗，露出一双漆黑沉静的眼：“有事儿？”

“我……我朋友说今晚她有事儿，不方便我回去，你能不能，”她咬着牙，暗自掐了掐掌心，一鼓作气，“能不能暂时收留我一晚？”

说这些话时，顾笙感觉自己脸上火辣辣的烫。可好歹迈出了追求真爱的第一步，其实也没那么难哈？

驰未深静水深流的目光在她脸上扫了好几圈，漫不经心地掀了掀眼皮：“那边有酒店。”

“可我没钱。”她应答如流，暗暗给自己比了颗心。

早就料到他会这么说！当初掉下陡坡时，她身上的所有东西都不翼而飞，这点驰未深也知道，他肯定没法反驳。

可顾笙没想到，驰未深车里竟然放了备用金。

他笔直的目光凝视着前面的马路，手指不自觉叩击方向盘：“那我借给你。”

她哑口半晌，气虚了一半：“这不太好吧……”

“怎么不好了？”驰未深眼神移向她，挑了挑眉，“好心借钱给你你还不高兴？”

“不是……”她手不住地绞着自己的衣角，大脑飞速运转，想找个其他借口说服驰未深。

可她想了半天，平日灵活的大脑在他面前就好像死机一样，愣是一个借口也没憋出来。

“我就是……我就是觉得吧……”

“觉得什么？”

她哪儿知道是什么啊！

她快被自己蠢哭了。

折腾了一天，体力耗尽加上困意袭来，驰未深显然有些不耐烦。他眉心微蹙，从钱夹里拿出几张百元大钞塞进她怀里，指了指后视镜里的酒店：“够你住一晚的了。”

说着便启动汽车引擎，要关了车窗离开。

电光火石之间，顾笙脑中忽然灵光乍现：“哎，驰老板！

“我想起来了，我怕生！

“我一个人在酒店睡不着啊！

“真的！”

可驰未深的耳朵像是被什么塞住，对她的解释充耳不闻。

想起来了？

这丫头撒谎的时候为什么这么蠢？

驰未深有些无语，脚踩油门，目光落到后视镜里小姑娘单薄的身影上。她好像很沮丧，在他开车离开后，一边踢着路边的小石子，一边仰头望了望月色朦胧的星空，神色落寞。

想起她平日鲜活灵动的眉眼，他脚下的动作顿了顿。

几经犹豫，黑色宝马到底还是从马路拐弯处退回来，停到原来的地方。

看到他回来，她的眼睛瞬间变亮。

“哎，你……”

“我现在很累，不想听废话。你要是能安静就上车，不能我就走了。”

“能能能！”顾笙点头如捣蒜，赶忙拉开车门钻进后座，生怕他再次反悔。

原来这座冰山也没有想象中那么难以攻克嘛！成功迈出第一步，她心里简直乐开了花。

可俗话说“乐极易生悲”。这边她刚如愿以偿，还没高兴几分钟，那边下了车，推开驰未深公寓的门，她就被一盆冷水兜头浇下，彻底淋成了落汤鸡。

透彻心扉的凉。

她眨眨眼，好半天才看到门上的感应喷水装置，心情有点复杂。

“我们驰老板……果然与众不同……”

她抹了把脸上沁凉的水渍，吸了口凉气：“就连这房子的装修都不是一般人能比的……”

驰未深看着她狼狈又讨好的模样，下意识地勾了勾唇，肚子里的气消了一大半。

驰未深住的公寓是骨扇店二三楼打通装修成的一栋小型别墅。别墅装修简洁，采光极好，淡淡的月色透过落地窗倾泻进来，透出几分沁人的凉。

顾笙抱着湿漉漉的身体在二楼卧室门口等了几分钟后，接到驰未深丢过来的男士衬衫：“隔壁是浴室。”

“哦，好的。”

她点点头，对他的惜字如金习以为常。正要抱着衣服走，却又被他喊住：“你会做饭吗？”

做饭？

她摸了摸自己扁扁的肚子，没什么底气：“会是会，可不是很好吃……”

“那就当我没问。”驰未深抿了抿唇，干脆利落地关上卧室门。

唉，就不能怜香惜玉点吗……

顾笙撇撇嘴，转身走进了浴室。浴室里有药箱，换衣服前，她重新包扎了下伤口，又打开热水简单清洗了下身体。

她本以为，驰未深既然问到吃的，那多少会有点准备吧。可等她从浴室出来时，大厅已经熄了灯，只剩贴在驰未深卧室门上那张字迹潦草的便利贴，提醒着她夜已经深了。

——我睡了，客房在右边，自便。

……

她好饿啊！

顾笙咽了口口水，听着肚皮下的咕咕叫，悲催地挠了挠墙。可都已经这个点了，没有外卖，听驰未深先前的意思，他应该也不会做饭，厨房里就更不可能有什么吃的了。

一个大男人，指望他的厨房像女生那样堆满零食，显然不可能。

顾笙站在客房门口徘徊片刻，最终还是推开门把自己陷进了柔软的双人床里。

一觉解千愁！

等睡醒了，自然就有东西吃了。

想想城南的灌汤包、城北的麻辣小面、城西的费家烧烤，顾笙觉得自己仿佛看到了黎明的曙光。

明早八点这些店都会开门……到时候想吃什么还不是她说了算。

她把闹钟定到早上七点，强迫催眠自己进入梦乡。

可梦里竟然是满汉全席……

睡了两个多小时，她被活活饿醒。窗外天色还暗，她摸了摸绞痛的胃部，思索片刻下了床，摸黑朝一楼餐厅走去。

驰未深半夜下楼倒水时，看到的就是这个情景。

顾笙盘腿坐在冰箱旁的地毯上，地上散落着各种零食的包装袋和空的饮料瓶，而她手里拿着一个硕大的咸鸭蛋，正吧唧吧唧啃着，两颊鼓鼓的，像只拼命偷吃的小仓鼠。

他抿了抿薄唇，轻咳一声，咳亮了餐厅的感应灯。

顾笙吃得正欢，被他这么一吓，食物卡在嗓子里，眼泪都要咳出来了。

她半弯着腰狂灌饮料顺气，又羞又恼："你……你能不能不要这么惊悚？这大半夜的，魂都要被你吓没了。"

"我惊悚？"驰未深挑了挑眉，把手里的杯子放到桌上，"明明是你不声不响躲在厨房偷吃才会被吓到，还好意思倒打一耙。"

说到偷吃，顾笙立刻囧了。

好丢人。

还是被主人抓了个正着。

她已经做好被奚落取笑的准备，驰未深却出乎意料地没再说什么。他挽起袖子，提步走到她身边，指了指地上的食物残渣："清理干净。"

"OK。"她点点头，"你要做饭吗？"

她有点意外，本来以为驰未深这种男人不像是会下厨的。

事实证明他的确不会。

半小时后，顾笙看着桌上五颜六色的饭菜，咽了咽口水。

不是被馋的，而是被吓的。

她和驰未深面对面坐在椭圆形餐桌上，每人面前都放着一盘蛋炒米饭，里面还夹杂着点缀色彩的蔬菜粒，看起来很好吃的样子。

可实际上，她吃了一口就忍不住要吐掉。

实在……太难吃了……

饭里没盐，鸡蛋没有去腥，蔬菜半焦不熟。可她明明她看着他做完了炒饭的所有流程啊！所以还能做成这样，她也蛮佩服的……

在驰未深询问式的注视下，她抿了抿唇，艰难咽下难吃到要死的饭菜。

"挺好吃的……"

顾笙实在不忍心打击他的信心。

驰未深漆黑的眉眼顿了顿，试探着尝一口后，低头吐到了桌下的垃圾桶里。

奉承失败，气氛变得有些尴尬。顾笙搓了搓手，试图说点什么缓解一下眼下的气氛。话还没想好，就听到驰未深低沉悦耳的嗓音："要不泡个面吧。"

"不不……不用了。

"我已经吃饱了。"

"吃零食吃的。"她小心翼翼地补充道。

驰未深看了她几秒，英挺的眉眼在昏黄的灯光下格外柔和。半晌，他起身点了根烟，问："知道我今晚为什么改变主意收留你吗？"

她摇了摇头，却注意到他眉眼肃穆，眼神渐深。她脑子一转，自然而然就想起了那天在酒店的初遇。所以她猜："跟陆氏集团有关？"

驰未深眯了眯眼，有些惊讶："你从哪里看出来的？"

顾笙抿唇一笑，灵动的眉眼像是天上弯弯的月亮："那天在酒店，你装窃听器的那个人，是陆氏集团销售部的经理。"

"我没有记错吧？"

"没有记错。"驰未深弹了弹指尖的烟灰，语气一如既往地不冷不热。

初遇的点点滴滴再加上一而再，再而三的碰面，除去A大偶遇那一次，剩下几乎都是驰未深主动。

他这样优秀的男人，对外在平庸的她一见钟情显然不太可能。那就只有其他原因了。

从去找玉时再遇见他，顾笙就大概猜到了些什么。

"你警惕性高，胆大心细又身手敏捷，忘记拿走窃听器这件事儿根本说不过去。"

"何况现在市面上一个窃听器并不贵。"

"唯一的解释就是，你从一开始就打听到了我和陆氏集团的合作关系，并且想借此，从我这里得到些什么信息。"

她捧着下巴看着他，清亮的眼底沁满狡黠："我说得对吗？"

驰未深无言地挑眉等于承认了她的猜想。

看到他默认，顾笙其实挺开心的。能帮到他，就说明在某一方面他们旗鼓相当。如果能跟这样一个男人谈恋爱，肯定其乐无穷。

"但免费的事情不过三。"她歪头看着他，"你打算怎么说服我呢。"

一支香烟燃尽，驰未深将烟头捻灭在烟灰缸里，抬眼看她。

"还没想好。"

"不过，第一，我手里有李子明这个把柄。第二，你的报酬我打听过了，如果你肯帮我去陆氏集团拿份文件，我会以高出平时三倍的价格雇你。"

“如果不肯……”他拧了拧眉，似乎在笑，“那我再想想办法。”

这妖孽。

还说没想好，分明是在用美男计好嘛！

最终，顾笙答应了驰未深的要求。

“但我有一个条件。”

“你说。”

她笑眯眯地道：“你得跟我一起完成这个任务。”

不然她哪儿有机会跟他培养感情。

“我？”驰未深瞥她一眼，“你怎么知道陆氏集团没有人认识我？”

“之前有没有人认识你我不知道，但之后肯定没人能认出你。”

她说得格外笃定，让人想怀疑都难。

三天后的傍晚，当顾笙拎着化装舞会的假面礼服丢到驰未深面前时，他才明白她说的话的意思。

这样一打扮，的确不会被人认出。

顾笙一边坐在骨扇店的藤椅上欣赏展台里做工精致的骨扇，一边忍不住催他：“快去换呀，过会儿该迟到了。”

她说的是陆氏集团十周年庆典。

那晚驰未深找顾笙摊牌时，她就想到了这个机会。

陆氏集团每次周年庆，公司都会邀请所有员工，举办一场假面联谊舞会作为庆祝。最初知道这件事时，顾笙还没有决定是否接受卢月清的雇用。

但听到陆氏集团的名字，周琦倒是先开始跟她八卦，其中提到最多的就数假面舞会的八卦。还说如果摘下面具就能遇到彼此的命中注定，该是多么浪漫的一件事。

因为这句话，她对此记忆深刻。入职时，卢月清也提到过今年的举办日期。

二十分钟后，顾笙挽着驰未深的胳膊走进陆氏办公大楼隔壁的舞会大厅。

他们两人扮的是最传统的骑士与公主。和驰未深预想的一样，现场除了他们，有一半以上的人都是这个装扮。

“这样正好方便我们隐藏。”

舞曲响起后，顾笙和驰未深简单跳了会儿舞，便一前一后躲到了舞会稍远的阳台上。

驰未深从侍者手里接过红酒，递了一杯给她，眉眼淡淡地望着楼下的玫瑰花，低声道：“你是怎么计划的。”

顾笙接过红酒，背靠栏杆打量着舞会里的人，确保没人能听到他们的谈话，才开口说：“现在是晚上八点三十分，舞会刚刚开始，陆氏集团的核心人物还没有来，我们得等他们全都到齐，确保公司空无一人后才能开始行动。”

说着，她从公主裙里边的小口袋里夹出一张门禁卡递给驰未深：“这张卡是我从总裁秘书身上顺来的，能直达顶楼办公室。”

“不论你要找什么文件，只要进了总裁办公室，我相信你会有办法的。”

驰未深抿了口红酒：“那你呢？”

“我？”顾笙手中的酒杯一直在微微晃动，但她没喝一口。

“我得在这里拖住卢月清他们呀。

“不然你的人身安全谁来保证？”

她笑眯眯地看着他，有点邀功请赏的意思。

驰未深看她一眼，没说话，停了片刻又问：“你不好奇吗？”

“好奇。”顾笙倒是很诚实，掰着手指头一个一个数给他听。

“好奇你为什么一定要去陆氏集团找文件，好奇你找了文件要做什么，也好奇你是好人还是坏人。”

“可……”她咬着红酒杯的杯沿顿了下，雪白的贝齿在上面留下一排模糊的印记，“这种秘密，还是等你愿意说的时候再告诉我吧。”

如果现在问，驰未深或许会回答，可那些答案会是真的吗？顾笙做职业冒牌师这么久，被人雇过无数次，好奇心早就被职业素养压了下去，因此很少主动过问别人的秘密。

挺识时务的。

眼角余光看见她小狐狸一样弯弯的眉眼，驰未深极淡地笑了下，低头看了眼手表的时间。

“二十分钟。”

他只要顾笙拖够二十分钟，这时间足够他进入陆氏集团总裁办公室，找出想要的文件。

“嗯，我会尽力，但你也要尽快。

“对了，从陆氏集团出来之前，我打开了顶楼天台的安全通道，如果遇到意外，你也可以从那里乘货梯出来。”

“嗯，知道了。”驰未深喝了口酒，沉声应道。

事情谈完，气氛又沉默下来。

看着舞会大厅渐渐暗下来的灯光，顾笙抿了抿唇，像是忽然想到什么，扯了扯他光滑的衣角。

“驰老板，要不我们再去跳支舞？”

“你看，起码还要二十分钟，卢月清他们才会进来，干站在这里好无聊。”

她半是期盼半是试探地看着他，微仰着头，从驰未深这个角度看下去，倒像是什么乖巧的小动物。

他低头看了她几秒，同意了。

得到应允，顾笙自然乐不可支。

可她低着头，拼命压制上扬的嘴角，生怕被驰未深看出什么。

驰未深是第一次参加这种舞会，当然不知道舞会中间会有一个黑色六十秒的暧昧环节。直到十分钟后，舞曲忽然从耳边消失，大厅的灯光渐渐消失，漆黑一片，他平展的眉才微微皱起，仿佛察觉到什么。

周遭静悄悄的，耳畔不断有衣物摩擦的窸窣声传来，间或有低声呢喃和双唇碰触的轻微声响。

气氛暧昧而纠缠，驰未深只感觉到有一双白皙柔嫩的小手紧张地攥着他的衣角，透露出极度的忐忑与不安。

空气里，怦怦的心跳越来越响。

顾笙想起来前周琦告诉她的：“有机会当然就要抓紧上啊，这种男人比较闷骚，你试着主动看他什么反应。”

“可我觉得太快了……”

“让你试试他什么反应，又不是叫你立刻去献身……知道了以后，发展的时候好对症下药啊。”

看看周围两眼一抹黑的环境，又想起来之前周琦说的话，顾笙被怂恿得恶向胆边生。她抿了抿红唇，抓住驰未深的衣领踮起脚，犹豫半晌，又慢慢松开手。

如果就这样趁机强吻他的话……那和性骚扰有什么分别？

算了算了，拿下男人还是要慢慢来……得到他的身得不到他的心有什么意思。

思及至此，顾笙又怂下来，乖乖放开了驰未深的衣领，还狗腿地替他平了平领子上的皱褶。

可她想做坏事的心思俨然已被看透。

大厅里柔和的灯光重新亮起时，驰未深漆黑如潭的眼眸沉沉地看着她，不说话，就已经有了足够的压迫感。

完了……又触逆鳞了……

周琦出的果然都是馊主意……

她干笑两声，有些怵他，却忘了明明是他先调戏自己的。

顾笙一边装傻充愣，一边大脑飞速旋转，想着能编个什么借口糊弄过去。可驰未深深邃的眼眸盯着她看了片刻，竟然放弃了重提刚才的糗事。

他锐利的目光顿了顿，忽然落到右手侧的阳台上，转身走过去。

顾笙忙追上去，小声问：“怎么了？”

驰未深没有说话，但很快，他们走到栏杆前，就看到了正在楼下停车的卢月清。

酒店外路灯昏黄，高大的凤凰花木将偌大的停车位环绕起来，黑暗中，驾驶座的人影模糊不清，但从着装的气质和发型来看，是她没错。

以防万一，顾笙还伸长脖子看了看车牌号，又和手机相册里的照片对比了一下。她一边对比，一边忍不住感慨：这驰老板，洞察力也忒强了吧……

她刚才根本什么动静都没注意到。

当然，现在也没有注意到，自己都快贴到驰未深身上去了。

驰未深看着快要窝进自己怀里的小姑娘，隐忍地吸了口气，想把她拎到一边去，可看到她认真的眉眼，又作罢。末了，他退后一步，转身走向大厅斜对面的货梯，嗓音微哑："我之前见过卢月清，为了防止和她正面撞到，得先从货梯走。"

"拿到文件我会立刻联系你。"

说着，他又瞥了她一眼，意有所指："以后犯花痴注意点时间场合。"

囧……

就知道他不会这么轻易放过自己！

顾笙脸一热，羞愤到想挠墙，却还是深呼了口气，挺直腰板准备迎接卢月清的到来。

但客梯打开后，却并没有看到卢月清的身影。

看着和卢月清几乎打扮得一模一样的女秘书，顾笙心一沉，藏在面具后的脸色变了变："怎么会是你？"

"卢月清呢？"

女秘书一脸茫然："卢经理说她今天有重要的事情留在公司处理，就让我开她的车先过来了呀。"

会有这么巧的事吗？明明不相同的两个人，却在一夕之间变得一模一样。

一样的妆容，一样的发型，甚至连穿衣风格都分毫不差……

顾笙看着货运电梯外格格跳跃的红色数字，心里忽然有了不祥的预感。

他们都不知道，十分钟前，卢月清已经来过酒店。

她是从侧门上来的，那时舞会里觥筹交错，人声熙攘，走到门口，她犹豫一下，又转去了楼上的监控室。

监控里，顾笙和驰未深正靠在阳台上，顾笙正拿着陆氏集团的门禁卡给驰未深。

卢月清想起，从公司出来时，她眼角余光瞥见公司顶楼的安全通道好像是开着的。

再联想到眼前的画面……

她迅速拨了个电话，转身离开了酒店。

货梯停到一楼时，顾笙收到一条来自林恒的短信。短信上说，今晚他有个惊喜送给她。

惊喜？

她皱了皱眉，刚要询问，就被卢月清打来的电话截断。

电话里，她的声音依旧职业化，却透着难得的欣喜："顾笙，李总刚才答应签约了。"

"我现在正在公司，你也回来，我们拟定一下合同细节，最好今晚就定下来。"

李子明竟然答应签约了？

想到刚才林恒发来的短信，顾笙的太阳穴突突直跳。她试图阻止对面的人："可卢经理，现在舞会还没有结束，李总夫妇他们……"

"就是还没有结束，才让你回来一起商量，不然等舞会结束你去哪儿签合同？

"合作这种事宜早不宜迟，你今天不签，万一明天李总又不想签了，到时候怎么办？"

"可是……"

"别再可是了。你不想对公司负责，我还得对自己的工作负责。"卢月清今天出奇地强势，丝毫不给她继续拖延时间的机会，"别废话了，赶紧回来！"

说完，那边挂了电话。

顾笙看了看驰未深离开的时间，心却瞬间跌到了谷底。

第四章

亡命天涯的戏码

一路上顾笙幻想了无数种可能发生的状况，也幻想了无数种用来应对突发状况的方法，可她唯独没有想到，李子明并没有来签约，卢月清也没有准备合同细则，之前在电话里说的一切，都只是诱她回去的一个借口而已。

从酒店里匆匆赶回陆氏集团时，卢月清在会议室等她。整栋大楼静悄悄的，只有走廊和少数几个还在值班的办公室零星亮着灯光。

顾笙走进会议室，刚想试探一下卢月清的口风，外面的大灯就齐刷刷亮起来，整齐有力的步伐迅速占领整个走廊，还混杂着呵斥的指挥声。

她脸色一变，直觉不好，可卢月清已经快她一步从旋转座椅站起来，径直撞开她，干脆利落地锁上了门。

她扑过去拽住门把手，厉声质问："卢经理！您这是干什么？"

卢月清却冷笑一声，从玻璃门外冲她怒目相向："我想干什么？我还想问问你想干什么呢？"

“顾笙，我自问对你不薄！你要的报酬我也给了！就算上次无意间得罪了你，我也上门给你道歉了！你到底还有什么不满意的你跟我说，别背后耍这种阴谋诡计！

“想找人窃取公司商业机密陷害我是吧？我倒要看看你们今晚有没有这个本事！”

“我觉得您误会了，我们应该坐下来好好聊聊！”

“呵，误会？

“你敢说今晚在酒店没有把公司的门禁卡给别人？你敢说顶楼安全通道不是你特意打开的？

“你是不是真当我在公司吃干饭的？

“怎么，还非要我把监控视频甩你脸上你才肯承认？”

卢月清像一只被戳中要害的刺猬，浑身的刺都竖了起来。

虽然顾笙不知道她怎么突然之间变得如此情绪化，可还好，她以为是自己想陷害她，并没有发现驰老板的目的。

这让她松了口气。

她冷笑着回敬。

“卢经理，饭可以乱吃话可不能乱说。”

“你说我打开了顶楼的安全通道我承认，但只要是陆氏集团的员工都可以去顶楼不是吗？每天去顶楼吹风的员工难道只有我一个吗？还有我的门禁卡，你睁大眼睛看看，这是什么！”

她说着，一把抽出早就复制好的门禁卡砸到玻璃门上。

卢月清的脸色更加难看了。

她不禁开始怀疑，难道监控里的画面，是自己看错了吗？可私家安保已经紧急调来，顾笙也得罪了，自己难道就这么轻易放了她吗？

不，以防万一，还是要查个清楚才行。

几年前她刚被做珠宝的同行这样栽赃陷害过。那时，她不仅因此失去了工作，还白白浪费了八年光阴。这一次，她决不能再吃这种暗亏。

哪怕真的只是一场误会，哪怕今晚的蛛丝马迹都是自己一朝被蛇咬十年怕井绳的敏感错觉，那也得等查清楚了再说。

思及此，她迅速找来守在电梯口的保安队长，脸色铁青地吩咐：“每个楼层都给我搜！一个角落都不要放过！如果看到可疑男人立刻告诉我，我来报警处理！”

卢月清走后，顾笙心里凉了一大截。

她迅速在会议室里寻找有没有遗落的钥匙，或者其他能出去的办法，可找了很久仍然一无所获。

门外的搜寻声激烈而嘈杂，她发出去的短信已读却没有回复，手机也从踏进陆氏集团的那一秒就失去信号。

孤立无援的处境让人绝望。

她从来没想过，卢月清竟然连客套都懒得做，直接动了手。最主要的是，现在驰老板在哪里，他那边什么情况，她一概不知。

顾笙焦躁地抿了抿唇，视线从玻璃门外飞速扫过，下一秒，忽然灵光乍现，脑子里有了新主意。

玻璃门右侧，为防止她出意外，卢月清留下一个女助理。这会儿小姑娘正百无聊赖地玩着手机。

顾笙转身折回会议室，从抽屉里找了把水果刀，对着手臂皮厚的地方迅速一刀划下，鲜血瞬间渗出。她若无其事地走回门前靠了会儿，看女助理开始犯困，这才开始猛拍玻璃门：“美女！开一下门，我胳膊流血了！”

“我知道你听得见我说话，卢月清让你看着我又没说不让我去洗手间，我去洗手间处理一下被她撞伤的地方也不行吗？”

女助理有点蒙，扒着门框往里看，看到地上的确有滴滴答答的血迹，脸色这才凝重起来。

“你……你这是怎么回事啊？”

“顾小姐，你可别吓我，卢经理搜完楼层就会放了你的，你可别想不开啊！”

……

“没大事，卢月清出去时把我撞伤了，你有创可贴吗？我去洗手间洗洗处理一下。”

“这不太好吧……要不我到会议室帮你处理吧？”

“也行，你来吧。”

女助理自以为这样做更保险，殊不知，顾笙已经悄悄准备了一个烟灰缸等着她。

她刚一进来，就被砸晕了。

顾笙把女助理拖进门外的视觉死角，迅速褪下她的工装工牌换到自己身上，若无其事地走出了会议室。

出去后，为了避开监控，她选择从安全通道步行下楼，可刚进安全通道，就听到上面传来急促的脚步声。

顾笙脚步一顿，转身折到拐角的阴影处藏下。很快，就看到两个保安押着一个男人从上面走了下来。

男人被反钳着双手，脸涨得通红，冲左右两旁的保安怒吼：“我就上顶楼约个会，你们凭什么抓我？！”

“我可是这家公司的副总，你们赶紧把我放开！听到没有？！”

“不然一会儿有你们好看！”

男人青筋暴起，气得口不择言。

可两个保安不为所动。直到他差点伤人，其中一个才像是不耐烦，一脚踹到他腿上，凶相毕露。

“你能不能消停点。

“让你别往上跑你偏跑，当我们逗你玩呢？”

“还拿职位威胁人？搞没搞清楚我们是谁找来的？啊？”说着，他又踹了一脚，“别给老子装死，赶紧起来！”

这时另一个保安伸手拉了拉他：“行了行了，你注意点。我们今晚的任务是严防死守帮忙抓人，你别搞得跟黑社会似的。”

“哼，这种人就是欠收拾！”

“那我们现在怎么办？”

“等人走了先关车上，一会儿等陆总来了再说。”

陆总？他们说的到底是陆总还是卢总，会是自己听错了吗？

她想起自己先前在公司门口看到的那辆银灰色长条面包车，心头微微一动。

陆氏集团的楼层里，新增了不少保安。他们黑衣黑裤，戴着口罩和鸭舌帽，双手背在身后，牢牢占领着每一个出入口，还有平时不怎么用的监控摄像头，也一闪一闪在隐蔽的角落里发着红色的提示光。

那三个人离开后，顾笙顺着安全通道继续往下走。楼梯里装的是感应灯，她轻手轻脚靠着墙壁走，尽量不发出一点杂音。

她准备先从陆氏集团溜出去，然后再想办法救驰老板。可就在她一点一点正贴着墙壁往下挪时，忽然有人伸手拽住了她的胳膊。

心里咯噔一下，她浑身的汗毛都竖了起来。

下一秒，耳畔传来熟悉低沉的嗓音。

“别喊，是我。”

她的心重重落回原地。

顾笙转过身，看到同样紧贴着墙壁的驰未深。

他捂着她的嘴，做了个噤声的动作，身上的西装沾了白灰，额前的疤痕浅淡而清晰。

惊吓变惊喜，顾笙用力点头，一阵狂喜涌上心头。

松手后，她小声询问：“你怎么会在这里？”

“我来的时候正好碰到卢月清带着保安上顶楼，情急之下就躲进了安全通道里。”

“那说明我们心有灵犀呀。”她揪着衣角小声笑道，黑夜里眼睛亮得像星星。

驰未深漆黑的眼眸沉静如海，毫不客气地敲了她一记板栗。

“这种时候，少说话，多做事。”

“哦。”

顾笙揉着脑袋撇撇嘴，转身继续往下走，可一张小嘴还是停不下来。

“那驰老板，你的文件怎么办啊？”

“先脱身再说。”

“哦。”

“那你……”

“看路。”他无奈地揉了揉太阳穴，嗓音低沉沙哑，身体却离她很近很近。

顾笙不甘心地闭上了嘴。

倒不是她想，而是在她又一次想开口时，驰未深直接伸手捂住了她的嘴巴。

他的手掌宽大温厚，掌心有茧，指尖修长微凉，带着淡淡的竹香，触及她温软的唇瓣，莫名就吸引了她的目光。

这只手不是微博上流行的那种温润如玉纤细匀称得如葱。粗看过，倒像一只厚厚的熊掌垫，粗糙，带茧，又宽又大。但骨节分明修长有力，是一种带着岁月磨砺后的粗粝质感，让人极容易有安全感。

她轻呼了一口气，唇齿间的温热与异样的微凉相融合，呵出的雾气丝丝缕缕迷蒙视线，混合着身后男人独属的气息在空气里一点点晕散开来，越来越紧地将她包裹。

她的脸有点烫，仿佛听到两种心跳在寂静的空气里渐渐融合。

一个沉稳有力，一个怦然鼓动。

顾笙咬了咬下唇，刚想抬脚继续下楼梯，就听到右后方忽然传来鞋跟摩擦楼梯的声音。那声音由远及近，空旷清晰，是从楼上下来的。

她和驰未深心头一震，几乎同时想到了卢月清。

从会议室离开后，她不是直接去顶楼了吗？现在怎么又忽然倒回来了？

是发现什么了吗？

顾笙咬着下唇还在想，驰未深却深吸一口气，以迅雷不及掩耳之势，拎着她的脖子，藏进了安全通道的铁门后。

脚步声越来越近。两人身体贴着身体，僵靠在铁门背后，额头的冷汗慢慢冒了出来。

忽然，顾笙的瞳孔缩了缩，急切地看向驰未深：“鞋……你的鞋……”

他的鞋子还露在外面！

驰未深反应格外敏捷。

在辨出她口形的第一时间，就迅速将脚收了回来。可因为退得太慌乱，他的大腿直接卡到了顾笙腰上。

驰未深本就腿长，卡在门后有限的空隙里格外突兀，此时只要有人从上往下看，就会发现这里藏了人。

万分焦灼之际，他忽然薄唇一抿，双手卡住顾笙的腰，将她箍进了自己怀里。

她的身形娇小玲珑，这样最省空间。

顾笙下意识八爪鱼一样盘住他精瘦的腰身。

驰未深皱了皱眉，可看到她扑腾在空中的小短腿，又有点想笑。

她撇撇嘴，默默掐了他一下，以示无声的抗议。

狭小的空间里，灼热的呼吸喷在耳畔，脖颈和喉结上，一下又一下，像轻盈的羽毛，拂过肌肤，酥酥痒痒地划到心里。

驰未深艰难地咽了口口水，低下头，看到小丫头乖巧又紧张地趴在肩头，一双黑亮的眼静静地望着他。

她在做口形。

——驰老板，别怕，我们会没事的。

他无声勾了勾唇角，点点头，漆黑的眉眼异常沉静。

铁门外，下楼的脚步声忽然中断。

卢月清走到了他们身边，顾笙在驰未深怀里，屏息凝神。

她想起今晚在安全通道里被带走的那个男人，想起那些看起来凶神恶煞的保安，心头一窒。

外面，卢月清并没有很快离去。她的脚步停顿片刻后，又围着安全通道的楼梯口和走廊来来回回走了几遍，脚步声也在他们身边停了一次又一次。

每一次，顾笙都感觉自己的心脏在紧缩。

她觉得自己就像被围困在猎场里的兔子，只能一动不动躲在低矮的草丛里，祈祷猎人看不到，转身离去。

额头的冷汗渗得越来越多，她下意识地紧紧咬住下唇。

可没多久，就有一只粗糙的指腹抚上了她娇嫩的唇瓣。

是驰未深。

仿佛看出她的恐慌，他漆黑的眼眸顿了顿，伸手抚上她的红唇，一次又一次，血腥味渐渐蔓延进唇齿，让她意识到，嘴唇已经被咬破，不能再咬了。

顾笙对上他的眼，心脏在这寂静的空气里，不听使唤地怦怦跳了起来。

她的心脏紧贴着他的，因为剧烈跳动，甚至都能感觉到衣料微微的摩擦。

她下意识地紧紧捂住心口，企图能让这躁动的声音减小一点。

驰未深看着她，她也看着他。

外面的脚步声终于渐渐远去。

两人松了口气。

可气还没彻底松下去，又听到有人走了过来。

楼梯下传来卢月清的声音："你过来守在这儿！"

她留了个黑衣保安守在楼梯口。

卢月清应该察觉到了什么，或者说，她有可能从顶楼一层一层下来，在每一个安全通道门口都安排了人把手。

顾笙眉头一皱，盯着地上高大的倒影若有所思。惊吓过后，她的大脑灵活转动起来。而驰未深也在同一时间，无声地勾了勾唇角。

狡黠的坏笑对上漆黑如潭的眉眼，两人的想法瞬间达成一致。

顾笙理了理胸前的工牌，从驰未深身上下来，猫着腰轻手轻脚站到上一层的楼梯上，在他比出准备好的手势后，大摇大摆走了下来。

"谁？什么人？！"

黑衣保安听到声音迅速跑过来。

顾笙面色如常地看着他："我是卢经理的助理，替她来找东西的。"

"找什么东西？"

"门禁卡。"

“她说刚才从这里出去门禁卡就不在了，让我来看看，你也帮忙一起找找吧。”

“哦，好。”

黑衣保安看到她胸前的工牌，放松了警惕。

他转身在地上摸索了几秒，发现了不对。顾笙说要找东西，自己却靠在墙上笑眯眯地看着他，一动不动。黑衣保安有点奇怪，刚想问她在干吗，就被身后伺机而动的驰未深一记手刀干脆利落地劈晕了过去。

打晕保安后，驰未深和顾笙用领带绑住他，把他身上的衣服扒下来，穿到驰未深身上，两人快速向下走去。

或许是因为两人身上穿了工装，被当成了自己人，从安全通道出去时，守在门口的保安问都没问就放他们离开了。

其间，他们和在大厅巡逻的卢月清正面撞到一次，她远远看过来，手电筒在驰未深戴着口罩的脸上晃了好几次。

顾笙佯装镇定地低着头，心里却只想尖叫。

这个时候可千万不要出差错啊！都到最后关头了，要是被发现，那她真是想吐血的心都有了。

还好卢月清只是冷漠地扫了他们几眼，很快又转过身忙自己的去了。

她没有发现异常。或许是职场女强人一贯的自负心理，或许是她懒得在人赃并获之前继续跟顾笙虚情假意，所以从舞会回来到现在，她的大部分精力都放在了寻找证据上。

也正是深知这一点，驰未深才能光明正大地从她眼皮子底下带着顾笙离开。

走出大厅后，为了避免再出事端，两人一前一后乘坐货梯到了地下停车场。

在那里，顾笙看到一辆熟悉的黑色越野车停在北出口最近的地方。走过去后，驰未深打开车门，把她塞进去，自己随后坐上驾驶座，关门窗，发动引擎。

可引擎刚刚发动，耳后就传来一声大喊："拦住他！别放他们走！"

是卢月清。

她带着一群保安从电梯里追了出来！

顾笙心里咯噔一下，从后视镜里看到那个被他们扒光外套的保安，正一瘸一拐跟在卢月清身边大声说着什么。

眼看那群人越来越近，她的心也像浸了水的海绵，沉甸甸地下坠。

要下车吗？

不行，就她这小短腿，下车更跑不了了。

可车里这么小的空间，万一被围住，他们岂不是等着被抓？停车场出口处的道闸已经被牢牢锁死，身后的卢月清来势汹汹，顾笙坐在车里，急得满头大汗，像热锅上的蚂蚁。

反观驰未深却格外淡定。

他瞥了眼窗外靠近的黑影，还有心思安慰她："别慌，上了车我们就已经算逃出去了。"

"驰老板，现在可不是开玩笑的时候，你赶紧想想办法啊！"

"你觉得我是在开玩笑？"驰未深单挑眉头看了她一眼，漆黑的眼底一片沉静，带着令人胆战的冷静与决断。

等顾笙反应过来时，他已经转方向盘，转弯，驾着车子极速向道闸口冲了过去。

她下意识地捂住眼，尖叫的力气都没了。

如果没被别人抓住，却被自己人撞死了，那她可能要成为史上第一个蠢死的冒牌师了。她心里一声哀号，却只能任由凌空俯冲的惊恐侵袭全身。

尖锐的摩擦声响在耳畔，巨大的冲力将她从座位弹出去，道闸口的拦车杆几乎瞬间拦腰折断。

顾笙的脑袋撞到前车玻璃窗上，被磕得嗡嗡作响。

飞溅而出的玻璃碴擦伤了裸露在外的皮肤，她感觉额头和肩膀一阵尖锐的刺痛划过。

可车子里面灯光昏黄，看不太清。

等她反应过来时，他们的车子已经绝尘离开陆氏集团，与浓稠的夜色融为一体。

顾笙被弹回副驾驶座，连忙系好安全带。

前车玻璃上覆盖着蛛网似的裂痕，驰未深伸手拧开电台，流畅的音乐就从里面倾泻而出。

刚才的紧张好像一秒就消失不见。

她揉了揉还在嗡嗡的耳朵："不是，我们这就逃出来了？"

"不然你以为呢？"驰未深一笑，挑眉瞥了她一眼。

他眼底映了月光，和着窗外昏黄的灯光晕开，清冷又沉静。对上他的眼，顾笙心里的小鹿又怦怦乱撞起来。

"我还以为，今晚肯定要像电视里演的那样，来一场激情四射的漂移旋转追车大战，最后不是我们死就是他们亡呢……"

电视剧和小说里不都这么写的吗？可轮到他们，结束得也忒平凡了点吧？

或许每个少女都曾幻想过，要和自己的少年英雄演绎一场亡命天涯的爱情戏码，轰轰烈烈，至死不渝。

她刚才也想过。

如果身边陪着的是他的话，就算今晚真的出了什么意外，她也认了。

这丫头，脑子里一天天都在想些什么。

驰未深难得失语几秒，敲敲方向盘，淡淡地瞥她一眼说："以后少看点脑残剧。"

顾笙："……"

等红绿灯的空当，驰未深点了根烟。

指间香烟燃起，淡青色的烟雾在空气里缓缓散开，他一手握着方向盘，一手搭在车窗上，思索几秒，才道："知道卢月清为什么没有直接冲到舞会里去找你，而是要把你骗回陆氏集团再动手吗？"

这回顾笙老实了："不知道。"

她充满求知欲地看向他，一双眼睛眨巴眨巴的，像只灵动的小狐狸。可驰未深没有看她，他的目光落在窗外，笔直而专注。

"因为她没证据，不敢乱来。"

"在公司里，大部分人都要听她的，所以她可以找人堵我们，抓我们，等找到证据再报警立案。可如果她声势浩大地追出来，会有什么后果？"

陆氏集团是本市的知名企业，就算背地里和一些灰色势力有关系，明面上，它还是一家合法合规的上市公司。如果今晚卢月清真的一时冲动追了出来，那么明天她和陆氏集团都会上新闻头条，到时候闹得沸沸扬扬，吃亏的还是他们。

她显然也想到了这一点，所以只能任由顾笙和驰未深冲破道闸就这样离开。

驰未深解释完，又恢复了沉默，或许是因为没有顺利拿到文件，或许在想别的事情，他看起来心情并不好。

顾笙却无意识地分了神。

这是认识这么多天来，她第一次近距离观察他。

冷硬俊朗的轮廓，略带痞气的笑容，还有遇事后的冷静决断……她挪开指缝瞄他一眼，又瞄一眼，目光划过他的眉、眼、鼻、口以及坚毅的下颌和微微滚动的喉结，心里又忍不住泛起了涟漪。

果然那么多女生喜欢他不是没有道理的。

她不得不承认，自己也成了颜控一族。

只是这个撩人的男人，目前好像对自己还是冷冰冰的。

她默默叹了口气，刚想收回目光，就听他语气淡淡地道："你流血了。"

"啊？哪里？"

"鼻子。"

不是吧……

她面色一囧，刚想说你别逗我。

就感觉鼻子里流出两行热乎乎的液体……

十分钟后，车子停到顾笙家小区门口，驰未深看着她下了车，干脆利落地关上车门，毫不犹豫地调头离开了。

连句“再见”也不说……顾笙撇撇嘴，自己对着车屁股招了招手，这才转身上楼。

刚下电梯，她就接到林恒打来的电话。

电话里，他的声音透着几分喑瑟：“你现在在家吗？”

“嗯，在。”

折腾了一晚，顾笙累得有气无力，这时才想起，他说要给她一个惊喜。

什么惊喜呢？她努力想了想，仍然没有什么头绪。

直到回到房间，按照林恒说的拉开落地窗的窗帘，倒数五个数后，看到窗外漫天飞舞的淡绿色萤火虫。

萤火虫在空中发出美丽的绿光，笼罩的寂静夜空也绚烂了几分。

远处有小巧的飞行器跌跌撞撞飞了过来。

顾笙怔了下，又好笑又无奈：“林恒，你怎么又做这么无聊的事儿？”

那边的声音顿了一下，很快便传来生日歌。

“阿笙，生日快乐！”

……

“你记错了。”

“什么记错了？”电话里的声音有一瞬间的惊愕和凝固。

“生日啊。”她看着飞行器离自己越来越近，下意识地倒退一步。

当初林恒找周琦旁敲侧击打听她的生日，要的次数多了，周琦不好推拒，就随口说了一个。

却没想到他记了这么久。

飞行器盘旋到窗外，林恒的声音顿了顿，却很快又恢复以往的轻快潇洒：“错就错了呗，多大点事啊！你先开窗，把飞行器上的东西取下去，改天你真正的生日我再给你好好过。”

顾笙想说不用了，却在飞行器吊着的塑料袋里，看到一份文件。

上面有李子明的名字。

她眉头一皱，迅速开窗取进来。

她没有看错，那的确是李子明的签字。

是他和陆氏集团的合作合同!

顾笙这下是真被惊着了。

“怎么样，惊不惊喜，意不意外？”林恒坏笑着邀功请赏，语气里透着得意。

也是这时，她才知道，林恒竟然是李子明的儿子。

“可你不是姓林吗？怎么突然又成了李总的儿子？”

“是啊。”

“我跟我妈姓啊……”林恒骚包地甩了甩刘海，“难道她没有跟你说？”

“不应该啊……那天进山之前她还问我要不要一起去，可那两天我在跟他们冷战，就没去。

“为了让你成功签单，我今晚可是费了好大力气才说服他们的。”

“怎么样，是不是特想亲我一口以示感谢？”林恒嘚瑟到溢出屏幕的嗓音隔着电话线传来，顾笙忽然想起初见时李子明夫妇奇怪的态度。

以前就听说林恒和他父母关系很僵，现在看来，那个时候，李子明再次找上她，可能还有利用她来缓和他们和儿子关系的意思。

原本顾笙还担心，卢月清会秋后算账，却没想到，林恒竟然误打误撞帮她解决了这个麻烦。

她抿了抿唇，难得对林恒语气认真一次：“谢谢！改天请你吃饭。”

“好，一言为定啊！”

挂了林恒的电话之后，顾笙满身疲惫地走进洗手间，打开医药箱，刚要处理胳膊上和额头上细碎的伤口，手机铃再次响了起来。

她犹豫一下，接起来，却没想到是驰未深。

他的嗓音一如既往低沉沙哑，说话言简意赅。

“你下楼一趟。”

“干什么？”

“下来就知道了。”

这么傲娇？

她忍不住笑了下，裹起外套匆匆出了门。

一下楼，就看到驰未深打开车窗坐在驾驶座，一手握着方向盘，一手搭着车窗，手上拎着一个白色塑料袋。

仔细看，袋子里装的是处理伤口的纱布和消炎药。

顾笙下车后，驰未深开车回骨扇店，可开着开着，无意间侧头一瞟，就看到座椅靠背上的血迹。

血迹星星点点，并不多，不仔细看很难注意到。

可自己身上并没有受伤，难道是她的？驰未深想起从停车场出来时，顾笙磕在前车玻璃上的情景，估计血迹就是那时候留下的。

他抿唇想了几秒，到底还是调转车头又开了回来。

这天晚上，顾笙失眠了。

她抱着那袋纱布和消炎药，躺在床上翻来覆去，胡思乱想，就是睡不着。

驰未深这是什么意思呢？把药扔给自己的时候，神色淡淡的，看不出什么情绪。可如果他对自己没意思，又何必专门去买药送过来呢？

她想了半天，仍然理不出个所以然，只好发微信问周琦：“你觉得呢？”

可周琦好像约会玩嗨了，一直没有回复。

第五章

不喜欢就不要给我希望

直到第二天早上接到那通陌生电话，顾笙才知道周琦昨晚为什么迟迟没有回家。

她苦思冥想半夜，终于有点了困意，阖上双眼迷迷糊糊睡过去，可还没睡几分钟，就听到客厅里的电话丁零零响了起来。

家里的电话？

她皱着眉想了几秒，家里的座机自从安装以后，就没怎么用过，号码也只有自己和周琦知道。她以为是周琦没带钥匙，便穿上拖鞋下了楼，可打开门后，没有看到任何人。

电话声停了。

她走回客厅，在沙发上等了几分钟，铃声再次响了起来。

“喂？”

“阿笙，是我！”周琦喘了口气，声音疲惫而急促，“幸好你在家。你现在快来市公安局一趟，我出了点事被抓进来了，需要保释。”

她心猛一沉，瞬间从沙发上弹了起：“你出什么事儿了？！”

“先别问这个，你快点来，来了我跟你说！记得带钱和身份证啊！”

说完，那边啪一声挂了电话。顾笙隐约听到混杂的争吵声和尖锐的警笛声，手也不自觉抖起来。

市公安局、市公安局……

她迅速拿出手机叫了个车，睡衣也来不及换，直接套了一件宽大的外套拿上钱包就往外跑。

早上六点，天还灰蒙蒙的。顾笙下楼后，却发现她叫的那辆私家车又取消了单子。她顺着马路一边跑一边伸手拦车，可正是出租车换岗的时间，拦了好几辆都不去市公安局。

正发着愁，就看到一辆黑色丰田从小区里拐了出来。

她想起以前和周琦打赌在路上拦私家车的经历，一咬牙一跺脚，拦了！

可这辆车的车主好像没有一点同情心，看都没看她猛挥的双手就径直开了过去。

幸好几分钟后，有人在打车软件上接了单。

顾笙赶到市公安局时，一推开警局大门，就看到蜷在椅子上的周琦。她的脸青一块紫一块，身上血迹斑斑，眉间满是疲惫，或许是等了太久，竟然靠着冰冷的铁椅睡着了。

顾笙快步上前，发现除了脸上，其他地方都好好的，这才放下心来。可还没松一口气，就听到身后传来一道凶巴巴的男声。

“你就是她朋友？”

“对啊，怎么了？”

“怎么了？她把我弟都打住院了！你说怎么了？！”

“要么赔钱，要么打官司，赶紧的！你们可别想赖账啊！”男人恶狠狠地道，指着她的鼻子，一看就不是善茬。

顾笙刚想说话，就听到一声冷笑：“要钱是吧？成啊，等你弟死了我去烧冥币，要多少有多少！

“不然你一分钱都别想从我这儿拿到！

“拿多少我让你吐多少！”

周琦护犊子似的把她拽到身后，眼睛血红，愤怒到了极点。顾笙还不知道到底发生了什么，只能下意识地攥住她冰冷的手。

“你先冷静冷静，这是在警察局，等出去了怎么着都行。”

可周琦显然听不进去。

她的眼神像刀子，就差一刀刀把对方剁成肉酱。

或许是她眼底的阴狠吓到了对方，那个男人气势弱了一大截，结结巴巴地道：“我、我跟你讲，这可是警局！你、你别乱来啊！你、你敢乱来我……”

原来是个欺软怕硬的。

“行了，吵什么！”

“这是警局！你们当菜市场呢？！人来了就过来办手续，手续办完回去等通知！”

“过来啊！杵在那儿等着过夜呢？！”

一个女警从值班室里走出来，冷冷地扫了一眼还在争吵的几人。

男人闭了嘴，走过去时不甘心地瞪了顾笙一眼。

直到坐进值班室填资料交保证金，顾笙才知道发生了什么。

“昨晚我们接到报警，说你朋友持刀伤人。我们过去以后是在一个宾馆里，你朋友差点被……”

女警说到这里，似乎想起昨晚惨烈的现场，语气缓和了些。

“她一刀捅到对方腹部，虽不致命，但伤情不太乐观。

“事儿就是这么个事儿，你先交了保证金把人领回去，等那边的验伤结果出来了，我再通知你们走下个流程。”

顾笙气得手抖。

她终于知道周琦的愤怒从何而来。

要是知道这样，她刚刚就该撕烂那男人的臭嘴！

顾笙强忍着愤怒填完表格，交了钱，从值班室里走出去时，周琦已经去洗手间用冷水洗了把脸，站在门口等她。

看到她，周琦明显低头躲了一下，像是为了拨弄头发掩饰脸上的伤口。可血迹那么多，哪里藏得住。

看到她忽然红了眼，周琦好笑地理了一下头发：“别哭丧着脸，姐姐我这不是好好的？”

“你还说，昨晚遇到那种事情怎么不给我打电话？”

“我的姑奶奶，你这可就恶人先告状了啊。我打了十几个，你都没信号，我能怎么办，我也很绝望啊。”

她虽然是开玩笑说的，可顾笙却听出了语气里的心酸。昨晚那个点，她正跟驰老板想办法从陆氏集团往外逃，就算接到电话也不一定能赶过去。

她能想象一个女生是费了多大力气才放倒两个男人，也能想象她伤人后是多么恐惧和惊慌失措。

还好，还好她没事，不然顾笙真不知道自己会做什么。

她踮着脚拍了拍周琦的肩膀：“放心，那两个王八蛋敢欺负你，我就算倾尽存款也一定找个律师告死他们！”

“嗯，告是必须告的。

“但你能不能先把刚抠过鼻屎的手从我肩膀上拿下来？”

“我那是鼻头痒挠了挠而已！”

“得得得，反正这衣服也废了。”

回到家，包扎过伤口，心里有了决定之后，周琦的心情平复下来，神色也好了很多。

她坐在沙发上喝甜粥，顾笙却忽然想起什么。

“对了，你那个男朋友呢？

“昨晚你们不是一起出去的吗？怎么你出了事，他连个影子都没见着？”

“男朋友也是人，也有自己的事情要忙啊。”

说到这里，她忽然低头拨弄着自己的卷发，伸手捡起沙发上的夜光眼镜戴了起来。顾笙看不清她脸上的表情，却看到她露出招牌式的八卦笑容：“别说我了。你呢？你和驰老板发展得怎么样了？我今天可在班级群里看到有女生特地上门去找他了。”

她眼放绿光地看过来，幸灾乐祸：“你要再不抓紧点，驰老板恐怕就是别人的了。”

“你还好意思说，就你出的那几个馊主意，差点没让他把我扔出去。”

“不是吧，他竟然不吃美人计？”周琦放下粥碗，摸着下巴坏笑：“你说，他会不会是……身体有什么……嘿嘿，你懂的……”

顾笙翻了个白眼送给她：“狗嘴里吐不出象牙。”

“哎哎哎，你这还没嫁出去呢就胳膊肘往外拐了？”

“反正快了！”想起前些天跟驰未深相处的日子，又想起昨晚他送药的事，她露出一口小白牙，信心满满。

暗恋中的快乐少女啊。

周琦看着眼前这张璀璨的笑脸，半天没有再接话。

顾笙并不知道，昨晚周琦是被忙着去赌场玩的男朋友丢给那帮人的，才会发生后来的事。她也并没有想到，自己白天刚对周琦信誓旦旦地说“快了”，晚上就被驰未深给拉黑了。

那时她刚回到卧室，洗了澡，拆掉胳膊上的纱布换了新的，就收到银行到账的提醒短信。

建设银行，转账汇入4.5万。

1.5万的3倍，跟之前驰老板说的报酬数一模一样。

可他急着汇钱做什么？文件还没有从陆氏集团取回来，他们之前不是说好等下次再去取吗？难道他不想雇自己了？

顾笙心里有点慌。她拿着手机翻来覆去犹豫了一会儿，发了条短信过去。

——驰老板，是你打钱给我的吗？

她多希望他说不是。

可直到顾笙缠好纱布，把桌面清理干净，抱着矮桌和笔记本电脑上了床，收件箱里仍然静悄悄的，没人回复只言片语。

等待的感觉一点儿都不好受。

从一开始，她胡思乱想，到复制粘贴手机号码去搜他的微信微博，再到按捺不住心里的忐忑打电话过去，心里不祥的预感越来越大。

直到最后换家里的电话打过去，证明自己被拉进黑名单。

顾笙说不清那一刻心里是什么感觉。

失落、气愤，还是心里憋屈？

她又想起一开始，他毫不留情的转身和不留一点念想的拒绝。

胳膊上的纱布在微黄的灯光下泛着安静柔和的光，这是他送的那一卷，和药店里常见的不同，这纱布外面裹着一层防水膜，薄薄的水膜上戳了几个透气孔，既不会闷伤口，又能防止灰尘吸附。

可自己就真的有那么糟糕，让他如此避之不及？

像躲什么豺狼虎豹。

她撇撇嘴，有点想哭，却还是仰头忍住了。

那天之后，顾笙的生活恢复了平静。卢月清没再联系她，驰未深也蜻蜓点水般消失在她枯燥的生命中。

周琦临近毕业，每天早出晚归忙着实习、热恋，偶尔也会带她一起，她的男朋友顾笙觉得面熟，却总想不起来在哪儿见过。

她忙着准备即将到来的自学考试，没日没夜地刷题听课，渐渐也就忘了这件事。

十八岁离开家乡之后，顾笙被人骗过钱，误入过传销组织，生活最困难的时候，每天只吃白水煮挂面和干馒头，还不敢让别人知道。

度过那段动荡的时光以后，她就变得十分没有安全感，开始去学更多的东西。

职业技能、自考学历，甚至为人处世的圆滑和世故。虽然她现在学得还是不够好，属于自己的执拗和棱角还存在，可她知道，只有自己不断变得优秀，才不会被这个社会淘汰。

职业冒牌师做不下去了，她可以趁现在多攒点钱，买个小房子，做点小生意。小生意做不下去了，她可以拿到学历证书，做一个普普通通的上班族，过朝九晚五的幸福生活。

她能靠的只有自己，所以才要付出更多努力为自己争取保障和退路。

而在这段平静如波的生活里，顾笙身边又出现了一个男人。

这个男人叫柏晟，是周琦父母介绍给周琦的相亲对象。她还没有把男朋友告诉父母，所以便央求顾笙帮她应付应付。

“我的小姑奶奶，你就帮我去一下呗，我明天要去男朋友那儿。”

“那你的实习呢？实习不做你能拿到毕业证吗？”

“我可以转让给你呀，反正你考完试以后也没事儿干。”

顾笙刚想拒绝，周琦就坏坏一笑，使出杀手锏：“我可听说你们自学考试本科毕业证好拿，学位证书却不好拿。如果想拿下来，就得在知名刊物上发表短报或专题采访，对吧？”

“所以……”

“所以你替我实习的时候可以挖掘专题素材呀，而我也可以自由自在地继续玩耍，一举两得啊，不是吗？”

周琦说着，妩媚地甩了甩卷发，一记飞吻送过来，热切期盼地看着她。

自从谈恋爱以后，她就满心扑在男朋友身上，热情张扬得像只花蝴蝶，却极少留空闲的时间给自己。

顾笙曾经劝过她一次，可她秉承的恋爱理念是：“爱情本就是冲动的产物，只有奋不顾身勇往直前，才有可能得到自己想要的啊！”

“一个人想得到爱，就必须先付出爱，只有付出了，才有可能得到同样甚至更多的回馈不是吗？”

顾笙耸耸肩，问她：“那万一撞的是南墙呢？”

她抿唇一笑：“撞就撞了呗！你用脑子想一想，竭尽全力努力过和错过后的空欢喜哪个更让人肠子悔青？”

“明显是后者啊，我的姑奶奶！”

说完便又红唇媚眼地飞奔出去约会了。

顾笙去相亲那天，A市下着绵绵细雨，男方却很有兴致，把地点定在了A大不远处的一间西餐厅里，等她赴约。

过了中午，西餐厅没有几个客人。

顾笙进去的时候，吧台的服务生刚好换了首轻快甜美的歌曲。

餐厅里挂着青萝，落地窗干净又明亮，靠窗的地方有一堵复古照片墙，照片墙下摆放着舒适柔软的靠垫和单人沙发。

她一眼就看到了坐在窗户最后一排的男人。一套休闲恣意的白色西装，跷着二郎腿，低头玩着手机。年纪也就二十岁出头，和资料里写的差不多。

顾笙走过去，在男人笑眯眯的眼神里坐到沙发上。

“你好，我是柏晟。”

“我是周琦。”

互相自我介绍完，气氛变得有点尴尬。

顾笙是心思不在这里，男人倒自得其乐，招呼服务员过来点了单，便笑眯眯地道：“周小姐，相亲本就是一场速识派对，不如我们直白点，直接讲讲对对方的要求和条件，合适就接着聊，不合适就好聚好散，你觉得呢？”

“好！”

她答应得爽快，心里已经想好了，等柏晟说完，她就怎么惊世骇俗怎么来，不信毁不掉这场相亲。可她这头还没想好说辞呢，对面的男人已经掰着指头慢悠悠开了口：“其实我这个人很随意，对另一半没什么要求。”

“只要你结婚以后温柔体贴，上得厅堂下得厨房，孩子生男不生女，替我们家传宗接代，一切都听我妈的，每个月工资卡上交我保管，不和其他男人有来往，不化妆，不穿暴露衣服就好了。”

看顾笙看着他，男人又抖了抖腿道：“我知道我长得帅，可你别光顾着看，也喝点咖啡，不然一会儿结账我都不好意思跟你AA了。”

……

“对了还有，男人嘛，在外面拈花惹草很正常，以后结了婚我会交女朋友，这个你不能管。虽然你个子矮又长得丑，但乖巧懂事话不多，我勉强能接受。至于彩礼呢，我们家这边没这个风俗，给你两千意思意思。

“我妈还说，今天合适的话就带你一起回去看看，你吃好了没，吃好我们走吧？”

……

最后，顾笙几乎一头黑线夺门而出。

她生怕那个男人真的拉她回家。

本来以为这事儿就这样过去了，可接下来一段时间，柏晟就像第二个林恒一样，阴魂不散地围在她身边。

在小区里散步能遇到他。

去学校听课也能遇见他。

就连晚上心情郁闷想上顶楼乘个凉，也一样能看到他。

直到考完试，顾笙被周琦开车带到临市去实习，才躲开了这段孽缘。

在临市安顿好以后，周琦说先带她去见一见实习公司的上司和专题采访对象，几人约在一家星级饭店吃晚饭。

可顾笙并没有想到，会在那里碰见驰未深。

那时她刚跟周琦进入包厢，在包厢里看到周琦的男友陆子鹜。顾笙事先并不知道他也会来，皱眉戳了戳周琦，问她怎么回事。

周琦刚想开口解释，身后的门就被人推开，一个矮胖男人快步走来，一边笑一边谄媚地赔罪：“不好意思，路上堵车，来晚了来晚了。”

“我自罚三杯，希望陆总不要介意。

“还有两位大美女，都别站着了啊，赶紧坐赶紧坐！”

说着他就拉过椅子坐到了顾笙身边。

男人叫邓远，是B市新闻广播电台的副总，私下喜欢经商，涉及极广，这次来吃饭，也是为了卖面子给陆子鹜，让他在公司的新项目上帮帮自己。

顾笙当然不知道这里面的内幕。她只知道，邓远是她这次实习的直属上司，专题采访的报道，也需要通过他才能发表到知名刊物上面。

邓远坐下后，招呼服务员点了单，酒菜上桌后，陆子鹜却突然开口："还要麻烦各位再等等，有位客人马上就到，到了我们再开动如何？"

他虽然是笑着说的，却不是商量的语气。

这是顾笙第二次见陆子鹜。他戴一副金丝框眼镜，面容斯文帅气，或许是做生意的原因，说话做事总给人一种无形的气场。

周琦这会儿正坐在他身边百无聊赖地玩手机，时不时侧头看他一眼，可陆子鹜却始终没有回应。

沉默的气氛让顾笙莫名有点紧张。她总觉得今晚有什么事要发生，却没有头绪，直到驰未深推开包厢门走进来。

那时她正撑着下巴在桌子上发呆，就看到周琦忽然神色一顿，从手机屏幕上抬起头，颇为激动地冲她各种使眼色。

干吗？

她疑惑不解。

正纳闷呢，就看到邓远一拍大腿大笑着站了起来："原来陆总是在等驰老板，稀客，稀客呀！"

驰老板？

顾笙身子僵了一下，很快就听到那道低沉悦耳的嗓音。

"久等。"

他的语气淡而清冷，听不出什么情绪。

驰未深今天穿了一件黑衬衫，袖口微微挽起，衬得整个人更加凌厉冷硬，气势逼人。

顾笙的目光落到他身上，扫过他冷然的眉眼和棱角分明的脸庞，看着他坐下，撕开香烟封膜，低头，拢火，点烟，却始终没有分半个眼神给她。

她微动的心凉了几分。

邓远说："小顾呀，你这段时间可有福了。跟着驰老板采访骨扇制作过程，是我们单位多少小姑娘梦寐以求的呢！哈哈。"

"是吗？"她说得心不在焉，一种干涩的情绪涌上心头。

驰未深冷漠得就好像从来不认识她一样。

那她这些天的心塞和委屈，都白搭了是吗？

凭什么呀，凭什么他利用完自己就立马换一副面孔。她心里越发堵得慌，愤愤地戳着面前的米饭，就好像在戳某人拉黑她的爪子。

直到身边的邓远惊讶出声：“小顾你怎么只吃白饭啊？”

所有人的视线瞬间集中到她身上，其中也包含那个人。

顾笙身子又僵了下，好半天才扯了扯嘴角，说：“我最近在减肥。”

“减肥……”

“减什么肥，也不看看你都瘦成什么样了！”

周琦愤愤出声，被她瞪一眼，瞬间噤了声。

——你和驰老板怎么回事儿？这气氛不太对啊？

顾笙划开微信对话框。

——反正你别管就对了。

——你这说的什么话啊，你的事儿我怎么能不管，还是不是好姐妹了？

——反正一时半会儿说不清，我……

她正在对话框里打着字，旁边的邓远凑过来。

“哟，小顾聊微信呢？”

他身上一股油腻刺鼻的发胶味儿，顾笙下意识地侧了侧身。

不知道是没感觉到她的疏离还是感觉到了装不知道，邓远继续追着她聊：“你们小姑娘，平时玩微信挺多的吧？”

“嗯，还好。”

“来来来，那正好，咱俩也加个微信，以后工作上有事儿也方便联系。”他说着，掏出手机就要加顾笙。

他喝了不少酒，这会儿浑身酒气，猛一靠近，刺鼻的气味喷在顾笙脸上，再加上不怀好意扫过她大腿的目光，让她瞬间反感到了极致。

她想冷着脸推开邓远，可想到周琦为了这个局，说不定费了多少口水和精力才达成目的。

虽然明面上她说是自己懒得实习，才把这个机会让出来。可顾笙又怎么会不知道她是在默默帮自己解决问题。

如果按平时的性子翻脸，惹恼了邓远，那周琦之前的一切就都白做了，说不定还会因此影响她跟陆子鹜的感情。

思及此，她微不可察地皱了皱眉，借要去厕所，推开邓远，把手机丢给他让他扫，自己则趁机离开了包厢。

或许是看她脸色不好，周琦也很快跟了出来。

“你怎么了？”

“胃疼。”

大概是喝酒太猛的缘故，到洗手间用冷水洗了脸，双手撑着洗手台冷静了几秒，顾笙就感觉被烈酒灼烧的胃剧烈疼痛起来。

像有细密的冷针一下一下猛扎，细碎的撕裂蔓延到四肢百骸，冷汗从额头一点点渗出来。

她咬着唇，靠着墙壁慢慢蹲下去。

饭店的墙上贴着前台求助电话。

她从兜里掏出手机，在一阵阵眩晕的视线里凭感觉按键。电话拨出去，嘟嘟响了两声，那边传来优雅甜美的嗓音：“喂，您好，这里是海盛饭店前台。”

“你好……我现在有点不舒服，你们这里有胃药吗？”

“有的，女士您在哪个包厢，我们很快让服务员给您送过去。”

包厢号……

她皱眉思索了几秒，再想开口，手机却直接自动关了机。

也太点背了吧。

顾笙苦笑一声，本以为这次的疼痛会像以前一样，疼几分钟很快就会过去，却没想到疼痛的趋势愈演愈烈，到最后，连眼前的景象都有点模糊。

身边来来往往路过的人好奇地打量着她，却没有一个人跑过来询问帮忙。

幸好周琦及时赶了过来。

她说：“你等着别动，我去前台给你拿药！”

说完便匆匆转身离开。

等周琦赶到前台时，却被吧台的服务生告知，今晚饭店准备的常用药刚刚卖完，没有剩余了。

她只好打车去买。

上车后，周琦打电话给陆子鹜，让他转告驰未深，去洗手间照顾一下顾笙。可他并没有立刻转达。

那时，陆子鹜正叼着烟，敞开双臂搭在座椅上，对驰未深说："驰老板，这次我找你来的目的想必你也知道，大家都是生意人，打开天窗说亮话吧。"

"要什么条件，你才肯跟我合作。"

从半年前开始，陆子鹜的公司就想跟驰未深的骨扇店合作，也可以说，他想收购骨扇的制作配方，用来批量生产，大肆盈利，只是一直没找到合适的机会。

今天好不容易搭上驰未深这条线，当然不想错过。

可驰未深拒绝得很明确。

他弹了弹指间的烟灰，面无表情地道："陆总的好意我心领了。但我这人没什么野心，小富小贵就够了，不想太折腾。"

言下之意就是，不跟你合作，谈都懒得谈。

陆子鹜的脸色当时就不好了。他要笑不笑地盯着驰未深看了一会儿，眼神有点阴鸷。直到顾笙疼过好一阵儿，缓过劲儿回到包厢，他才再次开口："听说顾小姐有胃病，今晚没事吧？"

"没事儿。"顾笙敷衍一笑，眼眶还有点红。

她说这话时，驰未深眉心一刺，终于察觉到了不对。

在和陆子鹜交谈之前，他也出去过一趟。他在回包厢的路上，伸手拦住了顾笙。

"你让开。"

她咬唇瞪他，板着一张小脸。

周遭的行人来来往往，他们的包厢就在身后不远的地方，如果就站在这里说话，只要有人推开包厢门，就会看到他们两人熟络交谈的样子。

思及此，驰未深前后看了下，拉着她躲进了身后一间空着的包厢。

包厢漆黑一片，没有开灯。门口不断有人来人往的脚步声，狭窄的空间里，只有两人清晰的心跳和呼吸在暧昧纠缠。

有点热，他解开一粒扣子，松了松领口，这才摁着她的胳膊，用命令的语气道：“别去邓远公司实习，今晚想办法拒绝了这个工作。”

“为什么？”顾笙抬头看他。

“因为陆子鹜和邓远没安好心，你去了不安全。”

“那你就安好心了？”

嘿，小丫头今晚这是吃枪药了？

驰未深低头瞥了她一眼，眸色深了几分：“我没有跟你开玩笑。”

“我也没有。”

顾笙毫不畏惧地对上他警告的目光，推开他就想走，却被驰未深轻轻松松拎了回来，重新摁在了门板上。

黑夜里，他的眼睛锐利如狼，静静地盯着她，呼吸间带着微醺的酒气。顾笙心里有气，梗着脖子不想理他。

驰未深虽然觉得奇怪，却还是想先办正事。

“听我说。

“你不是一直想知道我为什么要去陆氏集团窃取文件吗？”

“因为我在查一件案子。”

那是三个月前A市发生的一起意外事故。

一个古董店的老板去乡下旅游，因为车子漏油和刹车失控，在乡间一条小路上，连带车里的妻子女儿一起丧生在了火海里。

调查的过程中，驰未深发现，那个老板生前的最后一通电话，是拨给陆子鹜的。陆子鹜是陆氏集团现任副总，出事当天，他曾约见过那位古董店的老板，虽然有人做不在场证明。可做完证明不久后，那人便离开A市，搬去了加拿大。

那家古董店，是陆氏集团在李子明之前，再三想合作的目标。

老板不愿意，拒绝了陆子鹜。在那之后不久，车祸就发生了：“所以陆子鹜这个人真的很危险，他身边的人你最好一个也不要碰。”

这一条条线索，会是纯粹的巧合吗？

顾笙当然不相信。

她之前就觉得陆子鹜眼熟，只是印象不深，一时没有想起来。现在想来，应该是在陆氏集团内部见过他的照片。

可驰未深呢，他又是以什么身份在查这件案子的？

她的心里忽然乱起来。

驰未深仍然微微俯身，低头看着她。他的眼眸漆黑深邃，眼底涟漪微动，温热的呼吸喷在耳侧，像是奖励她的聪慧，伸手揉了揉她毛茸茸的脑袋。

可顾笙忽然就奓毛了。

想起之前被利用的种种，想起他若有似无的撩拨和消失，现在又莫名其妙地出现，警告她扔了这份工作，憋屈得不行。

凭什么他想来就来，想走就走，把她顾笙当什么了。

她打开他的手，恨恨地瞪着他，说：“我有话要跟你说。”

驰未深眉心极轻地蹙了下，看了她好一会儿，才说：“好，你说。”

“那你别打断我。”

“好。”

驰未深直视着她，嘴唇轻抿，连最后一丝笑意也收了起来。

他的眸色沉沉如水，她别过头，强迫自己冷静道：“驰老板，我知道自己看起来很可笑，也知道你不喜欢我……但我不是什么洪水猛兽，也不会在你明确拒绝后还纠缠不清，你不用像躲瘟疫一样来羞辱我。

“我只是觉得，世界这么动荡，能在七十亿分之一的概率里遇见你很幸运。如果就这样错过，我怕自己会后悔。所以才想努力争取一下，哪怕最后的结果并不尽如人意。但这并不代表我的心意就可以被你随意糟蹋，我的喜欢就那么廉价。

“所以，如果你不想留给我机会，就请不要再撩拨我，不要再提醒我，也不要再给我任何错觉了，算我拜托你，行吗？

“因为你每给一点错觉，我的心里就会燃起无限希望。

“可当这希望一次又一次燃尽，我剩下的就只有满心伤痕和夜不成寐的眼泪。

“而你还毫发无损，这多不公平啊！”

说到这里，她忽然哽咽，红了眼眶。却怕他看到似的，迅速低头抹了抹眼睛，转过身背对他。

驰未深皱了皱眉，刚想开口说点什么，顾笙又吸了吸鼻子，自嘲一笑：“算了，是我自作多情。你本来就不喜欢我，又何必在乎我的感受呢。”

说完，她就拉开门匆匆跑了出去。

而率先离开包厢的她，也并没有看到身后驰未深腾空的手。

灯光昏黄的走廊里，她纤细单薄的背影在视线里渐行渐远。他的手在半空停顿片刻，又放回兜里，摸出一根烟，放进嘴里，转身向包厢走去。

进包厢之前，他无意间瞄了一眼，就看到小丫头肩膀一颤一颤地消失在了洗手间的拐角处。

驰未深说不清那一刻心里是什么感觉。

好像有一只狗尾巴草从心头扫过，莫名软下去一块。

那时包厢里漆黑一片，他没有看清顾笙的脸。眼下陆子骜说完再去看，才发现她的脸果然苍白得厉害。

邓远像没看到一样，笑眯眯地说：“既然小顾没事，那来，我们再喝一个，就当提前庆祝你入职实习了。”

说着，他醉醺醺地站起来，端起新倒满的酒杯就往顾笙面前一递，等她接过去。

顾笙抿唇看着面前波澜微动的酒水，不知道在想什么，半天没动。

气氛一时有点僵。

隔壁包厢里，柏晟跷着二郎腿，盯着笔记本里的监控画面一拍大腿：“从他派我去保护这个叫顾笙的小妹妹，我就觉得两人肯定有猫腻。看看，被我猜中了吧！

“你说，他都忍一晚上了，会不会在这个时候破功？”

他们警队的人，今晚便装出来，就是来探陆子鹜的底的。

另一方面，也是怕驰未深一个人应付不来，漏了底，陆子鹜会对他不利。从去陆氏集团窃取文件失败开始，陆子鹜就已经查过驰未深的身份，今晚又借邓远的手一再试探，目的就是想抓住他的软肋。

如果他此时起身阻止，或者带顾笙走，那么以后，她就会成为他的软肋。

可如果不出手，陆子鹜肯定不会善罢甘休。

柏晟心里还默默记恨着之前驰未深派他去保护周琦，而打断他旅游计划的事。因此显得很幸灾乐祸，一副等着看好戏的兴奋样。另一个公鸭嗓的男人却嗤笑一声，说：“他那种人，做什么我都不会觉得奇怪。”

“宏队一开始就不该把他收进警队，无组织无纪律，一切都随心所欲，还真把自己当根葱了。

“要我说，当年那件事……”

“哎哎哎我说你行了，打住啊。这么多年兄弟了，你就不能放一放你那狭隘的心胸？”

男人冷哼一声，不再说话。

包厢里又安静下来。

窃听器里，邓远又一次出声催促：“小顾，快喝呀，你不会这点面子都不给我吧？”

说着，他又把酒杯递过去一些，溅出的酒水泼到了顾笙的衣服上。她皱了皱眉，刚想发火，就见一只胳膊打斜里穿过来，捏住了邓远的手。

是驰未深。

他到底还是没忍住，钢铁般有力的手腕攥住邓远，手上稍一用力，就捏得他嗷嗷直叫，手里的酒杯陡然落地。

“不想喝就别勉强自己。”他对她说。

邓远被那股自上而下的压迫气息吓得讪讪的。

顾笙一怔，莫名就红了眼眶。

原来这人也没有想象中那么不近人情呀。

第六章

他的撩拨

她突然一刻也待不下去，转身就往包厢外面走：“不好意思，我身体不舒服，先回去了。”

说完，她匆匆离开了酒店。

可还没走多久，就被一辆熟悉的黑色越野追了上来。

车子停到身边，车里的人打开门下了车。顾笙心里一震，慌张退后两步，转身就想跑，却被来人长臂一伸，一把攥住。

是驰未深。

他居高临下地看着她，漆黑的眼眸顿了顿，才沉声道：“你今晚到底怎么了？”

这一次，他抓的力道并不重，想挣脱的话，是可以的。

可顾笙没有。她的脚步停在原地，想起不久前自己决裂似的宣言，又羞又愤，还夹杂着几分委屈。

“你……”

她想说，我怎么了你难道不知道吗？

可话还没说出口，就听他又问：“还难不难受了？”

不问还好，他这一问，她心里更委屈了。

顾笙微颤着吸了口气，抬头看天上，用力眨了眨眼，想着反正之前都那么狼狈过，不会更丢人了，索性转过身，直视他的眼睛。

“对啊，我就是难受。从你拉黑我到现在一直都难受。”

驰未深皱了皱眉，挑起她的下巴，倒吸一口凉气。

“怎么还哭上了？”

“我不能哭吗？”

他被她唬得一愣一愣的。

她撇了撇嘴角，一双盈盈带水的眸子望过来，通红通红的，像只被惹急的兔子：“你利用完我就拉黑，拉黑之前招呼都不打，明明这么安全，还要我替你各种胡思乱想，猜你是不是出了什么事。就算你已经习惯了不把别人的心意当回儿事，可我会当真啊……”

她的担惊受怕和忐忑焦虑，到最后才发现，根本就是多余的。

他只是单纯地拉黑了她而已，甚至连一条短信都懒得回。

顾笙觉得自己的自尊心和心意被人糟蹋了。

她越想越生气，越想越心酸，眼泪在眼眶里转得更厉害了。

女生就是这样一种生物，当你孤身一人时，哪怕艰难万险，也绝不会叫一声苦。可当你身边有人询问关心时，眼泪就像自来水，说来就来。

驰未深有点无奈，这才弄清今晚她反常的真正原因。

那天回家以后，柏晟找他借钱周转，柏晟走之后，他下楼吃饭，在饭店看到一个端碗洗盘子的小姑娘，视线一扫而过，莫名就想到了她。

柏晟一个大男人在社会上生存还偶尔会遇到困难，何况她一个瘦瘦弱弱的小女生。思及此，他修长的指尖划开屏幕，打开支付宝，把她的报酬转了过去。

却没想到，吃完饭手机就被人偷了。

后来忙着到B市工作，他就把这事儿给忘了。

没想到小丫头别扭了这么久。

他看着她憋得通红的小脸，无语许久，终于从口袋里拿出一个手机，放到顾笙面前，手指点了点屏幕："看。"

"看什么看！"

小丫头的倔脾气又上来了。

第N次替她抹掉眼泪后，驰未深的声音沉下去，有点失去耐心。

"真的不看？那以后也别想要解释了。"

以后……这驰老板想得可真远。

顾笙愤愤地撇了撇嘴。

哭完以后，整个人都舒坦多了。

不过……这是不是说明，她有戏了？

委屈劲儿一过，她眼珠子一转，吸了吸鼻子，立刻恢复往常的狡黠灵动，一把拽住驰未深的衣领踮起脚，小声夺下手机："看看看，谁说我不看了。"

恰在这时，周琦打来电话。

电话里，她笑得贼兮兮："哎，我可看到了啊。"

"看到什么了？"

"你和驰老板呀，啧啧，姿势很亲密嘛。

"我就不打扰你们，先走啦啊！"

"哎，你！"

顾笙刚想喊住她，周琦已经挂了电话。

她的目光被驰未深的手机吸引过去。黑色的触屏手机，翻来覆去看了好几遍，没什么特别。

驰未深双手插兜站在原地，耐心等着，看她实在找不到，又淡声提醒道："用你的手机拨拨试试。"

顾笙按照他说的去做。

打开通讯录，输入号码，按下拨号键。按完后，她等了好久，这边显示通话中，他的手机依然没有反应。

再拨，还是没反应。

囧……

他这是？换了个手机？

想起今晚自己闹的乌龙，顾笙的脸瞬间红成了猴屁股……

驰未深有些好笑，却很快从她手里拿回手机，将她从身前推开一些，俯身与她平视，问：“现在不委屈了？”

“嗯。”顾笙尴尬地摸了摸鼻头。

他笑了下，声音更低。

“那上车吧。”

路上，顾笙的酒劲彻底上来。

她喝醉有个毛病，喜欢咬人。

这不，驰未深正在等红绿灯的空当点烟，就看到她脸红红地盯着他看了一会儿，忽然扑到他的胳膊上咬了一口，若有所思地道：“疼不疼？”

她喝了酒，连说话的声音都变得糯糯的。

驰未深一挑眉梢：“你觉得呢？”

顾笙低头摩挲了下他坚硬有力的胳膊，直到被咬过的地方慢慢泛起红圈，这才嘿嘿一笑，说：“好像是有点疼。”

她仰起头，蒙了雾气的眼眸在灯光下亮晶晶的，透着毫不掩饰的欢喜雀跃：“驰老板，再见到你真好。

“你呢，见到我你开心吗？”

她问得傻乎乎的，却格外执着。

驰未深当然不屑于回答这么幼稚的问题。

他轻笑一声，不说话。

可他越是不说，顾笙就越是好奇。回去的路上，他开车，她也不睡了，撑着下巴眼睛直勾勾地盯着他。

让你不说，让你故意吊着我！

哼！

她一双亮晶晶的眼眸在路灯下眨呀眨，眨呀眨，眨得人心烦意乱。

车子停在下一个红绿灯路口时，驰未深终于受不了，头疼地揉了揉太阳穴，伸手把她的脑袋摁到另一边，转移话题。

“你不困吗？不想睡觉？”

她反弹回来，继续眨巴着眼睛：“不困呀，现在特清醒，而且还斗志满满呢！”

……

怎么就摊上这么个小烦人精。

也是无奈。

指间的香烟被点燃，淡青色烟雾在空气里散开，驰未深一手握着方向盘，一手搭上车窗，等红灯过去。

而闹累的某人，终于身子一歪，直接栽进了他怀里。

他的怀抱温暖又安全，眼前天旋地转，她栽进去就不想动，索性放纵自己晕了过去。晕倒前还不忘从眼缝里偷瞧着他嘀咕：“晕，走不了了。一会儿你记得背我啊……可千万别忘了……”

晕还知道往他身上扑？

驰未深眼底泛开浅笑，低头一瞥，发现小丫头已经迷迷糊糊地闭上了眼，手还紧紧抓着他的胳膊，生怕他半路扔下她似的。

她的小脸红扑扑的，侧头躺在他腿上，呼吸匀称，睡得安稳，莫名让人想到一种乖巧的小动物，蜷在怀里柔软又依赖，是一种全身心被信任的感觉。

被信任，的确是个很久没出现在他生命里的词了。

驰未深不自觉轻笑一声，打开车窗，想让车里的烟雾散出去一些。可看到她无意识缩肩膀的动作，想了想，降了一半的车窗又升上去，手里的烟也掐灭了。

这一觉，顾笙感觉自己睡了好久。

从梦里醒来时，她的头上沉甸甸地压着什么东西，浑身酸疼没有力气，身体像被车轱辘碾过似的，支离破碎。

浅白色双层纱帘，窗明几净的单面落地窗，还有陌生又熟悉的浅灰色装饰家具。这是一间椭圆形的单人卧室，她正盖着松软的空调被躺在大床中央。

脑袋还在嗡嗡作响，宿醉后酒气扑鼻而来，她难受地皱了皱眉，伸手拽下横在额头上的湿毛巾，脑子一时不够用，却隐约想起昨晚发生了什么。

去饭店……遇见驰老板……喝酒……胃疼……

然后，就被他从酒店带了回来……

可他怎么也在B市呢？

她睁眼盯着雪白的天花板愣了几秒。直到楼下传来清脆的碗碟碎裂声，这才从床上猛地翻身爬起来，找到高跟鞋穿上，噔噔噔地下了楼。

楼下，驰未深正阖着眼躺在沙发上浅眠。

顾笙不自觉放慢了脚步，顺带打量这间复式公寓。

公寓简洁大气，和驰未深骨扇店那边住所的装修风格几乎一模一样，面积却比那边的大三分之一，窗外也没有攀援生长的绿植，从落地窗前看去，可以望见院子里高大的梧桐树和已经长了杂草的花圃。

这是一栋建在半山腰的二层小别墅。

顾笙悄悄蹲到地上，目光落到那张熟睡的侧脸上，忍不住偷偷用手去描绘。

浓黑的眉，轻闭的眼，英挺的鼻梁，微抿的薄唇，还有额前那道淡淡疤痕。或许是因为睡着了，他冷硬的五官显得柔和许多，眼角眉梢还能看出点温柔的神色。

不过……这是什么？

她瞳孔微缩，看到驰未深脖子上泛红的小巧印记，心里猛地一紧。

那是一排牙印。

小巧精致，整齐地印在他小麦色的肌肤上，像一串俏皮的贝壳。

这这这……

难道他们失联这几天驰老板已经被别人捷足先登了？

不能吧！明明是她先来的好吗？顾笙心里哀号一声，小脸瞬间瘪下去，赶紧颤着手给周琦发信息求助。

——我好像在驰老板身上发现了草莓印，怎么办？

——在线等，挺急的！

这时，头顶忽然传来一道戏谑的笑：“别急，反正这是你自己咬的。”

嗯？

顾笙被吓一跳，护臂看着突然出现在身后的柏晟。

“你你你……不是那个奇葩相亲男吗？

“你怎么会出现在这里？

“不会是在跟踪我吧？”

……

柏晟笑着打量她，嚼完嘴里的面包片，才说：“小妹妹，话可不能乱说。昨晚是我护送你们回来的，你不要狗咬吕洞宾啊。”

“还有，我要声明一点，之前是你朋友先不厚道，我才奇葩的。”

“那你……”

“过来聊。”

他拎着汤勺指了指沙发上的驰未深，意思很明显。

如果想吵醒他，就继续站着说。

如果不想，就跟我走。

顾笙想了想，选择妥协。

厨房里，地上碗碟的碎片还没清理干净，煲汤锅里炖着玉米排骨汤，应该是她刚才只顾着看驰未深，厨房又是客厅的视觉死角，所以没有注意到有其他人。

进了厨房，柏晟不急着解释，反而是先指挥顾笙洗碗打杂。一边指挥，他还一边振振有词：“想得到任何东西都是要付出代价的，你想知道更多，不干点活我多亏啊。”

顾笙斜眼睨他：“我看你是自己厨艺不精，所以才想劳役我吧。”

这小妹妹，知道得也太多了。

柏晟咳嗽两声，对她的猜测不予置评。

“不过我记得昨晚明明是驰老板带我回来的啊，你怎么又说是你护送我们回来的？”

“我的车跟在你们身后嘛，当然算护送了。”

顾笙：“……”

两人合力做完早餐，柏晟终于舍得开尊口。

“我当时跟在车后看着，就看你扑上去先啃胳膊，又啃脖子，最后就差骑在驰老板身上把他扒光了……”

“不是我说，小妹妹，下次你还是少喝点酒，酒品很危险呀。”

柏晟一边说，一边做出惊恐的表情看着她，搞得她好像是犯罪分子。

顾笙面红耳赤地想了想，还是对这段记忆毫无印象。

算了……就当什么都没有发生吧。

毕竟啃脖子什么的……想想都觉得好羞耻……

她在心里自我催眠了十多分钟，心情总算平复下来。

和柏晟聊过之后，顾笙确定了内心的猜想。

驰老板果然还有第二重身份。

他这次来B市，一是为了继续调查陆子鹜，二是为了采集购买制作骨扇的原材料。昨晚顾笙就觉得有点奇怪，为什么一个和实习上司见面的聚会，陆子鹜也会来。原来他是醉翁之意不在酒。

可如果陆子鹜真有问题的话，那周琦该怎么办？

还是等驰老板醒了以后问问他吧。毕竟柏晟和驰老板把这件事告诉她，是情非得已。

从去陆氏集团窃取文件开始，她就已经卷进去，无法置身事外。可周琦不一样，她是这件案子之外的人，照理来说，警方办案，知道的人肯定越少越好。

所以顾笙才有这个顾虑。

可还没等她找，周琦就自己送上门来了。

她在微信上说，自己已经和陆子鹜飞澳门了。

——这么快？

——不然呢，你以为谁都像你似的，龟速！

——不损我你会死吗……

——哎呀你先别说话，吵得我正事儿都忘了。我要问你件事儿。

——说。

顾笙撑着下巴打出一个字，有点小困，脑袋一顿一顿的。

她等啊等，等啊等，看着对话框上面一直显示正在输入，输了好半天，对面才发来一句

——你昨晚和驰老板有没有那个？有的话你有什么嗯……有情趣内衣之类的推荐一下吗……

——快点发过来，传授点经验技巧也可以！

顾笙：“……”

下午的时候，柏晟走了。陆子鹜的跟踪调查暂停，驰未深列了份购买骨扇材质的清单，去竹窖采购。

竹窖是B市特有的一种地下商业窖。里面贮存有各类竹子和竹制品，做骨扇用的大部分原材料都可以从里面买到。如果有需求，也可以通过竹窖老板，采摘生竹，自己回来打磨。

所以他每次去竹窖，各个种类的竹子都会采购一些，做成成色和品级不同的骨扇，放到店里分级摆卖。

窗外天有点阴，驰未深拎起外套，快步下楼，打开驾驶座，余光觉得哪里不对，视线一扫，就看到顾笙正笑眯眯地坐在后座看着他。

“下午好呀。”

驰未深看她一秒，挑眉：“你去干什么？”

这话问的。

“我在B市只认识你一个，你又让我把工作推了，不跟着你，难道要一直在房子里闷着吗？我才不要，一个人好无聊的！驰老板，你不会真那么狠心吧？”

说着，她撇撇嘴，扒住车座，迅速往后躲了躲，只露出一双亮晶晶的眼睛看着他。

驰未深有些好笑：“我就问一句你去干吗，你非要用十句顶回来才不觉得吃亏是吧？”

“谁让你不说清楚的……”

顾笙撇撇嘴，又掰着指头跟他科普：“你没听过那句话吗？唯女子与小人难养也。我就是小女子，所以从不吃亏。”

不知怎的，昨晚以后，她好像不那么怕他了。

驰未深上了车，从后视镜里看到她巴掌大的脸，一双灵动清澈的眼眸转来转去，透着几分小人得志。

路上，顾笙扒住车座，趴在他耳边，厚着脸皮开启十万个为什么模式。

“驰老板，你今年多大啊？”

“27。”

“那你家是哪儿的啊？”

“B市。”

“你开骨扇店多久了啊？”

“很久。”

“很久是多久？”

……

最后，把他的基本情况摸清楚后，顾笙终于甩出终极疑问。

“那你现在还没有女朋友吧？”

问完，她偷瞄他一眼，一只脑袋看着前方的道路，装作漫不经心的模样。

驰未深扶着方向盘，目不斜视地看着前方，闻言又从后视镜里瞥了一眼，就看到小丫头微微纠结的眉头。

莫名就想逗逗她。

他忍不住勾了勾唇，稍稍一顿，一手从杂物盒里摸到烟盒，摸出一根烟放进嘴里，点燃后，才侧头看她一眼，说：“现在问这个，你不觉得晚了点？”

“好像是有点……”

顾笙的脸瞬间就垮了下去。

又听到他说：“如果我说，有了呢？”

嗯？

她心中瞬间警铃大作，语气更弱了。

“不是吧……”

如果有的话，柏晟为什么不告诉自己啊！

她撇撇嘴，跌回后座，晴天霹雳四个大字就差写到脑门上了。可眼珠子无意间一转，就看到后视镜里驰未深含笑的嘴角。

她瞬间反应过来：“驰老板，你竟然骗我！骗人可是特别不道德的事哦。”

她暗戳戳地谴责。

驰未深不语，想了想，又问她：“那如果骗的不是人呢？”

“那就另当别论啊。”

“那不就是了？”

嗯？

顾笙好半天才反应过来，他这是说自己不是人呢。

没想到你竟然是这样腹黑的驰老板！

她默默地瞪他一眼，想着一定要找个机会报复回来，可转念一想，心情好像还不错。

很快，车子停到竹窖前，顾笙也就不再纠结这个问题。

竹窖在一所大学背后的巷子里，最初听到名字的时候，她还以为和小时候见过的土窖应该差不多。

可进去才发现，这间竹窖更像一个地下酒庄。简约奢华，灯光璀璨，一推开半锈的铁门，就看到三排通顶的木架依次排列，木架四四方方的小格子里，放着竹制藏品。

驰未深要的竹木在后面，顾笙跟在他身后，一边走，一边好奇地东张西望。走着走着，看她落在后面了，他就停下来等一等。

有时候等得不耐烦了，他刚要习惯性皱眉，她就小跑着跟上去，笑眯眯地拽住他的袖子，推着他往前走。

“好好好我不看了，走吧。”

可过了一会儿，她就又忍不住停下来。

驰未深拿她没辙，只好跟在她身后，等她看够了再一起走。

竹窖最里面的一间房里，放着专门用来制作骨扇的竹木材料，有扇骨，也有绫帛。虽然大部分扇骨都还没有被打磨过，但伸手一摸就知道，这些檀木白竹之类的，都是品色上佳的原材料。

进去后，驰未深半蹲下身，打开整箱材料一个个检查。

顾笙也凑热闹，蹲到他对面，一个一个认真地摸。

她摸的时候屁股撅起来，短裙里的打底裤露出一截，连带胸前的唯美风光也在眼前晃啊晃。

她的皮肤本来就白，在竹窖璀璨的灯光下一照，更像牛奶似的晃人眼，让人心神微荡。

驰未深抬眸瞥她一眼，不动声色地移开目光，说："你起来，椅子上坐着去。"

"凭什么啊。"顾笙嘀咕一声，有点不开心，手还在扇骨上摸，就是不起身。

她装模作样学得还挺像。

所幸房间里没有其他人，驰未深有些好笑，就问她："照猫画虎这么好玩？"

"好玩。"

她点点头。

心想，虽然我画不出猫和虎，但是我能摸到你的体温呀。

她心里乐颠颠的，手还沿着他摸过的地方一个一个地摸，但也不敢太明目张胆。

不知是看出了她的小九九还是怎么，驰未深忽然似笑非笑地盯着她看了一会儿。

他的眼睛本就生得好看，再专注地盯着某一处，真能将人溺死其中。

顾笙咬着唇，耳尖开始发烫。

"你干吗？"

他不说话，漆黑深邃的视线落在她白皙的脸上，巡视片刻，又下移，最终停在唇瓣。

她的唇瓣娇嫩微启，像初绽的玫瑰，色泽恰到好处，摸起来软软的、糯糯的，带着触手可及的温香。

滚烫顺着耳尖蔓延到脸颊，顾笙眨眨眼，再想说话，驰未深忽然向前一步，倾身笼罩了她。

她的心跳快了一拍。

下一秒，只感觉有只粗粝温热的指腹抚上红唇。

细微的酥痒过电一样从唇瓣传遍全身，他的手指还在微微用力，摩挲揉捏。

顾笙咽了口口水，脸一下就红了。她默默地承受着，平时的伶牙俐齿也不知跑到哪里去了。只好低头，仓皇胡乱地整理整理衣服和裙子，找点事情掩饰怦怦怦的心跳。

驰未深揉了一会儿，收回手，神色淡淡地对她说："嘴上沾了东西。"

嗯？

沾、沾了东西？……

她还以为他是在撩自己呢！

又自作多情了吗？

顾笙又羞又恼，暗暗地瞪了他一眼，忽然想起什么似的，起身说："我出去一下。"

"去吧。"驰未深继续检查着材料，头都没抬一下。

却在她纤细的背影匆匆消失后，神色微妙地笑了笑。

顾笙出去后，靠着木架冷静几分钟，怦怦怦的心跳总算恢复正常。

她打开手机，看到柏晟回过来的信息。

——小妹妹，想知道驰老板喜欢什么可以，但你得贿赂我。

——说吧，要什么！

为追男神，她忍了！

很快，柏晟就发来驰未深的喜好。

过段时间就是他的生日了，惊喜总还是要送的。顾笙在心里暗暗琢磨，投其所好应该不会出错。

如果礼物送得好，他说不定会少一点板着脸对自己。毕竟拿人手短啊！可柏晟发过来的东西，难度都挺高。

——攀岩、射击，还有骨扇。

……

射击……她不会，也没有条件。

那要不，约他去攀岩？可攀岩结束就没了，也没什么东西可以让他以后看到就想起自己，太亏了。

最后，顾笙把目光放在了骨扇两个字上面。

与此同时，竹窖最后的房间里。驰未深已经清点完扇骨，合上箱子，双手插兜坐到椅子上，看着对面刚进来的竹窖老板。

老板拧着眉，神色严肃："小驰，陆子鹜已经找人试探过我很多次了。

"每次那些人都来旁敲侧击地打听，问我知不知道你们驰家骨扇的绝密配方。

"还有竹窖里缺的那些货，都是他们买走的。

"陆子鹜现在已经得了红眼病，自己的公司被掏空了，就开始把目光转到别处想填坑。我知道你听你爸的话，不想让骨扇店传下来的手艺和口碑被毁了，但你也别把他惹急了。

"那种人啊，防不胜防。"

说完，刘伯叹了口气："以前总觉得有钱就好了，可你看看，有钱了，还得防人惦记，人活着还真是糟心。"

驰未深盯着地面有半刻没说话，似在思考什么，许久，才没什么笑意地扯了扯嘴角，说："放心，我有分寸。"

"嗯，你知道就好！"刘伯松了口气，又指着门外笑了笑。

"那姑娘，是你女朋友啊？"

驰未深正在拢火点烟，闻言挑了挑眉，没有承认，也没有否认。

刘伯乐呵呵地笑开了：“咱可说好了，交情归交情，她踩坏的地板我都要算你头上。”

从进竹窖开始，刘伯就看着后面的顾笙训他：“你小子，不知道我这儿不让穿高跟鞋进啊？”

竹窖的地板都是他自己铺的，木质的，很脆弱，所以这里有个不成文的规矩，穿高跟鞋的人不许进。

驰未深短促地笑了下，说：“您算吧。”

眼前却浮现出之前顾笙在身后东逛逛西逛逛的新奇样儿，像只欢快的小鸟。他转身一瞥，视线落到她脚上，想起那天在山里她倔强的眉眼，到嘴边的提醒又咽了下去。

算了，随她去吧，大不了多赔点钱。

晚上，从竹窖买完竹子回到住的地方已经十一点多。

B市的天气阴晴多变，白天还艳阳高照，这会儿已经乌云密布，冷风阵阵。

顾笙跟在驰未深身后进了别墅。走到门口，他拿钥匙开门的时候，她下意识地躲到他身后，四处看了看，直到他安全走进去，才迈开腿跟进去。

驰未深好笑地回头看她：“就那么胆小？”

顾笙小声反驳：“我才不是胆小，我是被你吓出心理阴影了好吗。谁家门口会装这些奇奇怪怪的东西啊。”

她撇撇嘴，忽然想起什么似的，眼珠子一转，又笑眯眯地凑到他跟前，露出一口小白牙，说：“驰老板，你渴不渴？我去给你倒杯水吧。”

驰未深放下门卡，正在从兜里摸烟，眯着眼睛看了她一会儿，没接话。

顾笙撇撇嘴，自己去了。

水倒好，端到他面前，她还特地吹了吹，邀功请赏似的：“温度刚刚好，喝吧。”

驰未深喝完，她又问：“驰老板，你饿不饿呀，要不要我给你做晚饭？”

“我们回来之前刚吃过。”

“哦……”

“那你累不累，要不要我帮你按按摩？”

“不用。”

“那你……”

“你到底想说什么？”驰未深要笑不笑地看着她，揉了揉太阳穴，眉头拧起一个小小的结。

在外跑了一天，加上这两天没有休息好，他已经很困，听她在耳边叽叽喳喳，真是又好笑又无奈。

顾笙瞄他一眼，又瞄一眼，这才试探地问：“驰老板……如果我说我想跟你学做骨扇，你会同意吗？”

“为什么？”

驰未深语气沉静，表情不变，看不出什么情绪。

他把手里的烟头捻灭在烟灰缸里，不知是因为热还是什么原因，伸手解衬衣纽扣。

一颗、两颗、三颗……

解到第三颗时，停了下来。

微开的领口，是男人硬朗的锁骨和紧实的肌肤，再往下，就是他流畅有力的腹部线条……

顾笙抿了抿唇，心跳灼热又快速。

要不直接告诉他自己的想法？

不行不行，太花痴了……

虽然想学骨扇的心是真的，可初始动机不纯。驰老板肯定不会同意她用这么随意荒唐的理由就想染指自家的传统工艺。

想了想，她说：“我可以理性分析一下给你听。”

“第一，我已经卷入你们在查的这件案子里。与其每天派专人在我身边打转，暗中保护，还不如直接让我跟在你身边。这样既能省下警力，我的人身安全又有了保障。

“第二，身为职业冒牌师，我接触的行业很多，伪装的技术也还行，如果有需要，我还可以继续帮你查案。

“第三，我是真的对骨扇产生了兴趣。我知道你有自己的担忧，但你只教我一些普通的制作方法就行连。

“还有最后一条，你之前雇了我，报酬也提前支付了，不管从什么角度来说，我都该继续待在你身边，等待机会，完成这个任务。

“你说是不是，驰老板？”

说完，她忐忑地看着他，眼眸亮晶晶的，像只小狐狸。

驰未深双腿交叠坐在沙发上，看着小丫头像个活宝似的，一条一条掰着指头说给他，表情无畏中透着点忐忑，眼底的情绪深不可测。

每一条都有理有据。

每一条的目的都是想留在他身边。

他想了想，闷声笑了下，英挺的眉眼在灯光的映衬下更显桀骜与俊朗。

看了她好一会儿，才起身，借着身高优势揉了揉她的脑袋，说：“分析得不错。”

然后呢？

顾笙眼巴巴地等着下一句。

可驰未深竟然就这样走了。他没有说同意，也没有说不同意，就留下一个意味深长类似夸奖的话，然后上楼了！

顾笙有点懵。

等她拔腿追去，还想再争取一下的时候，他已经走进卧室关上门。

房间里，哗哗的水声从浴室里传出来。

顾笙像被打蔫儿的茄子，趴在门上听了好一会儿，等里面终于没了声，又关了灯，这才悻悻地回了自己卧室。

她其实就是怕他一个人卧底有危险啊。

怎么就不懂呢……

她郁闷地踹了踹被子，一个倒身，扑在了床上。

驰未深听着隔壁房间咚咚的扑床声，无言半刻。

顾笙的心思简单直白，他又怎么会看不明白。

可他有自己的思量。

那天在饭店，陆子鹜不惜降低身段和邓远合作，弯弯绕绕都要把他请过去，一是为了骨扇店的合作，二是为了正面探探他的底，看看他这个人好不好对付。

驰未深在他一再试探的情况下，出手帮顾笙，故意漏了破绽给他，让陆子鹜以为他是个沉不住气的人，放松警惕，她也不用再被为难。

可放松归放松，他都查到陆氏集团了，陆子鹜不傻，不会乖乖等着束手就擒。

所以现在每一个出现在他身边的人，都有可能分担他的危险。

顾笙也一样。

何况她还是个小姑娘。

第二天一早，驰未深从楼上下来时，顾笙正在厨房琢磨早餐。

她的厨艺并不好，勉强能解决温饱。

菜板上放着削了皮的南瓜块，碗里放着用水洗净过滤的小米和冰糖，旁边的煎锅里热了油，一袋煎饺摆在白瓷盘里，被她一个一个夹进去，耐心等候，加热翻烤。

外面下着小雨，清晨的风透过厨房的窗吹进来，雨意微润，透着几分凉意。

她低着头，因为穿着白衬衫，扎了丸子头，整个人看起来比实际年龄小几岁，模样乖巧又安静。

驰未深双手插兜，姿态慵懒地靠在厨房门口看了会儿，眼底漫开淡淡的笑意。

只是这笑意，在顾笙回头的瞬间，又被他不动声色地收了回去。

“早啊，驰老板。”

看到他，她眼前一亮，一边翻着煎饺，一边跟他说话，不知是因为刚起床还是什么缘故，嗓音糯糯的，带点不自觉的娇嗔。

驰未深被她感染得心情也好了几分。

“早。”他挑了挑眉梢，“你在家也经常做饭？”

顾笙想了想：“也不是，外卖吃多了偶尔会换换口味。不过我以前想过要做厨师。”

“那后来怎么没做？”

“因为……因为命不好吧。算命的说了，我的命太硬，不适合在厨房和菜刀打交道，所以就放弃了呗。”

她说着，狡黠一笑，又开始逗他。

“驰老板你呢，你算过命吗？”

“比如姻缘一类的。”

姻缘……

驰未深神色淡淡地走到饮水机前接了杯水，眯眼对着窗外雨雾蒙蒙的天望了望，这才说：“算过。”

他是真的算过。

被许清缠着去的。

只是时间过去太久，顾笙不提，他都要忘了。

“那你……”顾笙还想问什么，煮粥的锅里却溢出水来。

她闭了嘴，手忙脚乱地去揭锅盖，却被烫得倒吸了口凉气。

“毛手毛脚，这么大人了还这么笨。”

驰未深不知什么时候走到身后，伸手抓住她的手腕，俯身把她压到洗水池旁，用冷水冲洗手指。

他宽大的手掌覆在她的手背上，耳边的语气却毫不客气。顾笙脸有点热，却还是忍不住默默地瞪他一眼：“还不是因为你。”

“我？”他挑眉，“难不成还是我推着你被烫的？”

这丫头，倒打一耙的功力倒挺深。

“你要是不分散我注意力，我也不至于被烫啊。而且我是为我们两个人做饭呢，你有点感恩之心好不好。”

她说得振振有词，小脸仰着瞪他，黑白分明的眼睛在眼前转啊转，连睫毛都忽闪忽闪变成挠人痒痒的稻草拂进了心里。

驰未深不动声色地退后一步，缓缓从嘴里呼出口气，看她手上的红印淡了下去，把她往外面一推，哼笑道："这么算，我还收留了你呢，你怎么不说给我交房租。"

顾笙不干了，叉腰跟他算账："可我是因为你才丢了工作的啊。"

"你不收留我，难道要让我去睡大街吗？"

"行行行，别算了，功过相抵，快去做饭。"

驰未深被她的伶牙俐齿怼得脑袋疼。

顾笙还想张口说什么，被他两只手指捏住唇瓣，斜眼睨过来："没完了是吧？这样算下去，还吃不吃饭了？"

就你厉害，就你有脾气。

她默默地翻了个白眼送给他，却还是乖乖去盛饭了。

吃完早餐，驰未深刚准备出门，就接到柏晟打来的电话。

顾笙看着他的背影摸了摸下巴，忽然想起什么，收起碗筷，转身上了楼。

"怎么了？"驰未深关上阳台门，摁下接听键，眼神冷静地平视远方。

"深哥，有情况。"柏晟开门见山。

柏晟看了眼审讯室里抱头撞墙的男人，神色严肃凝重，语气也沉下来："给陆子鸳做证的那个人被我们抓到了，但现在情况不太好。我们的人找到他的时候，他的精神已经出了问题，一提到那场事故，要么发疯了似的抱头撞墙，要么痛哭，就是一个字儿都不说。现在大家伙都围在审讯室外头看着呢。宏队说，让你赶紧回来看看，万一能找到新的切入点撬开那家伙的嘴也说不定。"

情况忽然棘手，这是驰未深没有想到的。他极轻地拧了下眉，想了几秒才说："陆子鸳可能已经开始动手了。"

柏晟心里也是一惊："你是说，他知道你在查那件事了？"

"不然你觉得他为什么忽然对证人下手？"驰未深点了根烟，冷笑一声，“前两年都好好的，现在突然动手，可能是他知道我们要收网，有压迫感了。如果到现在他都没有察觉，那也真是个傻子了。”

“可现在线索断了，想定他的罪更难了。何况他背后还有陆氏集团的老爹撑腰。万一他又想玩什么花样，岂不是会有更多人遭殃？”柏晟担忧道。

“放心，他不会有那样的机会的。”驰未深漫不经心地碾碎脚下的烟头，语气格外平静。

柏晟却听出几分狠厉的决绝。他看了眼审讯室里的男人，又想起曾经和杀人犯搏斗时驰未深不要命的嗜血样儿，替陆子鸷打了个寒战。

心里却安定了不少。

他整了整手上的审讯记录，说：“那行吧，你让顾笙小妹妹自己也当心，反正我最近是没空帮你保护她了。其他的就等你回来再说？”

“行。”驰未深沉声应道。

打完电话，驰未深回到客厅，看到顾笙从楼上噔噔噔跑了下来。

“驰老板，你是不是要出门？”

她跑到他面前，微喘着气，手里拿着一支不知道从哪儿翻出来的旧钢笔，一时没刹住，撞了他一下。

驰未深皱眉拎起她的脖子：“下次慢点跑，我又不会消失。”

“我不是怕你走了嘛。”

她撇撇嘴，蹬着脚落地，因为要给他东西，忽略自己又被身高碾压的羞愤，拽着他的袖子走进厨房。进了厨房，顾笙从冰箱门上扯下一个浅蓝色的便利贴，铺在桌子上，刷刷写了一行字，笑眯眯地塞进他手里。

“什么东西？”驰未深挑眉。

“一个车牌号，跟踪你的车牌号。”

昨天在竹窖里买东西，驰未深在里面清点材料的时候，顾笙中途出去过一趟。

就是那时候，她从窗户里看到一个鬼鬼祟祟的身影。那个人在竹窖外跟着他们，等他们出去时，又从竹窖跟回小区楼下。直到晚上睡觉前，她透过落地窗去看，才发现他的车子开走了。

“所以你出门一定要注意安全啊。我就在家待着，有事儿的话你也可以给我打电话，我好搬救兵帮你。”

她有点小担心地看着他，眼睛亮晶晶的，一脸邀功请赏的傲娇样，像个小管家婆。

驰未深垂眸看着，心里那根细细的弦忽然被再次拨动。

快答应快答应啊……

顾笙仰头望着他，在心里默念。可驰未深只低头看了一眼，就摁着她的脖子转过去，淡淡地道：“打什么电话，去收拾东西，我们现在回A市。”

“现在？你昨天不是说明天才回去吗？”顾笙疑惑道。

“让你去你就去，哪儿那么多废话。”

又凶！

“驰老板，你脾气这么差，以后会没人要的。”

“哦，你也不要？”

他似笑非笑地看过来。

她支吾一下，他这是在撩她吗？

她心跳漏一拍，暗自揣摩，刚想接下去，说如果你实在想，我也可以勉为其难接受一下啦。可还没说出来呢，就听到他轻笑一声，再看，驰未深已经转身不见了。

只剩她还傻傻地待在原地认真思考。

……被戏弄了！

顾笙被噎了个半死，刚要瞪他一眼出出气，就看到窗外有几道黑影一闪而过。

第七章

逃亡中的美男计

“嘘。”

驰未深竖指抵住她的唇，眸中精光一闪，迅速拉着她躲到落地窗看不见的角落里。

他显然也看到了。

此时窗外大雨瓢泼，豆大的雨点砸在玻璃上，噼里啪啦。

像人的心跳，又像急速的鼓点。

毫无征兆地，天忽然就黑了。

余光里的黑影一闪不见了，偌大的别墅里寂静得诡异。拉着顾笙躲到角落后，驰未深迅速转身，走到门口的电箱前，关了电闸，切断一切信号和监控。

黑暗里，只有顾笙手机屏幕上微弱的亮光照亮彼此的视线。她嗓子有点发干，半天才问他：“驰老板，会是昨晚跟踪我们的人吗？”

“嗯，应该是。”

驰未深锐利的目光从窗外迅速扫过，指挥顾笙：“你去桌子上拿车钥匙和钱包，我上楼取个东西很快下来。”

“好。”不知是不是因为和他在一起，这一次，她竟然不那么惊慌了。

顾笙猫着腰，刚要从地毯上匍匐到沙发旁边去，就听到身后忽然传来细微的撬锁声。

“不好驰老板，他们要进来了！”她小声提醒，几步跑到桌前，一把抓住茶几上的钥匙和钱包就往驰未深身边跑。

驰未深伸出手，紧紧扣住她的手腕，带着她狂奔上楼。

顾笙的心怦怦直跳。

她根本来不及再想什么，楼下的门就被人一脚踹开。

“他们上了二楼！快追！”

浩浩荡荡的脚步在身后狂追，驰未深拉着顾笙大踏步躲进卧室，锁死门，搬过桌子和衣柜挡在门后。咣咣的踹门声从楼上到楼下，接二连三，他却还在床头柜里翻东西。

“驰老板，你快点！”

顾笙压低了嗓音喊他，眼睛四处寻找能用的东西，准备在紧要关头和对方拼命。忽然，她看到二楼窗外有黑影一晃而过。那不就是从顶楼吊下来的？

顾笙心里一惊，刚扑到驰未深身前，就被他一把拽到身后，丢过来一团绳子。

“东西找到了，你去解绳子。”

他冷静异常，漆黑的眼睛在夜里发着光，像猛兽。

是攀岩绳。

顾笙一喜，迅速蹲身去解。

卧室门被踹得劈啪作响。窗外的黑影在这时瞬间俯冲，撞碎玻璃窗冲了进来。

顾笙向后一躲，就看到驰未深豹子一样敏捷地扑上去，和黑影纠缠到一起。

他拿着铁棍，下手又狠又准，没几下黑影就被打趴下了，惨叫连连。可解决了一个，身后还有一群。桌柜已经移位，门被踹出裂痕，有人的手试图从门缝里伸进来。

顾笙看到桌上有个花瓶，咬牙抱起来砸过去。

一声惨叫后，门缝里的手刷一下收回。

驰未深也已绑好攀岩绳，一跃而起跨到窗台上，一脚勾着墙壁内侧，一手伸出来给她。

“快上来！”

“好！”顾笙噔噔跑到窗台下，刚要搬椅子爬上去，就被他一只胳膊拎了上去。

她站立不稳，紧紧扣住他的腰。

驰未深把她的脑袋摁进怀里，说：“下去之后你立刻开车走。”

“那你呢？”

“我随后就来。”

“可我们只有一辆车啊！”

顾笙刚要抬头，卧室的门就被轰然撞塌，拿着长刀的黑影一窝蜂冲进来。

驰未深神色一凛，双脚后蹬，迅速离墙，像蜘蛛悬丝一样瞬间滑下去。

耳边风声呼啸，顾笙死死抱着他。不到五秒，她便被一股大力揽着滚到楼下的草坪里。

驰未深抱着她迅速从草地上爬起来，顺着她的肩膀摸下去：“摔着了吗？”

“没有。”她仰头望着他，眉眼弯弯。

他短促地笑了下：“胆子越来越大了。”

“那是，认识你以后习惯成自然啦。”她眼睛亮晶晶地一扬下巴，有点小得意。

说着，驰未深已经拉着她躲进一旁的草丛中。

远处忽然电闪雷鸣，天黑得仿佛世界末日，窗外乌云黑压压聚成一片。咔嚓一声巨响后，大雨倾盆，狂风骤雨噼里啪啦砸到窗前，模糊了视线。

“你说，他们到底是来干吗的？”

“抢东西。”

“抢什么东西？是跟那件案子有关吗？”

“不确定。”

事发突然，驰未深也不敢肯定这帮人到底是为了抢他手上现有的证据，还是为了抢骨扇的制作秘方。

唯一可以肯定的是，这件事肯定和陆子鸳脱不了干系。

电话始终无人接听，屏幕被扣在地面上，不敢发出亮光。

饶是如此，上面的人也已经追了下来。

驰未深薄唇紧抿，漆黑的眼睛巡视一秒，迅速做出决断。他看了眼顾笙紧绷的侧脸，从兜里掏出个东西塞进她手里。

“帮我拿好这个U盘，先去竹窖找刘老板。”

“那你……”

“我抢一辆车随后就来。”

“我们可以一起走！”

“不行，一起风险太大了。”他说完，不再给她争取的机会，大掌扣住她的后脑勺，低头看她，“告诉我，你能做到吗？”

他的目光沉着坚毅，漆黑中透着几分无畏的凌厉。

她心中一动，重重点头：“能！”

刚说完，身后就响起凌乱的脚步和刺眼的手电光。

“快！他们在这里！”

顾笙心一沉，驰未深已经拎着铁棍迅速起身，一把将她推了出去：“快上车！”

车子就在别墅门口。

她爬出草丛拔足狂奔。

驰未深和追来的黑影迎面撞到一起。

一高一矮一瘦，还有一个被打晕在二楼卧室。

瘦子看到顾笙跑了，立刻指挥剩下两个：“你们对付他，我去追那女的！”

说着就要包抄。

驰未深眼尖手快，动如闪电，一记横腿扫过，瘦子哐当栽倒在地。

胖子和高个一左一右挥刀砍来。他弯腰后迅速躲过，却被翻身而起的瘦子一把勒住脖子，向后拖拽。

“不就一个臭条子，拽什么拽！”

驰未深被勒得眼睛猩红，瘦子一拳朝太阳穴砸下来，他眼神一冷，没有丝毫躲避，在拳头靠近的最后一秒，脚下猛一用力，攥住他的手腕咔嚓一掰，一个过肩摔，瘦子就被重重摔到地上，烂泥一样爬不起来。

高个胖子再次横冲，利刃直劈驰未深腰腹。他从地上一跃而起，迎面飞踹过去，两人措手不及，被他掀翻在地。

可脱手而出的长匕首却凌空划破脸颊，顿时鲜血直涌。

胖子很快卷土重来，扑身挥刀，招招致命，驰未深敏捷闪躲，却发现高个儿不见了！他神色突变，一扭头就看到顾笙正被高个儿一把抓住衣角，拼命挣扎。

“顾笙！”驰未深心猛一沉，转身就要走，可胖子怎会让他如意，一刀追上来直劈脑门，快如疾风，毫不留情。

他眼神狠戾地回过头，一把抓住利刃，死死卡在虎口，猛踹胖子心窝，像是感觉不到疼，脚下的力气用了十成。

胖子剧痛，手上的利刃骤然落地，还要起身，直接被驰未深卸去两条胳膊，疼晕过去。

别墅门口，高个儿一把卡住顾笙的脖子，近乎狂躁地逼问：“U盘在哪儿！”

“我，不，知，道……”她被掐得语不成句。

“好个不知道！老子让你不知道！”高个儿一巴掌扇过来，“你说不说？！”

“说不说？！”

“我说了……不，知，道。你，要我说什么……”

顾笙咬紧牙关侧垂着头，艰难呼吸，余光里，一抹矫健熟悉的身影越来越近。

又是两巴掌，她感觉自己的耳朵快要失聪了。

大脑连着耳朵嗡嗡作响，嘴巴里面全都是血，她眼眶通红地攥紧掌心，不管高个如何逼迫也不再发出一声。

直到驰未深赶来，趁高个儿不注意飞身将他扑倒，两人斗在一起。

顾笙一个踉跄，咳得眼泪都出来了。她看着驰未深被高个骤然翻身压在地上，拾起地上的尖刀猛地向下扎去。

心里一慌，全身都开始颤抖。

“驰老板你等等我！我可以帮你！”

说着就要冲上车找东西，却被驰未深厉声喝住。

“快走——

“你留下来只会拖累我！信我就快走！记住我之前说的话！

“听到没？！”

话毕，他用尽全力逼退高个逼近心口的尖刀，额头青筋暴起，手上鲜血直流，拼死抵抗。

楼上，被砸晕的黑影忽然狂奔下来。

顾笙的心被狠狠揪成一团。

想起他交代自己时坚毅的目光，看了眼远处的黑影，又看了眼地上誓死坚守的男人，迅速抹把眼泪，果断转身，向不远处的车子狂奔过去。

驰未深以为终于说服她，松了口气，专心对付高个儿。尖刀寸寸逼近，高个儿眼珠血红，暴喝一声就想将他钉在地上。

想起她脸上殷红的巴掌印，他眼底的锐利更深。在高个儿全力一击时，忽然侧身一偏，任由尖刀没入血肉。

只一瞬，他闪电般松手，铁拳飞速砸向对手的太阳穴。

一拳又一拳，狠厉嗜血，直击要害。

可高个儿战斗力极强，生生挨住，掐住驰未深的脖子死命冲撞，另一手狠命下扎，眼看就要戳穿他的身体。这时，一道身影飞闪而过，急剧的闷痛后，高个儿骤然倒地。

是顾笙。

她喘着气，砸下一只大理石花盆，高个儿的鲜血瞬间喷涌而出，溅了一身。驰未深一把将她拽到身后，厉声呵斥：“你留下来干什么？”

“我担心你啊！”她委屈地瞪他一眼，抹了把脸上的血珠，手脚却在微微颤抖。

察觉到她的后怕，他心头一动，极快地握了下她的掌心：“放心，他没死。”

“你怎么知道？”

“目测。”

驰未深说着，已经和楼上飞奔下来的黑影再次纠缠打斗到一起。

那个黑影没什么战斗力，很快就被再次放倒。最后一个人也被放倒，驰未深跟跄着蹲下身，将地上几人搜了一遍，直到找到车钥匙，这才牵着顾笙的手向门外走去。

“你找车钥匙做什么？”

顾笙被他拽着小跑，嗓音微喘，好奇心半分不减。

照理说，这些人都处理完了，还走这么急干什么？她有点纳闷，可驰未深却很快把她塞进越野车的驾驶座，敲了敲车窗说：“现在你可以走了。”

“那你呢？”她黑亮的眼睛看着他，格外执着。

驰未深有点无奈，却还是耐着性子跟她解释：“我要等柏晟过来跟他现场取证。”

“记住，你先去竹窖躲着，等我找你再出来。”

“听到了吗？”

说完，他像不放心似的，又确认了一遍。

这次顾笙脆生生地应了他。

实际上，驰未深说谎了。

他并没有联系到柏晟，也不用等着现场取证。顾笙走后没多久，驰未深就钻进一旁的黑色轿车里，等半山公路出现两辆型号相同的黑色轿车后，启动车子，倒挡，转弯，向相反的方向疾驰出去。

身后的车子追了过来。

他之前的猜测得到印证。

院子里那四人应该是陆子鹜派来打头阵的。他孤身一人来到B市购买原材料，没有防备，没有同事和可以求助的援军，如果能在这时抢走他手里的证据和骨扇的制作方法，再让他从这个世界销声匿迹，永绝后患。这么好的机会，陆子鹜怎么舍得放过。

驰未深早就猜到他可能会在B市动手，所以来之前，他已经做好引蛇出洞的准备，在别墅外的盘山公路一侧设好陷阱，等着瓮中捉鳖，把这些人抓住带回栾川审讯。

可没想到会在这里遇见顾笙，也没想到，说好做策应的柏晟莫名其妙失去了联系。

身后的轿车穷追猛打，车速已经飙到两百。

窗外天色越发阴沉，乌云黑压压聚成一片。

驰未深猛打方向盘，目光冷冷地盯着前路，按计划好的路线一步步诱敌深入。关键时刻，他的手机铃声忽然响了起来。

一遍又一遍，锲而不舍。

余光看过去，是顾笙。

他迅速单手划开屏幕接通来电，电话接通后，还没来得及开口，那边就传来惊慌失措的嗓音："驰老板，你车子好像有问题，我闻到了汽油味……"

话音未落，耳边便响起剧烈的爆炸声。

隔着屏幕都能感到震耳欲聋的冲击力。

刺耳的刹车骤然响起，再去唤，电话里已经听不到声音。只剩蚀骨的灼热透过听筒传进来，仿佛要将电话那头的人燃成灰。

一瞬间，恐惧席卷了全身。

手在抖，喉咙发紧，浑身的血液叫嚣着往头上涌，车子急速转弯掉头，驰未深猛踩油门，利剑一样呼啸而出，疯狂飞驰在陡峭山间。

他全身力量都压到方向盘和油门上，目光死盯前方，任由身上的血液涓涓渗出。

上一次这样恐慌，还是三年前。

同样的爆炸，同样的招数，无数焦黑的尸体碎片和漫天血光在眼前熊熊燃烧，嘲笑他的蠢。

天空电闪雷鸣，咔嚓一声巨响，大雨倾盆，噼里啪啦砸到窗前，模糊了视线。

恍惚里，他仿佛又看到少女鲜活灵动的眉眼。

她亮晶晶地望着他，说："驰老板，再见到你真开心。"

他也是。

可他还没来得及告诉她。

驰未深以为自己早就不会再害怕。可天知道他此刻怕得要死，怕再也找不到她，又怕只找到她的尸体。

就像三年前那场爆炸后，摆在面前的家人尸体。

支离破碎，血肉模糊，甚至连残缺的面容都不能拼凑。

窗外暴雨愈加猛烈，雨刷拼命挥动双臂，在漆黑的深渊绝望呼救。他死死攥着方向盘，心被疯狂掠过的树木紧紧缠绕，濒临窒息。

直到再次见到顾笙的那一刻，被冷箭刺穿的心脏才骤然复原，寒冷消失不见。

他腿一软，半跪在她身边。

她昏迷在公路下的草坑里，后背被气浪灼烧的得血肉模糊，目光触及的还有她还在往外渗血的伤口，驰未深的心脏被狠狠揪成一团。顾笙脸色惨白，脸上有黑漆漆的油污和纵横交错的巴掌印，右脸肿得老高，双手却还死死捂着胸前的口袋。

那里藏着他的U盘。

被雨浇醒的第一秒，她问的是他伤得重吗？疼不疼。驰未深说没大碍，她便松了气，露出一个邀功请赏的笑，眉眼弯弯的。

"答应你的，我做到了。"

她仰头把U盘递过来，只字不提辛酸。

那一刻，天空落雨如注，她的眼里仿佛有星星，璀璨盛开。

驰未深迅速抱起她，把她裹进怀里，脸颊紧贴她的额头，问：“疼吗？”

她扁扁嘴，没吭声，眼泪在眼眶里打转，直到被他抱着钻进公路一侧的山林，才拽着他的衣角，小声说：“疼。”

很疼很疼。

他俯身摸摸她的脑袋，很久没再说话，只是把她的手握得更紧了。

身后，黑色轿车疯狂追上来。

驰未深带着顾笙躲进山林后，那些人也弃车跟了过来。

山林里地势陡峭，草木繁多，车子开不进来，对他们来说是绝佳的藏身之地。驰未深原本可以硬碰硬，把身后的车子逼下山路，或带他们绕回设好的陷阱里，可现在带着顾笙，他百分之一的失败率都不想赌。

黑夜里，他抱着顾笙大踏步穿梭在狂风呼啸的树林里，跨过河流，绕过猎井，最终停在一地窖面前。

地窖藏在一堆并不显眼的枯枝烂叶下面，他抱着她蹲下身，正要挪窖盖，顾笙轻嘶一口气，从他怀里咬牙钻了出来。

“你快挪井盖，我能自己走。”她双手撑地，后背疼得冷汗直冒，可更多的却是胆战心惊的紧张。

身后脚步声越来越近，眼下的情况容不得他们犹豫。

驰未深看她一眼，迅速拉开地上椭圆形的厚重铁盖，纵身一跃跳了下去。

顾笙紧随其后。

她咬紧牙关，用全力拽过驰未深事先放在脚边的窖盖，双脚攀住地窖入口，一丝不苟地盖好窖盖，这才深吸口气，摸索着他张开双臂的位置跳下去。

耳边狂风呼啸，一阵急速下坠后，她落入一个沉稳有力的怀抱中。驰未深被撞得踉跄了下，却很快借墙壁的力量站稳。

“驰老板，要我帮你照明吗？”

“嗯，我兜里有打火机。”他一边说，一边抱着她往地窖深处走。

顾笙在他口袋里摸到一个打火机。

亮光出现后，地窖里的情况一览无余。

这是一个老旧的储菜窖，呈长方形，最里面放着一套矮桌椅，桌子上有蜡烛，驰未深走到跟前弯腰，让顾笙点燃。

她有点担心："这里的亮光会不会被人看到啊？"

"不会。"

地窖离地面有一米多，尤其是在阴雨天，外面的人不用特殊仪器探测的话，绝不会发现。

把顾笙放到椅子上坐下后，驰未深脱下湿透的外套，从兜里找出手机，继续给柏晟打电话。

这一次，电话终于被接通。

却不是柏晟接的。

对面男人的公鸭嗓格外刺耳。

"他喝醉了，有事跟我说。"

驰未深神色凝滞了一秒，再开口时，语气变得平静而淡漠："我在B市，需要救援。"

"怎么，和你的金主分赃不均，闹翻了？"

他紧绷下颌没说话。

顾笙这时才发现，他胸前的伤还在流血，昏黄灯光里，驰未深皱着眉，额头冷汗涔涔，可语气沉稳有力，听不出半点受伤的痕迹。

如果对面是可以信任的帮手，就不需要这样伪装了吧。她心一抽，迅速扭头四处寻找。

顾笙也只是慌乱后下意识的反应，却没想到真的在土窖里找到了急救的医药箱。

她忍着后背的剧痛扶墙站起来，慢慢挪过去，拎着医药箱走向驰未深。

其间，他还在和对面的人说话。不知那人又说了什么，半晌，他忽然自嘲一笑，眼眸冷下来："修齐，见死不救没人怪你，但助纣为虐除了证明你蠢得像头猪，没有任何作用。"

“你以为引开柏晟就能断了我的后路？别做梦了。”

话毕，他挂了电话，手机被捏在掌心。

顾笙已经没有心思分析那些对话里的信息。

她疼得脑袋嗡嗡作响，全身的知觉都集中到后背，只剩最后一丝意念支撑着清醒。驰未深一扭头，就看到她正冒着冷汗靠在墙壁上，冲他晃手里的医药箱。

处理伤口的过程中，顾笙才知道，这个地窖是驰未深早就准备好的。地窖里不仅有医药箱，还有各种速食面包和矿泉水，这些足够支撑他们等外面的人停止搜寻后自行离开。

她暗叹他的心思缜密。

又听他问：“你是怎么躲过爆炸的。”

顾笙是在车子开出别墅好一会儿才发觉异常的。

那时她正在开车赶往竹窖，中途接到周琦打来的电话，却因为窗外呼啸的风声和耳中的阵阵嗡鸣声什么也听不清。

她说一会儿忙完给她回过去，可周琦好像喝了酒，心情不好，非要缠着她诉苦。

她从后视镜里仔细观察一会儿，确定身后真的没有人或车子跟踪，这才把车子停到路边，打开车门下了车，找个安静的地方接电话。

吹吹风休息了几分钟，她的耳朵总算恢复正常。

原来周琦和男友闹别扭了。

想起今天的遭遇，又想起陆子鸷，顾笙敷衍地安慰她几句，挂了电话，准备回栾川后再好好跟她聊聊这件事。

可就在她重新打开车门要上车时，却忽然闻到一股浓烈的汽油味。先前因为一直在车里，顾笙整个人精神状态不好，对此毫无察觉。这会儿吹了吹风，脑子一清醒，嗅觉也灵敏了许多。

她闻着愈加清晰的汽油味儿，心里一沉。

不怕一万就怕万一……

还是防着点好。

哪怕一会儿能拦个顺风车再走也挺好。

思及此，她迅速从车上拿下钱包和车钥匙，转身就往半山公路对面的山坡跑，想观察观察再说。

她一边走，一边给驰未深打电话汇报情况。可还没等说完，身后的车子忽然就炸了，强劲的气浪将她掀翻在公路下的草坑里，后背一阵剧痛后，她就失去了所有知觉。

“幸好你来得及时，不然我就完蛋了。”她说完，习惯性地想笑，刚仰头就扯到后背的伤口，疼得倒吸了口凉气。

“让你不安分。”驰未深哼笑一声，食指敲了敲她的脑袋，“趴好，别乱动。”

“哦。”

顾笙撇撇嘴，乖乖趴到他腿上，不敢再乱动。

驰未深对她小猫一样乖巧的姿态分外享受，手下的动作也放轻不少，可目光触及她后背沟壑纵深的伤口，还是忍不住皱了眉头。

“回A市后你别跟着我了，太危险。”

“可是既然我已经卷进来了，跟不跟都一样啊。”顾笙一急，侧头望他，挣扎时伤口又是一阵撕裂般的疼。

驰未深把她的脑袋摁回去：“我会派专人保护你。”

跟着他，危险系数大了不止十倍。可如果是她一个人待着，陆子鸷的目光在他这边，她就基本不会遇到危险了。

何况，陆子鸷想要的东西，都在他这里。

他的语气很坚决，丝毫没有商量的余地。

顾笙的小脸瞬间就垮了。

她盯着眼前的一块地面，咬着下唇瞪着它，眼睛一眨不眨，仿佛在拿它出气，眼睛憋得通红。

她不想离开他。可从开始到现在，他每时每刻都在推她离开。

这丫头是个泪弹吗？怎么又要哭？

从手机屏幕的反光里看到她委屈的模样，驰未深头疼地揉了揉太阳穴，这无奈中却夹杂了一丝说不清道不明的心疼。

他抿唇半晌，指腹抚上她紧咬的下唇，淡淡地道："再咬又要出血了。"

"出血也不用你管，反正从这儿出去以后我们就一拍两散了。"

她说完，扭过头不看他："伤口处理好了没有，处理好了我要起来了。"

"起来你要去哪儿？"

他哼笑一声，收了手上的绷带和剪刀，往墙上一靠，趴在腿上的顾笙就惯性撞进怀里。

他双臂环住她，防止她摔倒，黑沉的眼眸定定地看着她，似笑非笑的。顾笙想挣扎，可一想到他胸前刚包扎的伤口，动作又顿住，撇嘴瞪着他。

驰未深手指在她唇上摩挲，果然摸到一丝血迹。

他黑眸一沉，像是惩罚她的不听话，另一只手用力，在她腰间掐了一下。

"啊——"

顾笙猝不及防，轻呼出声。

等反应过来，脸刷一下就红了。

她仰头瞪他，"你你你……"

"我我我，我怎么了？"驰未深挑眉，语气淡淡的，明知故问。

他的嗓音低沉沙哑，眼眸漆黑如潭，在这烛光昏黄的地窖里，低头望着她，引诱得心脏仿佛要扑通扑通跳出来。

她的怒瞪更像是没什么力度的娇嗔，眼睛水润润的，仰头的角度还透着几分小狐狸般的无辜。

心底细微的酥痒再次被勾上来，在狭窄暧昧的空间里无处遁形。

他的目光落在少女娇嫩微启的红唇上，停顿徘徊几秒，嗓子莫名干涩，刚要去松领口，一个带着赌气报复的柔软馨香就贴上了他的薄唇。

少女的唇瓣轻柔娇嫩，研磨在唇齿外，驰未深的黑眸骤然一顿。

可接着，她就没什么动作了。

顾笙闭着眼，心跳如鼓擂，从耳垂到脸颊全是红的。半晌，她小心翼翼睁开眼去看，就发现驰未深正居高临下地望着她，眼底还带了看好戏的笑。

她又羞又恼，感觉自己的报复被无视了。

“笑什么笑！

“只准你调戏我，还不准我调戏回来吗？”

她气哼哼地从他唇边挪开，脸红得脑子都快炸掉了。刚要背过身不理他，就听驰未深痞笑一声，声音哑哑地在耳边说：“不是不让你调戏。

“只是就这点儿本事，你确定调戏得了我？”

这这这……

明晃晃的鄙视？

“什么叫这点儿本事，我刚才……我刚才，那只是在实习。”

她死鸭子嘴硬，想起他唇间淡淡的烟草气息，浑身就燥热起来，心跳激烈得像要破膛而出，却还是不服气地又啃了上去，连后背的疼痛也彻底忽略了。

少女的吻杂乱而不得章法，唇舌轻颤，小心翼翼地试探、游走，在门外徘徊。

驰未深看着，眼底隐忍的情绪渐渐堆积到极致。

终于，他扣住她的后脑勺，化被动为主动，大力勾着她进来，吮吸，辗转，研磨，吻得霸道而强势，不给她一丝退缩的空间。顾笙傻掉了，眼眶莫名开始发热，脑子成了一团糨糊，却不自觉地渐渐给出回应。

他带着她，体会到难以言喻的陌生愉悦。

直到她不小心咬到他的舌尖，这个突如其来的吻才被终止。

驰未深轻嘶一声放开她，眼底的暗潮汹涌不动声色地平息下去。

顾笙满脸通红地望着他，眼睛湿润润的，带着一层雾蒙蒙的水汽。他粗粝的指腹抚上她沾血的唇瓣，轻笑一声，带着不明所以的意味，俯身看她：“还不够？”

“够，够了……”顾笙嗓音微颤，明显还没回过神来。

直到驰未深愉悦笑出声，她才反应过来又被他调戏一遭。

可她心乱如麻，想瞪他，却在他眼里看到自己水润通红的眼睛，气势又弱下去，最终只能没什么杀伤力地嘀咕：“真过分。”

驰未深摁着她稳稳趴在腿上，隔了半秒才低笑：“现在不难过了？”

嗯，是不难过了。

等等——

难道他刚才调戏自己，是在变相哄她开心？

这妖孽……又用美男计。

第八章

我看到一个人，想要他做我的归途

他吻了自己……

他竟然吻了自己……

可吻完之后，又平淡得仿佛什么事情都没发生过一样，这可怎么办。

好纠结啊。

顾笙表面强自镇定，不想被驰未深看低，可心里翻来覆去凌乱如麻，又怕吵到他，只能放轻呼吸僵硬地趴着。

脸好热……

心更热。

她忍不住用手扇风。

转念又想到，或许对驰老板来说，一个吻根本算不了什么呢……

正七上八下胡思乱想着，就听驰未深问：“睡不着？”

他的嗓音低沉沙哑，隔着衣服振动在身下，惹得她心头又是一颤。顾笙轻呼口气，平复了一下心情，这才说：“嗯。”

顿了顿又想起什么，她仰头瞄他一眼，说：“驰老板，我还是想再跟你聊聊。”

“聊什么？”

“聊我留在你身边的事。”

“我知道你在想什么，但顾笙，从开始查这件案子，我就不想让无辜的人牵扯进来，你也一样。”

要不是他，她也不用受这些伤。

可顾笙却抓错了重点。

“所以你一开始拒绝我是因为这个？”

“不然你以为呢？”驰未深挑眉。

她撇撇嘴：“我还以为是你讨厌我才那么冷酷无情的。”

……

冷酷无情，他有吗？

驰未深被她委屈的语气噎得一愣。

顾笙却想起前段时间自己像深闺怨妇一样的矫情和折腾，又好气又好笑。

可心里却已经乐开了花。

如果这样，那只要说服驰老板丢掉这个念头，接下来追上他，拿下他，再和他过上没羞没臊的幸福生活岂不是指日可待了……光想想这个可能，她就忍不住开心到想在地上打滚狂笑。

驰未深瞥了眼趴在怀里乐不可支的少女，无奈道：“能不能擦擦你的口水，嘴都咧到耳后根了。”

顾笙：“……”

虽然囧了几秒，但她很快就收拾起旖旎的心思说服他。

“驰老板，我知道你怕我有危险，其实我在不在你身边都是一样的。你想想，如果你防范严密，陆子鹜看我落单，你觉得他会放过这个机会吗？

“我想跟你学做骨扇，一方面是感兴趣，另一方面也是为了自己。上次拒绝了邓远公司的实习，可采访我还得继续做。”

“而且你知道吗……”她攥了攥掌心，耳根红成一片，却还是硬着头皮咬紧牙关说完了下面的话。

“对我来说……如果喜欢一个人，只想尽快走进他的生命，陪他参与日后的每一分每一秒，不论酸甜苦辣，而不是置身事外地看着。

“有时候，你以为的为我好，并不一定是我想要的。”

虽然这话现在说起来很羞耻……可顾笙觉得，有时候适当表达自己的立场和想法还是很有必要的。

不然连争取的机会都没有了。

驰未深睁开眼，在黑暗里好一会儿没说话。

直到感觉到身上少女在腰间不停绞来绞去的手指，才说：“那如果以后遇到的是比今天更严峻的危险呢？”

她抿了抿唇，声音稚气而坚定。

“驰老板，我不怕。

“我已经是成年人了，能承担自己选择的后果。”

何况，从决定靠近他的那天起，她就已经做好了万全的心理准备。

就算前面是刀山火海，她也愿意陪他去闯。

哪怕在梦里，她也认为，这一生最深沉的爱意，就是陪一个人翻越千山万水。

这感情看似来得肤浅而突兀，可驰未深却忘了，其实他们在很早以前就已经见过。

那是顾笙刚到栾川的第四天。

她背着一个双肩包，睡在公园冰冷的长椅上，饿得有气无力，浑身发冷，却没什么东西可以避寒充饥。

只能用力蜷缩，抱紧自己。

睡到后半夜，天空忽然下起暴雨，她被淋成落汤鸡，吹了一夜冷风。第二天早上，整个人就迷迷糊糊发起了高烧。

烧了一天，傍晚的时候，她终于有力气起来，打算去快餐店门口等等，看能不能趁人少时进去趴着休息一会儿，或者，捡点别人的剩饭填饱肚子。

可还没走到快餐店门口，就体力不支晕了过去。

她躺在湿漉漉的马路上，意识模糊，昏昏沉沉，能感觉周围有很多好奇的目光，却没有一个人过来帮她。

蚀骨的绝望渗入心底。她甚至以为，自己或许就要死了。要么被路过的车子压死，要么被太阳晒死，再或者，就躺在路中央孤零零地饿死。

可能死了以后还会有人惊讶地指着她说：都什么年代了，还有人会被活活饿死？

眼泪顺着眼角慢慢流下来，眼前的视线彻底模糊，意识被黑暗逐渐吞没。

她想，要不就这样吧。就这样睡过去，一睡不醒，下辈子不要再做人，也不要再这么苦。

可就在这时，有人俯身抱起了她。

那张脸，顾笙记了很久。

后来，她去拜过一次佛，在佛前许了个愿。

她说，佛祖，我看到一个人，想要他做我的归宿。如果你真有那么灵验，就成全了我，余生不论付出什么，我都甘之如饴。

再后来，她就真的在一转身的瞬间，看见了他。

“所以你到底要不要重新考虑一下我的请求？”

顾笙仰头望他，驰未深静默许久，只是抬手敲了敲她的脑袋说：“睡吧，明天再说。”

可他们并没有等到明天，后半夜时，两人就被头顶咚咚的敲击声惊醒了。

被人发现了吗？

顾笙心里咯噔一下，气还没喘匀，后背的冷汗就嗖嗖冒了出来。

驰未深猛地睁开眼，漆黑的眼眸锐利沉静。

“别慌。”搜寻一秒后，他抱着她迅速起身，吹灭蜡烛，大踏步藏到地窖拐角的凹陷处。

那里放着一堆装零食用的纸箱，纸箱后面有一定的空隙，可以藏一个人。驰未深把顾笙放进去，用纸箱盖住：“后背会疼，你自己忍着点。”

他低头对上她紧张的眉眼，抿唇看她一眼，轻轻摇了摇头。

她会意，眨眨眼，屏息凝神安静下来。

地面上的动静越来越大，再细听，窖盖被人重重拖开，斜风细雨涌了进来。

两人心里同时一紧，驰未深已经做好冲出去引开来人的准备。

却忽然听到熟悉的声音。

“深哥？是你在里面吗，深哥？”

是柏晟。

心骤然跌落。

顾笙赶紧回应他：“是我们是我们。”

“哦，顾笙小妹妹你也在啊！幸亏我连夜找过来了，不过你们怎么手机都不开机啊！”

“这又不是地面，开着机也不一定有信号呀！”她说着，人已经被驰未深从纸箱堆里拎起来，重新抱进怀里。

柏晟狠狠松了口气，擦了把脸上的雨水说：“也是，那我给你们放根绳子下去，你们快点上来！”

下午他被修齐拉出去喝酒，没有接到驰未深的电话，等睡醒一看通话记录，整个人都吓傻了。幸好当初策划时，驰未深告诉过他山林里的藏身地，这才一个地方一个地方挨个搜了过来。

回去的路上，驰未深一边和柏晟沟通今天发生的情况，一边交代他一会儿带人去别墅取证。

顾笙乖巧地躺在他怀里，一抬头就对上柏晟感慨的目光。

他做口型——可以啊小妹妹，这么快就拿下了？

她揪住驰未深的衣角，仰着下巴有点小得意——还没有，不过应该快了！

她能感觉到，驰老板对自己是有好感的。

可这好感是多少，现在还不好说。

两人正默默无声地交流着，驰未深眼角余光扫过怀里的少女，走了几步，忽然漫不经心地松了下手。

顾笙心里一空，连忙扑上去像树袋熊一样抱紧他。

“驰老板你是不是手酸了？”

“没有。”

“哦。”

那还故意吓她？顾笙不满地撇撇嘴，刚想默默瞪他一眼，就听驰未深语气淡淡地道：“一会儿你别回去了，去完医院直接跟我回骨扇店。”

“哎？你答应教我做骨扇了？”她气鼓鼓的模样一秒消失，眉开眼笑地看着他。

驰未深有些好笑，却还是挑眉睨她：“不然呢，再被你说下去我耳朵都要起茧了。”

虽然答应了她，但驰未深有个条件。

就是要顾笙以后尽量别出门露面。

这很好理解。

折腾过这一次以后，顾笙自己也有点害怕。跟在驰老板身边，人身安全有了保障不说，还可以一边学做骨扇，一边记录制作过程，写一篇传统工艺的报道挨个报刊投稿试试。

卢月清那边的报酬也已经到账，歇几个月应该没关系，等陆子骜的案子有了结果，她再重新出去工作。

而且有了同居的可能，四舍五入不就等于搞定男神了吗？

想到这里，顾笙忍不住捂脸狂笑。

太羞耻了。

但还是好开心呀。

她不自觉晃着脚丫，眼底映了月色，偷笑着像个得到糖果的小孩儿。

驰未深瞥她一眼，唇角不自觉弯起，眼前浮现的却是她小心翼翼凑上来触碰的样子。也像现在这样，忐忑中带着窃喜，眼底的星星直钻心底。

可这样轻松的氛围并没有维持太久。

那时，他们终于连夜从B市赶回骨扇店。

柏晟停了车，驰未深抱起顾笙下了车，可还没走两步，脚步就顿在原地。察觉到他的僵硬和冷峻，顾笙抬起头，看见一个身材高挑的女人。

她垂着妩媚的卷发，双手插兜，姿态慵懒地靠在玻璃门上。看到他，嫣然一笑，起身走过来。

柏晟脸色一变，神情既惊讶又复杂。

只有顾笙什么都不知道。

她还在疑惑，驰未深已经放下她，说："你和柏晟先进去。"

"那你……"

"快去。"

他把手抄进兜里，没什么表情地看她一眼，下巴往里指了指。

顾笙微躬着背转过身。她腿上也有伤，先前被人抱着没发现，这会自己下来走，一瘸一拐格外明显。

驰未深眉心微蹙，柏晟连忙迈着长腿跟上去："小妹妹等等我，这要是再摔了，明天到医院可就麻烦了。"

骨扇店外。

许清站在驰未深面前，眼底波光流转，说话的姿态妩媚又傲气："我回来了。"

"什么时候？"

"刚下飞机。"她缩了缩单薄的肩膀，黑色细高跟在地上轻轻跺了跺，有点撒娇的意味，"怎么，不请我进去坐坐吗？"

驰未深没说话，低头点了根烟。许清也不介意，就那样直勾勾望着他。等烟点燃了，红唇妩媚一笑，直接踮脚从他嘴边咬过来，翻转方向含在自己嘴里。

这动作熟稔又俏皮，是他们以前的专属小游戏。

驰未深向骨扇店走去。

她快步跟上，露出一抹得逞的笑："不问问我为什么突然回国吗？"

"没兴趣。"

他语气淡淡的，却丝毫没有打击到许清的斗志。

"我是来找你复合的。"

空气冷寂了一秒。

驰未深回头轻嘲："你还是这么不会开玩笑。"

"我没有开玩笑。"

许清敛了笑，忽然上前一步，将他从背后抱住。

"三年前丢下你离开是我不对，可我那时候是有苦衷的。而且我已经问过修齐，知道你这三年都没有交过女朋友。你忘不了我，我也忘不了你。"

"既然这样，我们重新来过又有什么关系。你说是不是？"她说完，薄唇微贴他的后背，柔若无骨的手在他平坦的腹肌上来回摩挲，带着蚀骨的思念与撩拨。

以前热恋期时，她就经常这样旁若无人地缠着驰未深亲热。

许清是大小姐脾气，被家里娇生惯养长大，遇见驰未深以后，娇嗔风情的模样把他拿得死死的。恋爱以后，就更喜欢动不动要点小性子。

驰未深虽然痞气不羁，但也纵容她，她要什么，他就给什么，她想干什么，他就陪着她。直到三年前，许清说要出国经商，可就在出国的前一天，驰未深家里出了事。

等他连日奔波去殡仪馆处理完家人的后事再打电话给她时，她已经飞到美国，语气轻飘飘地道："异地恋太苦了，你要是不能来，我们就分手。"

一夜之间，家破人亡，恋人离散，留下一间多方觊觎的骨扇店，那段时间几乎成了驰未深一生最黑暗的时光。

蚀骨的回忆再次袭来，他抿唇沉默几秒，一点点掰开揽在腰间的手，说：“许清，你太高估自己了。我对吃回头草没兴趣。”

她绕过来，贴身贴上他的胸膛：“你还没吃，怎么知道有没有兴趣？”

驰未深轻笑一声，低头摸出烟盒拿在手里把玩，说：“知道我为什么让你进来吗？”

“为什么？”

他抬起下巴指了指楼上：“让你见见我的女朋友，好死心。”

转瞬的惊讶过后，许清嗤笑一声：“别逗了，那小姑娘根本不是你的菜。你喜欢的女人，怎么说也该是像我这样的才对。”

她说着，挺了挺自己傲人的身材，却被他淡淡地挥手推开。

“许清，回吧，以前的事对我来说都过去了。”

过去的事，他不想再提，也不想再纠缠。

可许清偏偏就爱极了他这副桀骜的模样。

撩拨无果，她也不急，反正来日方长。

驰未深不想再应付她，点了根烟起身要走，一抬头，却对上顾笙微怔的目光。

她下来找东西，在后院的玻璃窗外看到了刚才发生的一切。

她抿了抿唇，在他走过来之前，转身上了楼。

楼上客厅，过了最初的惊讶期，柏晟又开始幸灾乐祸。

看到驰未深进来，他挑眉坏笑，指了指顾笙的房间：“刚才小妹妹趴在窗户上看了个一清二楚啊。”

“什么一清二楚？”

“接吻啊。”

他吊儿郎当地抖了抖腿，啧啧两声，想起刚才骨扇店外面的画面，都有点替顾笙扎心。

驰未深坐到对面的沙发上，眼神不经意瞥了眼楼上，俯身拉过桌上的烟灰缸，语气凉下来：“现在不是开玩笑的时候。”

柏晟知道他要谈正事，也不闹了，起身坐好。

驰未深问他："证人审得怎么样了？"

"还是什么都问不出来。宏队本来想让你晚上过去看看，毕竟你是主修犯罪心理的，可今天遇到这种事儿……还是明天再去吧。对了，陆子鹜那边……"

说到这里，柏晟想起在别墅里看到的惨状，忍不住倒吸口凉气。陆子鹜这次下了狠手，派来的都是黑市里以一敌三的打手，看来是铁了心要除掉驰未深。

"不过想想也是，你要断了他的财路，还想把他弄进监狱，他想弄死你也正常。"

驰未深眯了眯眼，想起在B市别墅里打斗时，瘦子一气之下说——不就是一个臭条子，拽什么拽。

他用骨扇店老板的身份隐藏了这么久，到底还是暴露了。

柏晟也纳闷："这陆子鹜对你好像了如指掌一样。"

明明两人的交集很少，调查也都是暗中进行的。

驰未深的手指下意识地叩击桌面，说："也可能我们面对的其实不止他一个。"

"你是说他背后还有人？"

"嗯。"

"那深哥你有怀疑对象了？！"柏晟惊诧不已。

驰未深却说："也不一定，我现在只是怀疑。"

"我既然已经暴露了，以后去警队处理事情也方便很多。明天先撬开证人的嘴，让他吐点东西出来。至于陆子鹜那边，静观其变。在找到充分的证据之前，先随他闹去。骨扇店外的保护工作交给你，做好了请你吃饭。"

"别别别……你做的那哪儿是饭，是毒药好吗？还不如让顾笙小妹妹煲汤给我喝呢！"

……

顾笙以为驰未深多少会来跟她解释一句，可直到她听见外面关了灯、柏晟的声音消失、隔壁传来吱呀的关门声，门外也没有响起熟悉的声音。

她看到驰老板亲了那个女人，又抱了她，还对她笑得那么好看。

那她呢？

在地窖里那个吻算什么？

只是逗弄小动物的游戏吗？

她扁了扁嘴，心里堵得慌，有点想哭，咬牙忍住了。

可趴在床上又翻来覆去睡不着。

床下有什么硬硬的东西硌得胸疼，顾笙爬起来，揭开床单看到一个旧钱包。是她从衣柜里取床单时不小心带出来的。

里面有张泛黄的学生照，边角已经被人翻到磨破，照片里的人是许清。

她想起在B市见到柏晟时，他开玩笑地说，别追了，你追不到的，深哥喜欢的不是这个类型。正想着，楼下忽然响起咚咚的敲门声，格外急促。

顾笙心里一惊，连忙穿上鞋子往外跑，驰未深和柏晟也都开了门。

“怎么回事？”柏晟的声音还有点迷糊。

顾笙摇摇头：“不知道，下去看看吧。”

说着她就要往下走，却被驰未深一把拽住。

“你别去。我和柏晟先去。”

说着，拎住她的脖子推进房间，砰一声关了门。

门外咚咚的声响更加急促。柏晟和驰未深下了楼，没有开灯，一左一右配合藏在门后。

藏好了，才问：“谁啊？”

“是我！快开门！”

许清的声音格外惊慌失措。

驰未深眉头一皱，立刻打开门。

门口，许清衣衫破碎，姣好的身材几乎赤裸，只剩内衣和零散的碎布遮掩着，脸上有巴掌印，脖子上血痕累累，哭得脸上的妆都花了。

“发生什么了这是？”柏晟被吓了一跳，连忙转过身。

许清砰一声关上门，眼底惊慌未退，大口喘着气说 ：“我从骨扇店出去的时候遇到了流浪汉，穿着高跟鞋摔了一跤，就被他一把拽住了。”

“然后……”

剩下的情景她没再描述，声音哽咽着看向驰未深，眼泪还没干，眼底有委屈和怨恨：“你知不知道，你再晚一会儿开门，我就直接被人拖走了。到时候你负得起责任吗你？”

她说着，扑进他怀里号啕大哭，伤心惊惧到了极点。驰未深漆黑的眼眸顿了顿，半天才说：“抱歉，我不知道会发生这种情况。”

他姿态疏离地伸手去扶她，却被许清一把打开。

“我走不动。要不你抱我，要不就让我在这儿躺着。”

她刚才受了很大的惊吓，身体止不住地颤抖，连说话牙齿都有点儿打战，眼眶通红地窝在他怀里，十分狼狈。

驰未深面无表情地抱起她，上了楼。

路过顾笙房间时，她听到声音出来，看到两人紧紧依偎着，又看到许清身上血迹斑斑的伤痕，咬着下唇，退回房间关了门。

柏晟在楼下冲许清喊：“那流浪汉是在哪儿遇到的啊，要不要我帮你报警？”

许清没有回答。

过了会儿驰未深下楼才说：“她不想被人看监控，不用报警了。”

因为惊吓过度，许清暂时住在了驰未深家里。

第二天一早顾笙下楼时，就看到她正穿着宽大的男式衬衫坐在沙发上吃早餐，姿态优雅妩媚，丝毫不见昨晚的狼狈。

“早啊，怎么称呼你？”

许清淡淡一笑望过来，视线落在她的高跟鞋上，顾笙下意识地收了收脚。

“我叫顾笙。”

“哦，许清。”

“阿深他们去上班了，你知道家里钥匙在哪儿吗？我一会儿要出门一趟。”

“不知道。”

“好吧，真遗憾，那我自己找找看。”许清说着，撩了撩长发，精致性感的眉眼溢满爽快的笑。

她话里话外都把自己当成了这间房子的主人。顾笙听着心里堵得慌，喝了杯水拎着钱包就要出门，却被许清喊住。

“小妹妹，先别走，你过来我们聊聊。”

“聊什么？”

顾笙身形一顿，并不看她。

她不喜欢仰望许清的感觉。她承认，对面的女人比自己性感、漂亮、气质优雅，甚至和驰未深更加般配。可她不想对比，也不想让自己更加沮丧。

许清对她如临大敌的样子感到好笑。

照理来说，她是不屑于和这样的小姑娘平等对谈的。可为了驰未深，谈一谈也无妨。

“坐。”她指了指对面的沙发，起身去厨房倒了两杯红酒拿过来。

一杯给自己，一杯给顾笙。

她没有接，许清也不介意，撑着下巴上下打量她一番道：“你喜欢我们家阿深？”

顾笙微不可察地皱了皱眉：“你们已经分手了，别一口一个你们家的。”

“口气倒不小。小妹妹，你了解他吗？”

顾笙目光与她平视，微微笑了一下：“正在了解。

“如果你今天想趁驰老板不在给我个下马威，那许小姐，你不用接着说了，我不傻，不会信的。我知道你们以前有过一段感情，可那毕竟是以前的了。想让我放弃他，除非他亲口说不喜欢我，否则谁来都没用。”

许清把玩着手里的红酒杯，眼底含笑，好半天才说：“你太激动了。我没打算劝你放弃他。只是想让你了解了解他。我们以前是一个学校的。他少年到成年的所有时光我都参与过，你不想知道以前的他是什么样吗？”

顾笙知道许清不是单纯的好心。

可这句话的确触动了她的心。

以前的驰老板，会是什么样的呢？她有点好奇，也想多了解了解。

许清目的达成，眼底闪过一丝得逞的轻笑，从手机里翻出一条录像视频发给顾笙。

这条视频很长，内容是无数条短视频和照片拼接剪辑出来的。

里面只有驰未深。

少年张扬的他、耍帅傲娇的他、爽朗坏笑的他、高冷淡漠的他。每一条视频和照片的背景都不一样。

原来他也有过这么多外露的情绪和表情……一帧一帧熟悉的面容掠过眼前，顾笙低头看着，却感觉时光的鸿沟梗在心头越来越深。

那些青葱岁月是他们用真实的欢笑泪水经历过的，却与她无关，就像昨晚在骨扇店外，两人熟络的默契。

最后，视频里响起熟悉的声音。

画面里的少年难得拘谨，西装礼服整了又整，英俊耀眼得仿佛刚从画里走出来。他说：“清清，我把过去二十三年的自己都送给你，余生每一天，都希望你能出现在我的生命里。”

后面他说了什么，是怎么忽然半跪下拿出戒指的，顾笙不记得了。

她淡淡地看了眼许清，扯了扯嘴角，说：“那又怎么样呢，也都是曾经了啊。”

许清笑了下：“是曾经了。但小妹妹，喜欢和爱是不一样的。视频里有两百多个国家，都只因为我一句想看不同的风景，他就去了。那你呢，阿深为你做过什么吗？”

“周琦，我不想喜欢驰老板了，好累。”

“别别别，你先别哭啊。到底发生什么事了你跟我说说。”

接到顾笙的电话，周琦匆匆从学校里赶回来，一回来，就看到她抱着毯子缩在沙发上掉眼泪，肩膀一抽一抽，咬得下唇血腥弥漫。

“是不是他欺负你了？这王八蛋，看起来人模狗样竟然敢欺负你，你告诉我，我去收拾他！”

“不是。”

顾笙用袖子擦了把眼泪，被周琦摸着脑袋安慰了好一会儿才说了遇到许清的经过：“我知道自己不该这么小心眼，或许该试着理解，可我还是好难受，心里面堵得慌。

“一想到驰老板和她亲昵的样子，我的心就特别特别疼，就像有根针在不停地扎。你说，怎么喜欢一个人就这么难呢。

“年少的时候我没有遇到他，他的爱全给了另一个人，现在遇到了，我也捂不化他的心。”

她只想简简单单地喜欢着他。

可她会吃醋，会难过，看到他淡漠的眉眼和视频里明显的对比，心里就像有个巨大的泡泡被炸开，里面的酸水全部顺着血管流进心里，泡得她眼眶发酸，浑身发胀，心里难过得要死。

那些酸水里，还藏着许多小虫子，在不停地咬啊咬，每咬一口还要告诉她，他不喜欢你，他只是对你有点好感而已。

不然他为什么一点儿都不在乎她的感受呢。

她撇撇嘴，哭得更厉害了。像是要把这些天的委屈、害怕全都哭出来。

而电话那头，驰未深听着周琦打来的电话里她压抑的哭声，心也像被人生生撕裂了似的疼。

这心疼里，竟还夹杂了一丝说不清道不明的甜蜜。

他刚要拿起车钥匙转身，就被柏晟喊住：“深哥，证人开口了！”

顾笙哭了很久，从最初的哽咽啜泣到最后的号啕大哭，直到嗓子哭哑了才停下来。哭完冷静下来，她不好意思地瞄了眼周琦，被她竖起中指默默鄙视了一秒。

“行了，实在难受就别喜欢了。咱的宗旨不能变，一定要对自己好点。自己都不对自己好，还能指望谁呢。”

“嗯，说得没错。”

她重重地点了点头。

转念又想到陆子鳌。

“你和男朋友现在怎么样了？”

“就那样呗。”

周琦的眼底有落寞的神色一闪而过。顾笙咬了咬牙，犹豫着要不要把之前那件案子的事告诉她，可还没想好怎么说，手机铃声就响了起来。

是林恒。

“他干吗？”

“约我们去吃饭。”

“那走呗，刚好我们很久没聚了。”

“行，那你等我洗把脸，化个妆，再换套衣服啊。”

……

和周琦赶到约好的餐厅时，林恒已经等在那里。看到顾笙，他用力挥了挥手：“我在这儿，我在这儿。”

“我们看到了，你能不能不要那么傻。”

“我这不是怕你们走错位置嘛。”林恒很委屈。

可下一秒，他就看到了顾笙微肿的眼眶。

“哎，你怎么哭了？谁惹你了？”

顾笙哑着嗓子挥开他探过来的手：“没事儿，昨晚睡肿的。”

等菜期间，周琦低头和顾笙发微信闲聊。

——我说，其实一比较，林恒也不错。起码不会让你伤心难过，还挺细心的。

——你又开始乱点鸳鸯谱了。

——姑奶奶，我这是为了你的幸福着想，好吗？

顾笙默默地瞪她一眼，收了手机。一抬头，就看到林恒伸着脖子往这边看。她敲敲桌子，无奈地道：“别看了，再看你就要掉进火锅汤里了。”

周琦哈哈大笑。

林恒尴尬地缩回去，只一秒，帅气的眉眼又飞扬起来：“一会儿吃完你们想去哪儿玩？”

“今晚我请客，可以随便挑。”

顾笙随口道：“看来你爸和陆氏集团合作得不错？”

“嗯，盈利是比以前多了。”林恒想了几秒。

他说完，顾笙却眼珠子一转，想到了别处。她试探着问他：“我有个东西落在陆氏集团顶层的办公室了，想借你爸的门禁卡用用行吗？”

“今晚？”

“对，就今晚。”

林恒虽然疑惑她为什么不直接去陆氏集团找人要，但还是很快想了想说：“那我一会儿回去帮你找找。”

周琦用胳膊碰了碰顾笙，想起她上次艰难的脱险经历，忍不住皱了下眉：“你又去陆氏集团干什么？”

顾笙想了想，在手机上默默打了一行字发给她。

——替驰老板拿文件。

不久前，从陆氏集团仓皇逃出之后，顾笙就想到了李子明。既然他已经和陆氏集团达成合作，那拿文件，或许可以从他这里入手。

李子明门禁卡的功能比普通员工多，对她上顶楼办公室取文件来说再好不过。而且今晚有周琦和林恒在，万一有什么意外，也能有人在外面接应一下她。

说行动就行动。

吃过晚饭后，三人分头离开餐厅。顾笙和周琦开车去了陆氏集团附近，林恒则回家去找门禁卡。

路上，驰未深打来电话，顾笙看着屏幕上熟悉的昵称，恨恨地挂断。他打一次，她就挂一次，直到手机彻底没电自动关机，这才放下手机。

周琦从后视镜里看到，揶揄着坏笑：“你不是说不想喜欢他了吗？

干吗还赌气，直接告诉他啊。省时又省力。”

顾笙忍不住翻了个白眼：“我说你就信啊，你以为我是古时候的皇上呢，还玩金口玉言那一套？”

“我就知道……”周琦竖起中指鄙视她一秒，又把视线放在玻璃窗外的马路上，隔了好一会儿才问她，“那你怎么想的？”

这回她的语气正经了点。

顾笙的目光下意识地落到自己那双小短腿上，叹了口气：“虽然我心里的确不好受，许清也的确比我有优势，可驰老板没有亲口说不喜欢我，我就不甘心放弃。”

或许每个曾经为爱情忐忑过的少女都是这样的。

无论情况对自己多么不利，也总抱着一丝丝期望，希望能被上天垂怜。

顾笙也一样。

喜欢了驰未深那么久，和他一起经历了那么多，她本想等时机成熟一些再找他要答案。可眼下，劲敌的出现打乱了她计划好的一切。

她才不要偷偷躲起来自己哭。就算哭，那也得先问到自己想要的答案再说。何况，他不明不白亲了自己还没找他算账呢。

这样就想让她放弃，想得美！

“所以你忽然决定去陆氏集团，也是这个原因？”

“对啊。”

不然怎么有机会再见到他。

可顾笙在心里想了一万种可能，为这段感情留了一万条退路，却从没想过自己会走最狼狈的那一条。

那时他们已经取了文件出来。不知是风声过了，还是陆子鸷这段时间忙得自顾不暇，陆氏集团的安保做得并不严密。

三人里应外合，很快就拿到了想要的东西。

离开陆氏集团后，林恒回家，周琦开车送顾笙回骨扇店。下车时，周琦一脸坏笑地给她出主意："加油啊姑奶奶，今晚一定要一鼓作气抱得美男归！别老想着吃醋算账，先拿下他再说！不然你连光明正大吃醋的资格都没有，以后还不得憋屈死！"

顾笙觉得她说得对。

一路上，她幻想了很多场景，也做好了破釜沉舟的准备。可咬紧牙关打开房门才发现，驰未深并没有回来。

许清也不在。

倒是柏晟，正打着电话从二楼卧室下来。他神色震惊地看了眼手机屏幕，分贝提高了不止八个度："不是吧深哥？你真打算跟许清复合啊？！"

"那顾笙小妹妹呢，你不打算告诉她一声吗？"电话那头的人不知说了什么，好一会儿，柏晟才又说，"也是，毕竟你们还没什么关系。"

她的脚步僵在原地。

心里微弱的火苗彻底熄灭，像有千年寒冰渗入骨髓，刺骨寒冷。

"所以你就这样落荒而逃了？也没等他回来要个说法？"

"嗯。"顾笙扯了扯嘴角，目光落在眼前琉璃斑驳的酒杯上，已经醉意蒙眬。

周琦于心不忍，戳了戳她的肩膀，说："想哭就哭吧，反正酒吧声音大，没人会在意。"

"我才不要。不就是暗恋幻灭了嘛，谁这辈子没失过恋呀。"

她端起面前的酒杯一饮而尽，烈火灼得心肺火烧火燎地痛。眼角余光却看见一道熟悉的身影往这边走来。

顾笙心里咯噔一下，酒瞬间醒了大半。再去看周琦，她也是脸色骤然一变，扔下酒杯就要逃，却被陆子鹜大步拦住。

金丝边框的眼镜折射出阴鸷的冷光，陆子鹜脸色铁青地攥住她，冷笑出声："周琦，你真能耐啊，不仅会砸人，还会藏东西了？"

"卡呢？！"

“什么卡，我听不懂你在说什么。”她咬牙用力挣脱，仰着下巴冷冷回视，攥在身侧的手却隐隐发白。

陆子鸷怒极反笑：“你还跟我装傻是吧？行，咱们出去说。”

说着，他拽住周琦就要往外拖，动作极其粗暴，却被她一巴掌扇在脸上。

“有意思吗？陆子鸷，咱们现在这样有意思吗？！”周琦几乎崩溃怒吼，眼泪瞬间飙了出来。

空气骤然寂静。

顾笙心里咯噔一下，要把她拉到身后，却被周琦摇头推开。她点了根烟，掌心隐隐发疼，却不及双眼猩红：“你先去车上等我，我一会儿就来。”

“好。”

顾笙走后，舞池里又恢复喧嚣。

陆子鸷舔了舔嘴角的鲜血，眼眸沉下来。他冷冷一笑，手指触上她娇嫩的脸庞，斯文俊美的脸上生出几分邪魅来。

“周琦，长本事了啊，现在都敢动手打我了？怎么，下一步我要惹火了你，是不是还能把我分尸喂狗呢？还是说你为了钱要跟我六亲不认？”

周琦抠着掌心看他，嘴唇微颤，失望翻涌在胸口，到最后，也只是冷冷一笑，吸了吸鼻子，说：“走吧，你不是想要卡吗？我们找个安静的地方说。”

酒吧里摇滚声震天。

快步穿过拥挤的人群时，周琦想起他们刚在一起时，她因为和家人闹掰而孤立无援。一个人躲在外面偷偷哭的时候，是陆子鸷找来，把她抱进怀里，说：“别怕，以后我会给你一个家。到时候谁也别想再欺负你，让你难过。”

她心头一暖，笑中带泪地望着他：“那你呢？万一你欺负我了怎么办？”

他那时候怎么说的？

周琦有些忘记了。

现在想起来，心竟然被刺得生疼。

那时陆子鹜还在创业初期，资金短缺，生活艰辛，虽然有个做董事长的老爸，可他爸并没想过要帮他。

除非他自己做出点成绩来，不然别想染指家族企业一毛钱。

陆子鹜年少轻狂，野心勃勃，第一次就投了很多钱，可因为没经验，没过多久就被合伙人骗得血本无归。是周琦陪在他身边，鼓励他振作起来，为他没日没夜地做兼职想办法凑资金。也是她陪他度过了那段一分钱掰成两半花，每顿咸菜馒头的艰难岁月。

她戒掉化妆品，卖掉名贵的衣服包包，从十指不沾阳春水的富家少女变成心甘情愿为他洗手做羹汤的“三好”女友，努力经营两个人的小家。

她一直都在等，等他给她一个家。

一个只属于他们的，温暖的家。

她太渴望温暖和被爱了，所以哪怕他最初只付出了一分的好，她都愿意以十倍甚至百倍的爱回馈。可第二次创业成功以后，陆子鹜就合并了公司和家族企业，自己也搬回了家。

他说：“这点成功算什么，我要的是更多。”

更多的金钱和在商界叱咤风云，被人俯首称臣的权力。

周琦等啊等，等啊等，一颗心从滚烫等得冰凉。

可他还是没想给她一个家。

她心如死灰，想要离开，却发现他沾上了赌瘾。小到一万，大到千万，他已经赌红了眼。

公司被掏成空壳，他就把目光转向她的存款。她的存款被挥霍光，他就把她像货物一样卖给别人。现在，他又把目光转向了她凑来打官司的借款上。

周琦的心悲凉到了极点。

跟他在一起，她从没图过他什么，可现在，他竟嗤笑着问她，是不是要为了钱跟他翻脸。

眼泪被强行压下去。

周琦带着最后一丝期盼问他："真的不能戒赌吗？"

她的眉眼带着痛苦和哀求，带着前所未有的绝望和悲凉。

陆子骛脸上不耐烦的神色顿了顿。

最后他说："就这一次。最后一次。"

第九章

喜欢不是自虐的游戏

回去的路上，车子飞驰在马路上，窗外霓虹灯肆意闪烁。顾笙坐在车后座，身上的酒气被冷风吹散一大半。

她看着周琦紧绷的眉眼，本想趁今晚的事劝她分手。可想了想，又觉得现在说这个未免太不近人情，还是改天吧。

等周琦心情好点儿再说。

而且……顾笙莫名觉得今天的陆子骛似乎有点不一样。可具体哪里不一样，她一时半会儿又说不出来。

车子停在小区楼下时，沉默了一路的周琦终于说话了："今晚……"

"我知道你又要说对不起了，是不是？"顾笙了然于胸地撇撇嘴说，"咱别这么矫情了，行不？反正都心情不好，就当做伴儿了。你不用觉得打扰到我借酒消愁不好意思。实在心怀愧疚的话，可以多买两只口红补偿补偿我啊。"

周琦："……"

“我只是想说。今晚有人在门口等你。”

“等我？”

顾笙眉头一皱，第一时间想到的是林恒。

她解开安全带下了车。

夏末秋初的夜里，小区里晚风微凉，落叶窸窣。她刚在车边上站稳，地上的月光就被一道挺拔的身形瞬间笼罩。

——是驰未深。

她蓦地眼眶一红，转身就要上楼。可前脚还没踏进单元楼，胳膊就被人一把从身后拽住。

他的手掌粗粝有力，牢牢将她禁锢在原地。

“你放开我。”顾笙不看他，用力挣脱，却不想吵到别人，声音压得很低。

驰未深伸手一拦，把她抵到一边的墙根上，挑眉道：“放你去哪儿？要学骨扇的是你，放我鸽子的也是你，你说，我们是不是该好好算算这笔账？”

“我不想跟你算！”

“可我想跟你算。”

顾笙恨恨地瞪着他，不知道这人忽然怎么变得这么无赖。

他悠闲的语气无异于火上浇油，砸得她心口又闷又痛。她索性一低头，直接咬在了他的胳膊上。

驰未深轻嘶一声，眉头微皱，却没有躲开。顾笙咬了一会儿，又怕真的伤到他，渐渐松了口，可还是抿着唇梗着脖子不想理他。

“属狗的你？”他俯身掰过她的下巴，“没咬够接着给你咬。”

“不用。”

“你有工夫逗我，还不如去陪陪你的前女友，省得她再来找我麻烦。”

“哦？她找你什么麻烦了。”

“她……”

顾笙被他问住，一口气憋在心里差点没把自己噎死。又想到柏晟不久前说的话，心忽然疼得更厉害，也不挣扎了，只低头说：“你放开我，我要回家。”

“真的要走？”

“是。”她咬牙冷声道，眼泪在眼眶里打转，就是不肯落下。

可谁知得到回答后，驰未深竟真的放开了她，还抬起下巴指了指单元门：“行，那你去吧。”

“好！”她甩开他就往里面走。

越走越快，越走越快。可走着走着，眼泪就噼里啪啦掉了下来。

原来是真的，他真的要和许清复合了。本来她还带着一丝期盼，希望他能告诉自己，这只是场误会。

可现在……

心好痛。

眼前模糊一片，她正要用袖子去擦，就听到一声叹息。

接着，后背就撞进一个灼热有力的胸膛。

“说你傻你还真傻，遇事非要憋在心里，就不怕把自己憋出毛病来？”

“憋死也不要你管！你家里明明有监控，也肯定看到了许清做的一切，还要问我，有什么好问的？”

“那如果我没看到呢？”驰未深漆黑的眼眸沉了几分，摁着怀里的人转过来，“如果没看到，你就打算在心里憋一辈子？”

顾笙眼泪汪汪地看着他，有些茫然。

“不然你让我怎么说？说她在我面前秀你们曾经的恩爱，还是说我自己脑补把自己气炸了？”何况，你们都要复合了，你还来找我干什么？”

她撇撇嘴，把心里的话一股脑儿倒出来，眼眶通红地瞪着他。驰未深看着她小兔子一样水润的眼睛，俯身碰了碰她的鼻尖，心情既复杂又愉悦。

“谁告诉你我要和许清复合了？还有，死刑犯执行前还有申诉的权利呢，怎么到你这儿我连个解释的机会都没有了？你就不怕冤杀了我？”

“嗯？”

他灼热的呼吸自上而下，喷薄在她娇嫩的脸颊上、唇齿间，手指若有似无地捏了捏她小巧圆润的耳垂。

顾笙被撩得面红耳赤，却还不忘正题，结结巴巴地怒瞪他：“那……那你解释啊……快，快点……”

“怎么，等不及了？”他低低地笑，低沉悦耳的嗓音带着不明的暧昧意味。

顾笙不自觉想歪，脸更红了。

“我才没有！”

她说完，刚要侧身推开他，驰未深的手机就响了。

是许清。

虽然他很快摁下接听键，把手机拿开，可顾笙还是看到了。

“有事儿？”驰未深敛了笑，走到旁边的凤凰花木下淡淡地问道。

许清拉开落地窗的窗帘，姿态慵懒地看着斜对面小区里模糊的人影，未语人先笑：“怎么，没事儿就不能给你打电话了？”

驰未深拧了拧眉，刚想说那我挂了，许清话锋一转，说：“我现在就在马路对面的酒店里。”

“你什么意思？”他眼睛眯起，敏锐地察觉到她话里有话。

许清晃着红酒杯轻笑出声：“还是你了解我。”

“给你两分钟。如果两分钟后见不到你，那我手里的视频就会传进别人电脑。现在还剩一分五十八秒。你好好想想，是要继续哄你的小情人呢，还是要狂奔过来找我。”

说完，她嫣然一笑挂了电话。驰未深却蹙紧眉头看了眼还在等他解释的顾笙。

她仰头看着他，眼泪被狠狠地擦干，可眼底是毫不掩饰的难过：“驰老板，你是不是又要去找许清。”

她看着他，那种刺痛的感觉又涌了上来。

对面是酒店。如果去了酒店，这一夜，孤男寡女，他们会发生些什么，许清又会对送上门的猎物做什么，顾笙不得而知。

她不敢想，也不愿意再想。

心里难过得像要窒息。她多么希望驰未深能看到她眼底的哀求和期盼，告诉她："我不去了，我陪着你。"

可他没有。

他说："等我回来。"

然后就头也不回地离开了。

顾笙在单元门前等了很久。

从月色朦胧等到天边泛起鱼肚白，她蹲在地上，忍着后背的疼痛和发胀的太阳穴，手指一遍遍点开手机屏幕，再一遍遍关上。

她想打电话给他，可又怕打过去听到最不想听到的声音。她想走，可又怕驰未深回来找不到她。

怎样都为难，怎样都是既揪心又难受。

她等得眼眶酸涩，冷风吹得脑袋隐隐作痛。

直到天大亮了，乌云从远处飘过来，聚起淅淅沥沥的小雨，周琦询问的电话一个又一个打过来，抱着希冀的心才彻底凉透。

她咬着下唇看了眼对面一片寂静的酒店，仰头憋回眼泪，转过身，一步步上了楼。

酒店房间里，驰未深站在落地窗前，看着落寞离开的身影，想到她难过到无以复加的眉眼，心就开始隐隐作痛。

像被什么撕扯着，前所未有地难过。

小丫头在他心里生了根。

他竟然现在才发觉。

而身后的双人软床上，许清穿着清凉的绸缎睡衣，玉体横陈陷在柔软的被子里。看到他紧绷的侧脸和下颌，她吹了吹殷红的指甲，恶劣一笑，有种报复的快感。

"怎么，心疼了？之前我离开你的时候，你可没露出过这种表情。”

驰未深弹了弹烟灰，隐忍地舔了下腮帮子，瞥她一眼，说：“许清，你这样有意思吗？”

“有啊。”她嫣然一笑，勾起手边的U盘，只要你在我这里待到早上八点，就可以拿到自己想要的东西，很划算不是吗？而且我猜，就算我们什么都不做，那小姑娘还是会对你失去信任。”

“所以呢？”

“所以还是我这样成熟的女人更适合你啊。”她媚笑着挺了挺傲人的山峰，起身朝他走过去，眼底波光流转。

这一夜，他在等，她也在等。

等他上钩，爬上她的床。可驰未深自始至终都没有多看她一眼。这让许清感到很挫败。

她终于忍不住要主动出击，驰未深却意味不明地笑了下，转身走到烟灰缸前，挑眉看着她说：“许清，我很好奇。”

“好奇什么？”

“以前你劈腿别人的时候，是不是也这么想过？”

“嗯？”

他说得漫不经心，她却瞬间脸色惨白。

许清颤抖着嘴唇，再也说不出一句话。驰未深掐着时间从她手上拿过U盘，视线扫过她平坦的腹部，语气极淡，嘲讽意味却十足。

“怀孕了想找接盘侠可以理解，但许清，你找错人了。我今天答应你是不想撕破脸，但这种小儿科的把戏玩一次就够了。你知道的，我对不择手段的人一向不会客气。还有，以后离顾笙远点儿。”

他警告地说完，转身向门外走去。

许清却骤然变了脸色，厉声呵斥道：“驰未深，你敢走？！”

“你就不怕我把备份的视频传到警局去吗？！”

“行啊，你传吧。”

他面无表情地回头看了她一眼，说出的话却比寒冰更加刺骨。

“如果你想给我陪葬的话。”

其实那天，柏晟和驰未深之间完整的对话是：

——不是吧深哥，你还真打算跟许清复合啊？！

——没打算，但我在调查她的软肋。等找到了，拿回她手里的视频，游戏就结束了。

——那顾笙小妹妹呢，你不打算告诉她一声吗？

——不了，你也别说，省得她胡思乱想。

驰未深离开没多久后，一个男人从隔壁房间推门进来。

“许清，看来你这美人计也不好用啊？”陆子鹜斯文帅气的面容冷而邪魅，带着几分轻佻，走到床前，俯身去摸她裸露的肌肤。

却被许清用脚抵住胸口，嗤笑道：“美人计没用也没关系，反正他那个小女友已经上钩，也拿走了你准备的假文件。骨扇店，迟早是我们的。”

“这点我从来没怀疑过，驰未深想跟我斗，他还嫩了点！”

说着，陆子鹜阴鸷一笑，身体却毫不犹豫压到床上，急切地开始动作。

许清眼底厌恶的情绪一闪而过，很快被黑暗吞噬。

顾笙回到家的时候，周琦正窝在沙发上化妆。看见她失魂落魄的样子，她打趣的话咽进肚子里，拿了块毛巾扔给她。

“头发擦擦，别感冒了。”

“嗯，好。”

顾笙扯了扯嘴角，笑得比哭还难看。或许是自己也意识到了，她抿了抿唇，擦着头发上了楼。

走到卧室门口，兜里的手机响了起来。

是驰未深。

她低头看了眼屏幕，手指挪到红色键上，挂断。他又打过来，她还是挂断。他再打，锲而不舍，她却直接点开设置，把他拉进了黑名单。

接下来两天，顾笙躲在家里睡得昏天暗地。除非周琦逼着她才偶尔吃两口饭，吃完又躲回房间里。

其间，驰未深来过一次。

那是顾笙难得从房间里出来吃饭的一次。

窗外下了雨，周琦热好牛奶，从厨房走到客厅里去关窗，关着关着就停下了，忍不住发出一声感慨。

“真稀奇啊。”

“稀奇什么？”她下意识地询问。

周琦坏笑着眯起眼睛，指了指楼下：“你的驰老板正冒雨等你呢，不下去看看？”

顾笙倦怠的眉眼一动，下意识地起身，可想了想，迈出的脚又收了回来。她强压下心里的不舍，取了块拼盘里的水果送到嘴里，说：“不去，让他站着吧。”

“真不去啊？”

“嗯！”

“行吧。”周琦瞧她那口是心非的样，拍拍手上的面包残渣，往厨房里走，“那万一他冻病了你可别心疼。”

“像什么高烧不退啊，头疼脑热之类的。对了，前两天微博上那个因为感冒引起并发症进手术室的新闻你看了没？现在的小病啊，简直防不胜防，一不小心就会致伤致残，也太吓人了。你说——”

周琦话还没说完，沙发上的人已经打开房门跑了出去，只剩敞开的大门和挂伞的系带空荡荡在摇晃。

周琦以为从楼下上来，顾笙应该就会好了。

可没想到她被淋成落汤鸡，心情更沮丧了。周琦怕她闷出病来，又怕她想不开，急得团团转，就差请心理医生来家里二十四小时待命了。

奇异的是，这种状况只维持了三天。

第四天一早，顾笙就从房间出来，洗脸化妆换衣服，打扮得甜美可人，坐在楼下吃早餐。

周琦咽了咽口水，小心翼翼地戳了戳她的肩膀：“我的姑奶奶，你没事儿吧？”

顾笙瞥她一眼："你觉得我哪儿有事儿？"

"脑子。"周琦指了指自己的脑门，又捂了捂胸口，作痛苦状，"可能还有心脏？"

"哎呀，你可别吓我，我这孤家寡人的，好不容易捡个伴儿回来，万一得了失心疯，我哭都没地儿哭。"

这幼稚的演技……

顾笙一头黑线。

"你好歹也是艺术学院出来的，演技怎么这么差？"

周琦不干了。

"艺术学院怎么了，也没见邮政大学的都去送快递啊。而且我学的是新闻专业，以后摆事实讲道理就好了，演技这种东西，多余。"

"说的也是。"顾笙赞同地点点头，心情看起来不错的样子。

周琦观察了一会儿，发现她好像真的没有继续虐待自己的意思，这才放心开始吃早饭。

吃过早饭，两人一起出了门。

接连下了三天小雨，室外的空气清爽宜人。走在路上，微风拂过面颊，清凉的气息沁人心脾。周琦一边从停车位里倒车出来，一边开着车窗问顾笙："你一会儿去哪儿？要我送你吗？"

"不用，我叫了车。今天去接一个大单。"她哼着小曲儿，乐滋滋的，仿佛又变回了以前那个守财奴。

周琦走后，顾笙打开手机查了下银行卡里的余额。除去要给林恒的两万二，预付周琦一年的房租，剩下的，距离她买房子首付的金额还差三分之一。

今天这一单，刚好能补够这三分之一。

她刻意忽略脑海里关于驰未深的一切，打算用忙碌分散掉放在他身上的心思。可老天偏偏要跟她作对，下一秒就让她见到了他。

顾笙刚和雇主吃完饭，一边往办公大楼走，一边说着相关的工作内容。

这一单雇顾笙的，是一名怀孕八个月的记者，叫陆倩。她最近在追踪一个展品盗窃案的报道，可因为临近生产，行动不便，很多内容的追踪报道都不能及时去做，所以需要一个助手帮她完成。

“可以理解。但我其实有点奇怪。这种事，如果你向公司申请，公司应该会聘一个助手给你，价钱也比私下聘用职业冒牌师划算很多，还不用你自己掏钱。”

“所以你想问我，为什么要多此一举是吧？”

顾笙点点头。

她接单之前各方面都要问清楚，以防签了合同再惹上不必要的麻烦。

陆倩笑了下，这次不再干练知性，倒有点羞赧：“其实这个说起来，是因为我有点私心。虽然我怀孕了，但在公司一样有晋升的资格。我现在手上这个报道如果做得好的话，生产之前职位和薪资待遇都会增加一倍。生产报销的费用也是。但如果公司指派一个员工来帮我，她会分掉我一半儿的业绩。”

难怪。

“那我都需要做什么？”

陆倩打开合同指给她看：“你的工作内容不难，只是比较累。”

“展品盗窃这件案子是我先查到蛛丝马迹报的警，所以警方答应让我来做一手的追踪报道。你工作时警方也会在身边同时取证，你只需要对和嫌疑人有关的一切进行拍摄和记录。如果需要做采访，我会把采访的草稿用手机传给你。还有一点，不论任何时候，你在做什么，这些画面都要拍下来，还要注意个人的言行举止。毕竟在警方那边，你是代表我和我们公司的。”

“好，这些你都可以写进合同里明确标注出来。”

顾笙一边听，一边记。

她接这一单，更多是因为喜欢记者这个职业。以前她学历不够，连应聘实习生都不行。现在有这样一个机会，她想好好体验一次。

走到办公大楼门口，两人签合同按了手印。按手印的时候，顾笙眼角余光瞥见一道熟悉的身影。

她咬了咬下唇，看着那个身形挺拔的男人一步步走过来，心里乱成一团。

陆倩伸手在她面前晃了晃：“小顾？”

“你现在有空的话，直接跟我上楼去办工作证吧。”

“啊？哦，好，我们走吧。”

顾笙快步走进办公大楼。可就在她跟陆倩一起等电梯时，驰未深也走了进来。他停到安检门口，伸手指了指她，对保安说了些什么。

保安狐疑地看向这边，很快走了过来。

“小顾，那个人好像是来找你的。”

“是吗？”顾笙攥紧掌心不让自己的目光挪过去。

正说着，保安走到跟前了。

“女士你好，那边那位先生说是你的朋友，想跟你说两句话。”

“我不认识他。”

“可他说如果你不过去，他就一直在门口等。”

如果他一直等，那一会儿出门的时候还是要碰到。

她现在不想见他。

顾笙咬着下唇想了想，皱眉走到一边跟保安说了些什么。没多久，站在安检口的驰未深就被保安集结同伴赶了出去。

他一头雾水。

那保安指着他警告道：“老实点，别再进来了啊！”

“人家都说被你骚扰了，你挺帅一个小伙子，怎么没皮没脸啊？”

骚扰？

驰未深舔了下后槽牙，脸都要黑了。

柏晟听完，笑得几乎背过气去。

“我说这顾笙小妹妹行啊，脾气还挺大，刚好克你。”

驰未深俯身摸过打火机，点了根烟，揉揉发胀的太阳穴。

“我也没想到她脾气能大成这样。”

“这算什么。”柏晟幸灾乐祸地吃了两粒花生米，“我倒觉得人家做得对。要是她跟前男友在酒店住一晚上，你能受得了？”

哼，她敢？

驰未深下意识地咬了咬牙，心里越发觉得憋闷。

柏晟跷着二郎腿问他：“你就没打算把三年前的事告诉她？

“如果说清楚的话，那天晚上和许清之间的误会不就迎刃而解了？”

他倒是想。

可这小丫头连解释的机会都不给他。

另一方面，驰未深还是有所顾虑。

如果现在这种状况能让她更安全，他倒是乐意被虐。可一想到背地里她又不知道要怎么难过，他就有点动摇。

就像那天下着雨，她脸色苍白地拿着雨伞从单元楼里跑出来，四处张望。他的第一反应是躲进车里，而不是迎出去面对她。

柏晟却不同意他的看法：“要我说，你还是赶紧把人哄回来再说。

“我知道你现在担心把她留在身边不能保护好她，可如果人都没了你想这些有个屁用。我可听说，最近有个富二代天天给顾笙小妹妹充当护花使者呢。”

驰未深掐灭烟头，挑眉：“你从哪儿听来的？”

柏晟嘚瑟地一笑：“天机不可泄露。如果你补我个假期的话，我倒可以友情透露点消息给你。怎么样？考虑考虑？”

驰未深紧抿薄唇瞥了他一眼，叩了叩桌面：“说吧。”

顾笙最近总感觉身后有人跟着自己。

这些天，她以陆倩助理的身份和警方一起暗中追踪展品盗窃案的嫌疑人，暗中寻找证据，等他继续作案。可每天晚上忙完回来，在小区三百米外的路口下车往家走时，她总有种被人默默注视的感觉。

毛骨悚然。

前几天周琦在家，还能出来接一下她。

可今晚周琦去约会了。

顾笙走在灯光微弱的人行道上，被跟踪的感觉越来越强烈。她抿了抿唇，从包里掏出一瓶防狼喷雾紧紧攥在掌心，快步向前。

直到拐进小区，绕过一片绿化带时，她迅速躲到一棵大树后面。不一会儿，果然有道人影跟过来。

顾笙想都没想，直接对准他的眼睛喷上去，同时高跟鞋就踹了出去。

接着……

耳畔传来林恒惨绝人寰的哀号："你谋杀啊？"

顾笙一脸发懵地看着面前躬身跳脚的少年。

"……你干吗跟踪我？"

"我是在暗中保护你啊大姐！"

"……"

"所以这几天是你一直跟着我？"顾笙拿包纸巾扔给林恒，看着他狼狈跳脚的样子既无奈又好笑。

"不然呢？"擦掉墨镜上的辣椒水，林恒微躬着身靠在大树上，好半天才缓过劲儿来。

幸好顾笙踩的是脚……

要是别的地方……

嘶，想想都疼。

他还在暗自神游，顾笙已经把手伸到他面前。

"你手机打开借我用用。"

林恒神色一喜，眉眼飞扬起来："怎么，要查岗呀？终于发现小爷我蛊惑万千少女的魅力所在了？

"你放心，手机见证人品，我手机里绝对没什么见不得人的东西。"

他说着，迅速打开手机递了过去。

顾笙一边翻，一边颇为嫌弃地推开他凑过来的脑袋："自恋是病，得治。”

拿着手机鼓捣一会儿后，她对林恒说：“我刚才加了你的支付宝，一会儿把上次帮忙的报酬转给你。”

“什么报酬？”林恒嘴角飞扬的笑容僵住。

顾笙说：“就上次那份合同的报酬。”

“你帮我说服了你爸，就当我找你帮忙了，分你一半，你可别嫌少。嫌少也没有了，毕竟我也出力了。”

说着，她已经点开支付宝。

林恒的神色却落寞下去。

他抿唇看着对面兀自算账的女生，灵动的眉眼在黑夜里娇俏可爱，仿佛一只神秘的小狐狸。她却从不肯坦然接受他的心意。这让他心里难受得要抓狂。

他克制地握了握拳：“顾笙，你就非要跟我这么客气吗？”

意识到他的语气不对，顾笙下意识地后退一步，说：“还是算清楚点儿好。

“我其实挺感谢你帮了我的。”

“可我想要的不是感谢！也不想跟你算得那么清！我不缺钱！”

林恒上前一步抓住她的胳膊，语气有些激动。顾笙皱着眉想挣脱，可觉得既然有机会，不如就趁机说清楚。

她抿唇看着林恒，眼神平静下来：“我知道你不缺钱。可我不想收着你的礼物还吊着你。林恒，你好好想一想，为一个不喜欢你的人值得吗？有什么意义呢？你的好得不到回应，你的情绪也没人在乎。说残忍一点，甚至你是生是死我都不一定想知道。喜欢不是自虐游戏，喜欢应该是去找一个两情相悦的人享受恋爱的甜蜜。”

说到这儿，她语气缓下来。

“你以前谈过不少恋爱，我相信你明白这个道理，只是一时钻了牛角尖。我没什么吸引你的地方，也不想浪费你的心思和时间。”

顾笙的语气极为诚恳。

看得出，他的纠缠的确带给她很大的困扰。

林恒手上的力道渐渐松了。

“可你现在没有恋爱，也没有男朋友，为什么非要急着拒绝我？”

因为她的心很小，只能装下一个人。因为不停游走在各种职业里，她已经很累，不想感情也这样。

可顾笙那一句都没来得及说出口，就有人抢在她前面回答：“因为她有喜欢的人了呗。”

是柏晟。

顾笙的大脑停滞了几秒，攥着掌心转头去看，果然在他身后看到了驰未深。

她抿了抿唇，想起不久前周琦急急地发来微信。

——喂喂喂，你的驰老板向我打听你的行踪了，我要不要说啊！

——不要！

——那我怎么回？

——别回算了！

——那可不行，他万一不停地打电话给我呢？！

顾笙想说，他才没那个耐心。可想了想，又动手打了一行字过去。

——你就说，我今晚不在家。最近这段时间都不在家。

顾笙回完，就退了微信。

现在被当场揭穿……

好尴尬。

顾笙想跑，可一想到自己还在生气呢，凭什么怕他啊。

而且做错事的明明是他好吧！

她咬了咬下唇，梗着脖子强硬起来。驰未深看她故作镇定的样子有点好笑，可视线扫过林恒拉着她的手，眼眸又沉下来。

“你不是不在家吗？嗯？”他黑眸沉沉地看着她，压迫的气息自上而下侵袭过来。顾笙下意识地甩开林恒的手，心里有点怵，可还是嘴硬。

“我在不在家关你什么事，而且我什么时候告诉你我不在家了？”

“周琦微信截图给我了。”

“哦……”

叛徒!

顾笙咬唇瞪着他，驰未深也低头看着她，两人的气氛既僵持又诡异。柏晟一看就知道这两人顾忌他们呢，特有眼力见地揽着林恒的肩膀到一边去了。

“来来来小帅哥，咱俩聊聊。”

柏晟和林恒一走，驰未深忽然伸手揉了揉她的脑袋：“眼睛一直瞪那么大，累不累？”

顾笙撇撇嘴，眼眶忽然就红了。

她低下头，转身往单元门里面走。

驰未深双手插兜跟上去。

两个人的影子一前一后重叠在昏黄的灯光下，从电梯到走廊，再到门口。顾笙拿出钥匙开门，可不知怎么回事，今天钥匙插了好几次都插不进锁孔里。

驰未深轻叹一声，上前握住她的手，向右拧开。她缩了缩肩膀，小刺猬一样的尖刺全都收了回去，小小一只，看着既可怜又惹人疼惜。

驰未深心头一动，将她挤进自己与墙壁的夹缝里，俯身狠狠吻下去。可唇瓣刚碰到她，就被一只小手挡住。

顾笙仰头看着他，强忍眼泪，语气格外执拗：“驰老板，你先告诉我……那天晚上，你和许清到底……有没有发生什么？”

他抚去她的眼泪，漆黑的眼睛看着她：“你就这么不信任我？”

“不是我不信任你。”

只是那种抑制不住的酸楚，哪怕再怎么安慰自己都没有用。哪怕从柏晟打来的电话里听到了真相，她还是想从他这里亲口确认一遍。

那天早上回家以后，顾笙想了很多。她仔仔细细地回忆了和他在一起经历的所有事情。

每一分每一秒都掰开来分析梳理了一遍。

“我发现，你是喜欢我的。这个发现让我心里很开心。可驰老板，你知道吗？那一刻我心里更多的却是惶恐。”

因为顾笙发现，即便看着驰未深走进对面酒店一夜未归。即便她痛得心如死灰，可痛过之后，第一时间想到的还是他。

她想要信任他，甚至心底有个声音在说，万一真的发生了什么，只要他认错了，就原谅他。因为一想到要离开、要放弃，心就痛得像是要窒息。

和那些痛比起来，受点委屈似乎没什么。

“可驰老板，我不想为你失去底线。”

有一次就会有第二次。

有第二次就会有第三次。

有第三次就会有无数次……

“那太可怕了。

“如果你们真的发生了什么，我不想在意也不想追究了。”

因为和失去自我委曲求全相比，她宁愿承受撕心裂肺的痛苦，离开他，及时止损。

“所以你这些天一直在想这个问题？”

“嗯。”

她小脸和眼睛通红地看着他，驰未深看着，心里也难受起来。

哭出来以后，整个人舒服多了。

一开始，顾笙只想把这些闷在心里，自己消化，自己做决定。可今晚再看到他，忽然就委屈得不行。

驰未深抬手摸了摸她的脸颊，漆黑的眼底万千情绪在翻涌。

他没想到，原来她已经敏感到了这种程度，甚至还没开始，就想放弃了。幸好他今晚来了，不然她岂不是要自己跑掉？

他下意识地攥了攥掌心，直到握住她的手，心里才安定下来。

顾笙说完，又觉得有点儿不好意思。

“我是不是很啰唆……”

驰未深轻笑一声，揉揉她的脑袋：“不啰唆。”

“我喜欢你这样。”

“哪样？”

“有什么都说出来。”

“那……那你还没告诉我呢。”

“告诉你什么？”他挑了挑眉，又开始逗她。

“你！”

她撇撇嘴，瞪着他，刚要说点什么，就听他说：“没有。”

“我说没有。”他低下头，目光定定地看着她，眼底带了笑，“听清楚了吗顾笙？嗯？”

他低头，狠狠地吻住她。

他的吻霸道而强势，带着掠夺的气息，肆意游走占有，仿佛在发泄，又仿佛在确认什么，急切而凶悍。她被吮吸得舌尖发疼，脸颊滚烫，渐渐有些喘不过气。

“你……你等等……”

“等？等什么？”

他含糊不清地半睁开眼，眼底的笑意揶揄又喑哑。

顾笙用手去推他：“一会儿、一会儿再说……你先让我喘口气啊……”

“哦？我有说一会儿要亲你吗？怎么看你很期待的样子？”

顾笙轰一下，脸更红了。

“你这人怎么这样啊。”

“我怎样了？”

她没什么力度地瞪了他一眼，眼睛水润润的。

“像个流氓。”

驰未深这下是真笑出了声。他松开她，心情愉悦地揉了揉她毛茸茸的脑袋："那你以后多适应适应，习惯成自然。"

顾笙咬着下唇，心脏扑通扑通跳个不停。

她觉得自己好没出息，和驰老板在一起待了这么久，还是会面红耳赤、心跳加速。

心里的小鹿怎么撞也撞不死。

很神奇。

第十章

我们现在是什么关系

驰未深转身要往沙发那边走，顾笙脑子飞快一转，连忙拉住他，一双眼睛亮晶晶的："那驰老板，我们现在算什么关系啊。"

驰未深挑眉敲了她一个板栗："得了便宜还卖乖是吧？"

"你说我们现在什么关系，嗯？"他低头看着她，微沉的嗓音尾调上扬，小钩子似的挠得人脸红心跳。

顾笙拍了拍滚烫的脸颊，心里窃喜，却还是忍不住嘟囔着纠正他："得了便宜还卖乖才不是这么用的好吗？"

她说完，勉强维持镇定，转身去厨房倒了两杯水，回来坐在灯光下，又莫名有点局促。

驰未深点了根烟，抿唇想了想，才抬头看她，问："现在还生气吗？"

"要听真话吗？"

"嗯。

"以后有什么话别憋在心里，想说就告诉我。"

“实话就是，我气还没消呢。”

她低头揪了揪衣角，觉得自己有点矫情。可一想到他为许清做过那么多事，她心里就不平衡。

“而且我们只是解开了误会，我还没说要原谅你呢。”

“哦？那你怎么样才肯原谅我？”

驰未深顺着往下问，低头点了根烟，嘴角上扬。顾笙眼珠子狡黠一转，说：“既然我们是谈恋爱，那好歹你也要追一追我呀。”

“比如呢？”

“比如？”

顾笙懵了。

他不是谈过恋爱吗？怎么还反问她啊。不行不行，不能让他知道自己是在虚张声势。

“这哪儿有什么比如啊，你按照感觉来就好了呗。反正就是给我安全感，让我开心就好了。当然，我也会给你的。”

她笑眯眯地看着他，邀功请赏的乖巧背后却带了点细微的忐忑。驰未深看着她，弹了弹烟灰，把她拉到自己身边坐下。

“顾笙？”

“嗯？”

察觉到他的神色变得正经，她的心也悬了起来。

“其实我一直在犹豫，要不要让你留在我身边。”

她心里咯噔一下。

生怕他下一秒说出不合适之类的话。

顾笙咬着下唇急切地想要辩解，却被驰未深打断。

“别紧张。我只是想告诉你，现在跟你在一起，并不是最好的时机。但我会尽自己所能护你周全，你也一定要注意安全，能做到吗？”

“能！”

原来是关心她呀！

顾笙心里瞬间溢满蜜糖。

“但驰老板，既然我答应了你，你也得答应我一件事才公平啊。虽然我们确定了关系，可我还不太了解你，所以我觉得我们得慢慢来。”

从了解彼此开始，一点点深入对方的生命。

这样的爱情再好不过了。

顾笙知道，驰未深这样的男人，或许已经过了莽撞甜蜜的年纪。可她才刚刚拥有爱情，还没享受过恋爱的滋味，不想因为发展太快，就失去这个权利。

小丫头，脑子转得倒挺快。

驰未深无声地弯了弯唇角，忽然想起什么，挑眉问她：“林恒是不是抓你胳膊了？”

“嗯啊，怎么了？”

“没怎么。”他淡淡地瞥了她一眼。

第二天一早，顾笙睡醒后在胳膊上发现了一个殷红的牙印。她还以为是自己做梦咬的，可后来才发现，方向好像有点不对呀？

顾笙从楼上下来时，周琦正在厨房里煮小米粥，整间屋子里香气四溢。糯糯的甜腻飘荡在房间里，轻易就勾出了顾笙肚子里的馋虫。

她伸了个懒腰走过去，四处看了看：“你别说，这一闻到饭香还真有点饿了。”

她的手刚伸到小笼包前，就被周琦手疾眼快地挡住了。她嫌弃的眼神飞过来：“说了多少次，洗手吃饭、洗手吃饭！”

“我吃一个再洗。”

顾笙格外执着，瞅准空当就弯腰钻到周琦身后，筷子夹起包子就往嘴里送。

昨晚哭得太狠，睡醒后感觉身体被掏空了。

周琦眼看拦不住也就放弃了，只是忍不住坏笑着感慨：“这驰老板体力也太好了吧。”

“到底怎么折腾你，让你这一早上起来跟非洲难民进村似的。哎，他床品怎么样？你们做安全措施了吗？这回你该有情趣内衣推荐给我了吧！”

……

“你在说什么？”顾笙一脸黑线。

周琦一脸我都知道了的表情：“我今天早上回来的时候，驰老板刚开车从小区离开。你敢说昨晚没跟他在一起？”

在是在。

可驰老板不是说等她睡着就走吗？

而且他好像一直在楼下沙发上待着的呀……顾笙看了眼还在热切八卦的某人，端着包子默默地离她远了点。

误会就误会了吧，反正她迟早会拿下他的。

嘿嘿。

可顾笙没想到，她满心期待和幻想的第一次约会，竟然是在骨扇店。那是三天后，消失了整整七十三个小时零八分的驰未深，终于打电话给她了。

顾笙盯着屏幕上闪烁的名字心脏怦怦直跳。

男朋友。

这个称呼怎么看怎么甜蜜。

不行不行，她太激动了。

顾笙清了清嗓子，眉眼弯弯地趴在床上滚了滚，这才忐忑地接起电话：“喂？”

驰未深轻笑：“干吗呢？”

他的嗓音低沉沙哑，透过电波传过来，惹得她又是一阵心悸。顾笙眼珠子转了转，隔空壮胆，看着手机屏幕说：“我啊……我在，想你。”

她说得飞快，说完好像被烫了似的，把手机从耳边拿开。可怕听不到他说话，又连忙拿了回来。

第一次主动调戏驰老板。

还有点怕怕的。

可没想到驰未深低低地笑道：“长本事了，还会逗我了？”

“那、那你也可以逗回来呀。”

她心里暗暗偷笑，反正怎么都是自己占便宜，隔着电话调戏驰老板的感觉简直不要太好。

而且他还不能飞眼刀子过来。

可没想到刚这么想着，驰未深就说：“那你下来吧，我就在你家楼下。”

……

不是吧？

“驰老板，你没逗我吧……”

她的气势瞬间就弱了下去。

驰未深隔着电话笑：“你到窗户边上看看不就知道了？”

顾笙连忙跑到落地窗前一看，果然看到那辆熟悉的黑色越野停在单元楼下。她也顾不上囧了，想到他可能是接自己去约会的，下意识就抓了抓自己毛糙的头发，说：“驰老板，你等等我啊，半小时。哦不，二十分钟！”

说完，她挂了电话，飞奔回卧室，以平生最快的手速化了个精美的淡妆，换了套美美的系带连衣裙，这才平顺呼吸下了楼。

驰未深耐心地等着。

她下来的时候，他正把烟头丢进垃圾桶。看到顾笙甜美的扮相，他眼底有惊艳的神色一闪而过。

“下来了？”

“嗯。”

顾笙囧囧地看着他，完全没有了电话里调戏的勇气。驰未深心里好笑，想逗逗她，可看她穿得单薄，打开车门挑了挑眉：“先上车。”

“好。”

车子开出好一会儿，顾笙才忍不住趴到车座上问：“驰老板，我们这是去哪儿啊？”

驰未深侧头看她：“你觉得呢。”

她觉得……

她觉得这好像是去骨扇店的路啊？

顾笙猜得没错，这的确是去骨扇店的路。

这些天驰未深忙得根本无暇顾及她。不光审案，骨扇店也参加了一个展品拍卖会，各项工作都要亲力亲为。现在好不容易空出时间了，顾笙还以为他会带自己去约会。谁知他竟然打算趁这点时间教自己做骨扇。

……

不过能跟他在一起的话，都挺好，反正来日方长。

顾笙默默失落了一会儿，很快就满血复活。

下了车，驰未深走在前面，顾笙想去拉他的手，一抬头，却看见他朝骨扇店对面的医院走了过去。

她讪讪地收了手，小跑着跟上去。

“驰老板，你去医院干吗？你生病了吗？”她担心地上下打量他，却被驰未深趁机抓住小手，握在掌心里。

她开心了，眼睛又弯起来。

驰未深没再说话，低头看了眼时间，带着她快步穿过马路走进医院。进了医院顾笙才知道，原来他是带自己来复诊伤口的。

重新包扎过伤口躺在病房里等复诊结果时，顾笙接到周琦打来的电话。电话里，她史无前例地开口借钱。顾笙还以为她出了什么事，急忙询问，问了好半天她才说临近毕业了，看上一家店想投资做生意。

她松了口气。

“那你借多少？”

周琦那边停顿了一秒说：“三十万。”

“三十万？！”顾笙瞬间从床上坐了起来，后背疼得又是一阵轻嘶，“大姐，三十万都能把我卖了。你到底是做什么生意，靠不靠谱？要不要我帮你把把关啊？”

周琦说：“就投资个化妆品店什么的，没什么不靠谱的！算了算了，我猜你也没那么多钱，我还是找别人看看吧。”

说完，周琦挂了电话。

顾笙帮她不成，还被默默地鄙视了一回，心里那个郁闷！她正查着自己卡里的余额准备转给周琦，就看到驰未深从外面办手续回来。

“驰老板，你脸色怎么这么差？要不要我帮你点外卖叫个鸡汤补补？”

“鸡汤就不用了，你倒是可以帮我个忙。”

“什么忙？”顾笙疑惑地看着他，低头看一眼手机里的余额，立刻可怜兮兮地抱着手机说，“谈钱的话可不行，我已经是个穷光蛋了。”

“啧，钻钱眼里了你？”

驰未深好笑地瞥了她一眼，关上病房门走了过来。顾笙还想说什么，嘴巴已经被驰未深伸手捏住。

他走到床前，高大的身影挤上病床，侧躺在旁边，伸手揽住了她的腰。被子被压住，他冷硬俊朗的眉眼近在眼前，顾笙没出息地咽了咽口水，心里的小鹿又怦怦乱撞起来。

想起前几天那个激烈的吻，空气好像都被抽走了一半。

她有点热，却还是很不要脸地往他怀里靠了靠，一边靠，一边问他：“驰老板，你这是干吗呀？”

眼角余光却看到病房门只关了一半，门外有个人影正透过窗户往里看。可距离太远，她看得并不真切，只看到一双冰冷细长的眼睛。

顾笙头皮一紧，下意识地揪住驰未深的衣角。想了想，又直接抱住了他的腰。

嘿嘿……

有便宜不占是王八蛋。

尤其还是自己男朋友！

不过门外的人会是谁？看驰老板的样子，他应该是知道的。

她心里胡思乱想起来。

驰未深并没有回答她的问题。他沉默着，视线落在床边，没有聚焦，在想着什么事情。

几分钟前，病房走廊尽头。

驰未深交了钱，拿着单据准备回去，视线不经意扫过身后，就看到一个熟悉的身影走过来。

是许清。

她穿着病号服，脸色惨白，是从人流区走过来的。驰未深脸上神色不变，掐灭手里的香烟隔空丢进垃圾桶，转身向病房折返。

可没走几步，他的胳膊就被许清从身后一把拽住。她追得嗓音微喘，像是被气笑一样："驰未深，就算我们不能复合，你也没必要这样躲着我吧。"

"躲？许大小姐，你也太高看自己了。"驰未深挑了挑眉，终于回头看她。

许清的脸色瞬间变得很难看，却还是极力维持体面，语气放低了一点，说："我们再聊聊行吗？"

"我认为上次已经说得很清楚了。"驰未深一点点掰开她攥在胳膊上的手，眼底平静没什么情绪，语气却格外陌生。

他看着她，眼神已经带了些警告的意味。或许是发现了苦肉计没用，许清收起脸上的柔弱神色，眉眼冰冷起来："我只是想跟你聊聊骨扇店的事。如果我记得没错，当初我也往你家骨扇店投过钱，也算一个小股东。"

驰未深想了想，隐约记得这件事。

那时他们俩已经计划结婚，许清到他们家吃饭时，驰未深的父母给过她见面礼。因为那段时间骨扇店的经营很困难，所以她私下把红包还了回来。

驰未深的父母不肯收，许清说就当入股了吧。

"嗯，有这回事儿。"

她不纠缠，驰未深的语气也淡下来。视线扫过她手上流血的针孔，他抬起下巴指了指病房："进去说吧。"

"你想退股还是折现？"

"就在这儿说吧。"许清摇头拒绝了，"以前的事是我对不起你。"

“我从国外回来后，暂时找不到合适的工作，既然我也是骨扇店的股东，我想先在骨扇店工作。听说你们最近在参加一个展览会，人手不够。你以前教过我，我应该比一般店员专业得多。你同意吗？”

她说完轻吸了口凉气，像是伤口疼痛导致的。

驰未深靠在走廊的墙壁上，从兜里摸出烟盒点了根烟，问她：“拿着钱去找份更合适的工作不好吗?何况现在你的那份股，变现很可观。”

许清没什么温度地笑了下：“变现的钱总有花完的那天，你也明白这个道理不是吗？”

可如果去骨扇店工作，收入却会源源不断。

听起来的确后者更划算。

驰未深抿唇想了会儿，漆黑的眼眸落在人来人往的大厅门口，半晌，掐灭烟，对她说：“出院了去店里报到吧。”

“好。那我……”

他说完，许清还想说什么，驰未深揉了揉太阳穴，漫不经心地道：“剩下的问题就等你入职以后再说吧。我得回去了，女朋友该等急了。”

说完，他走了。

许清一张精致的小脸变得煞白。她到底还是没忍住，去病房门口看了看，直到看见床上的顾笙，眼底的半信半疑才变成急剧的痛苦和不甘。

在病床上躺了会儿，顾笙快睡着的时候，护士送来了复诊结果。

因为吹风淋雨，背部的伤口有点发炎。医生建议她多住几天，可顾笙实在不喜欢医院的气味：“而且我们自己就可以换药，何必那么麻烦呢。驰老板你说是不是？”

她乐不可支地窝在驰未深怀里，一双小脚跷得欢快。

她才不会承认自己是想被他多抱抱才坚持出院的。

驰未深似笑非笑地看她一眼：“反正我不帮你，你觉得不麻烦就行。”

哎？

怎么又不按常理出牌啊这个人……

“可我手这么短，够不到后背。而且我之前是因为你才受伤的，你不能这么没人性吧。”她一边说，一边撇嘴望他。

驰未深又逗她：“你都说我没人性了，那我干吗还要吃力不讨好？”

“那我收回刚才说的话行吗。”

他淡淡挑眉：“晚了。”

……

可说是这样说，第二天晚上换药的时候，驰未深还是准时敲开了顾笙的房门。那时顾笙已经发信息和周琦说过，决定自己创造约会机会，暂时借病住在驰未深家里。

驰未深进去时，顾笙正在房间琢磨他留下的骨扇制作方法，对着一堆生竹发呆。

制作骨扇，除了驰未深家自己的绝密配方外，所有的骨扇还都要经过八个普遍流程：劈料、蒸煮、选料、拉料、打眼、造型、打磨、抛光。

劈料是将竹子劈成一定规格的竹条。

蒸煮是将竹片放在锅里煮五个小时左右，目的是将竹片所含的油脂煮出来，防止虫蛀便于保存。

选料是挑选出没有裂缝和瑕疵的毛料，然后给边骨配对。

拉料是在劈料的过程中难免会有误差，所以要利用拉料的方法使竹条的尺寸更精确。

打眼的目的是为了造型时可以固定边骨，方便操作。

造型是先用铅笔在边骨上设计出需要的形状，也可利用模板直接描画出轮廓。然后，用曲线锯沿画好的轮廓进行切割，或用刀手工削刮。然后将造型完毕的边骨放在温度为100至150摄氏度的电炉子上加热，使它变软，用力弯曲边骨，当边骨达到需要的弧度就可以了。

打磨是用240号的粗砂纸进行第一道打磨，再用400号的细砂纸进行第二道打磨，主要是将边骨表面的竹刺打磨光滑。

抛光是在边骨的表面打上一层蜡，增加光泽度。

顾笙按照驰未深叮嘱的，先接触和练习普通骨扇的制作流程。

今天练了一天劈竹，整个人都累傻了。看到他进来，她立刻乖乖趴到床上，眼珠子狡黠地一转，笑眯眯地看着他："驰老板你来啦？"

"嗯。"驰未深扫过地上废弃的竹片，随口问道，"觉得难吗？"

"有那么一点！"

顾笙诚实地点头，一边说，一边伸手解腰后的系带，眼睛却小狐狸一样眯起来，透着几分狡黠。

为了方便上药，昨天从医院回来后，她就换了件V领系带上衣，这样换药的时候只需要解开系带，就会露出后背。

这可是下了血本的色诱！不知道驰老板会有什么反应？

她心里有点忐忑，可更多的是惆怅。

从确定恋爱关系那天之后，驰未深就一直忙，他们两人的关系毫无进展，这让顾笙很无奈。

无奈之下，她向周琦求助。

一通唾沫横飞的情感咨询电话后，周琦摸着下巴坏坏一笑："有了！"

"什么？"她眼前一亮，洗耳恭听。

"继续色诱啊，我的姑奶奶！"

顾笙无语几秒，隔空翻个白眼给她："你也不想想，色诱要是有用的话我还会找你吗？"

想到驰老板昨晚对自己大腿微露的香艳情形无动于衷，她心里升起一股浓浓的挫败感，想挠墙，想抓狂。

周琦是真的挠墙了。

"亲都亲了，抱也抱了，你说，你家驰老板不会真的那方面有问题吧？"

"不好说……"

"不过我怎么发现你有点欲求不满的样子？"

“滚滚滚。”

“好了好了不闹了。说正经的，我给你买个礼物送过去。到时候你照我说的办，保证一招拿下你的驰老板。”

“好，那我等着了啊。”

顾笙心里一乐，先前那点小忧郁又随风飘走了。

只是她没想到，周琦快递急送过来的，竟然是一套若隐若现的露点情趣内衣！

这……

驰老板会喷鼻血还是直接把她丢出去就不一定了吧？顾笙心肝一颤，最后还是决定折中一下。

色诱嘛，一点儿一点儿来。

系带解开，忐忑的心脏开始怦怦乱跳，脸也热起来。她佯装淡定伸手去摸床边的手机，想通过手机屏幕看看驰老板的表情。

可手机的尾巴都还没碰到，就被驰未深一巴掌拍在了手背上。

“嘶——你干吗？！”

“我干吗？”驰未深挑眉笑，眼底的笑意味深长，显然早就看穿了她的小把戏。

他低了低头，俯身在她耳边说：“别想勾引我，你这点段位还不够。”

“我……我哪有。”

她满脸爆红。

没想到会被戳穿得这么直白。

驰未深轻声笑，低哑的嗓音回荡在耳边，故意吹着气逗她：“真的没有？”

少女的后背裸露眼前，肌肤白皙柔嫩，曲线玲珑娇小，像一块诱人的蛋糕，一次又一次凝聚在眼底。

晦暗不明的情绪越积越深。

空气暧昧得有点危险。

顾笙紧紧攥着床单，感觉到后背抚上两只粗粝的手指，蘸着药膏在伤口处涂抹按摩，微疼中夹杂着莫名的酥痒和灼热。

她脸红心跳地咬了咬下唇，刚要承认，就听到驰未深的手机响了起来。

是许清。

驰未深瞥了眼没搭理，顾笙却看他一眼，咬咬牙直接拿过手机摁下接听键。

“喂？阿深吗？我现在在医院，你……”

“许小姐，苦肉计用一次就够了，用太多次就免疫了。还有，以后别打电话给我男朋友了，谢谢！”

她说完，气哼哼地挂了电话，还顺带把许清拉黑了。行云流水地做完这一切，才看到驰未深正微张着嘴，神色惊讶地看着她。

他的眼睛漆黑沉静，她刷一下就脸红了。

有点胆怯，却还是硬着头皮说：“我这是在行使女朋友的正当权利。”说完又糯糯地补充，“而且我不喜欢她。”

上次的事她好不容易淡忘了，许清就又来招惹他。虽然顾笙相信驰老板，可心里还是不爽。

半晌，驰未深低低地笑出声：“看来新官上任三把火在你这儿也能适用。”

那是，有个心爱的男朋友当然要宣示主权啦。

看到驰未深没有生气的意思，顾笙才放下心，继续趴着让他擦药。

驰未深倒奇怪了：“你刚才说苦肉计用一次就够了，难道她以前用过苦肉计？”

“驰老板你没看出来吗？”

“看出什么？”

“第一次她说被流浪汉追，那个百分之九十是假的。”

“怎么说？”驰未深漆黑的眼眸顿了顿，眉头渐渐拢起。

顾笙仔细回忆了一下。

“首先，许清身上的伤口全是尖细又锐利的。流浪汉怎么可能有工夫把自己的指甲特地打理出尖锐的形状呢？而且许清说她的衣服是被人撕破的，可撕破的衣服哪儿有那么整齐的，明明是小匕首划破的。这点你没注意到也可以说得过去，因为她的衣服是我第二天扔垃圾带出去的，所以我记得比较清楚。还有最后一点……”

“嗯，最后一点是什么？”

驰未深收了药箱，低头帮她系腰带。

“就是许清不让你们帮她报警啊。驰老板，你应该可以调取监控的吧。查查那个时间点附近的监控就知道是不是苦肉计了。正常来说，作为一个女生，被人欺负了，肯定是要算回来的。流浪汉也得让他进局子长长记性啊。可许清的表现太反常了。”

是有点反常。

不符合她的性格。

顾笙最后总结：“所以一个会耍心机的女人多么可怕呀。还是我这样的可爱，驰老板你说呢？”

她笑眯眯地望着他，眉眼甜甜的。

驰未深心头一动，逗她：“别的女人都喜欢在男朋友面前保持好形象，你说许清坏话，不怕在我心里印象不好吗？”

顾笙撇撇嘴：“我这是客观评价。而且如果你因为这件事对我心怀芥蒂，那只能说明我们不合适。”

“嗯？不合适？你再说一遍。

驰未深的眼神有点危险。

顾笙赶紧撒娇卖萌：“我错了我错了，我不该乱说话。”

“明天早上给你煮早餐作为补偿，怎么样?”

哼。

小丫头，求饶倒挺快。

第二天一早，驰未深下楼的时候，顾笙娇小的身影果然已经在厨房里忙碌了。

这是她第二次为他下厨。

驰未深远远瞥了两眼，莫名地，心里竟然觉得很甜蜜。

虽然两人这段日子相处得平平淡淡，可只要看见她眉眼弯弯的样子，他的心就被填得满满的，很满足。

驰未深知道顾笙在期待什么。

他也想给她一场盛大浪漫的爱情，满足她心里的所有幻想。可最近陆子鹜那边的动作越来越频繁，现在实在不是一个好时候。

还不如就在家待着，随时随地能看见小丫头古灵精怪的眉眼，心情也愉悦。

听到声响，顾笙没回头，嘴角却已经扬了起来。

“驰老板，你在偷看我。”她的嗓音糯糯的，眉眼狡黠又灵动，手下忙碌的动作很熟练。

驰未深难得失语，抿着唇没说话。

顾笙觉得奇怪，刚想回头看他，腰肢就被人忽然伸手揽住。她微微一怔，心脏怦怦怦跳个不停。

驰未深侧头看着她能掐出水来的侧脸，低笑道：“偷看你怎么了，你不也经常偷看我？”

“我那是光明正大地看，好吧。”

感受着腰上灼热的温度，顾笙的脸滚烫起来：“驰老板，你说，你喜欢什么样的女生啊？”

她总觉着有点不真实。

怎么这么快就和驰老板在一起了呢。好像一朵云，飘浮在半空中，心也是忐忑的。

驰未深却没有回答这个问题。

他低头看了眼她脚上的厚底高跟拖鞋，说：“以后我们两个人的时候，你可以穿得舒服点。”

她倒是想，可她实在是矮啊……

顾笙哀怨地皱了皱眉。

驰未深心里好笑，却听到有人在敲门。

他放开她，转身向门口走过去。

顾笙没想到，昨晚刚拉黑了许清，她今天竟然就找上门来。

这情敌还真是越挫越勇呀。

她愤愤地戳着盘子里的小笼包，躲在冰箱背后偷偷看，发现驰老板和她聊得还挺愉快。两人站在沙发前，不知在说些什么。

许清看到厨房里的顾笙，手不自觉地攥成一团。

她还是不甘心。

眼前这男人样样都好，可为什么会看上一个比她差那么多的小丫头？她不知道，驰未深也不会告诉她。

他抬眸看了她一眼，说："你今天来……"

"我来入职，上来跟你打声招呼。毕竟你昨晚拉黑了我，我得知道自己的工作内容不是？"

驰未深倒忘了这一茬："以后你有事儿可以打店里电话，让店员传给我。"

他避嫌的态度很明显。

许清心头刺痛，眉眼淡淡地看着他："我记得你以前最不喜欢女生这样。"

有一次因为许清拉黑他手机通讯录里的一个朋友，他们还大吵了一架。

驰未深说："人都会变。"

说完他侧头瞥了眼，发现某只小狐狸果然正竖着耳朵偷听呢。

他心里好笑。

顾笙却没听多久，就接到周琦打来的电话。电话里，她的声音断断续续，有点虚弱。

"顾笙，你现在有事吗？"

"没有啊。怎么了？"

周琦强忍着腹部剧痛，擦了擦脸上的汗说："那你来接我一下，我遇到点儿事，"说完又补充，"你不用急，不是什么大事。"

"好。"

顾笙挂了电话，转身上了楼。

解开围裙换了套简洁便于行动的运动装后，她挽起头发，噔噔噔下了楼。

楼下，驰未深还在和许清说话。看到她跑下来，他习惯性地伸手拎住她，皱起眉头："说了让你跑慢点，怎么老不长记性？"

短腿悬空，许清的目光看过来，顾笙窘迫地扑腾了两下。

"我又不是故意的。

"你快放我下来，我还有事儿要去忙呢。"

"什么事儿？"

驰未深放下她，却抓住了她的手。

顾笙看了眼沙发上姿态优雅的许清，想起她之前给自己看的视频，心里又堵了一下。她撇撇嘴，眼珠子狡黠地一转，勾了勾手指："你离我近点儿我就告诉你。"

驰未深哪儿会看不出她心里的小九九。他心里好笑，却还是很配合地把耳朵凑到她嘴边，挑眉道："说吧。"

"你想知道的话，可以跟我一起去呀。"她仰着头，笑得眉眼弯弯，语气还有点撒娇的意思。

垂在身下的手却不动声色地在挣脱。

小丫头片子还有两副面孔呢。

驰未深淡定地把她攥得更紧，手指顺着手腕滑下去，若有似无地挠了挠她娇嫩的掌心。

他的指腹温热又粗糙，一下下轻挠着。即便是顾笙打定主意不想理他，也被撩得面红耳赤，心跳加速。

细密的酥痒顺着掌心纹路流进心里，奇异的电流窜进血液，心里那点小气愤忽然就烟消云散了。

他还在挠，她却咬着下唇开始躲，实在躲不过了才仰头可怜兮兮地望着他，说："我手疼。"

"现在知道疼了？"驰未深心情愉悦地看着那双湿漉漉的眼睛，好笑道，"那你刚才撞我的时候怎么不知道？"

"我又不是故意的。"

哼。

她就是故意的！

要是再让她看见，她还撞得更狠呢！

余光看见许清嘴角凝固的笑意和骤然攥紧红酒杯的手，顾笙心里简直不要太爽。

就差美滋滋地哼着小曲儿了。

可她发现，这驰老板越来越爱调戏她了？不知道是不是错觉啊……

顾笙还在面红耳赤地想，驰未深已经松了手，摁着她转过身，三两下就把一枚银灰色窃听器嵌进她耳后。

“去吧，忙完早点回来。”

“好。”

低头看了眼周琦发来的地址，顾笙快速点头应下。

临走前，她忽然踮了踮脚。驰未深门清儿地看了她一眼，伸手把她捞进怀里，在她额头印了个吻，笑道：“这下满意了？”

满意了。

顾笙身心舒畅地出了门。

至于许清后来什么表情，她已经不在乎了。

从骨扇店出来后，顾笙打车直奔周琦发来的地址。路上，出租车开得飞快，窗外沿途风景快速掠过，她一直忐忑的心却忽然放了下来。

周琦发来的地址是一个高档小区的住宅楼。楼层隐藏在弯弯绕绕的小桥流水和高大的绿化树木里，顾笙找人问路好久才找过去。

打开房门后，她的心脏狠狠一揪。

周琦正躺在客厅地上，狼狈地半靠在茶几边沿，脸上有血迹，衣服被撕得乱七八糟，地上一片狼藉，满地都是玻璃碴，还有破碎的桌椅碗筷。

她连忙跑过去扶她，却被周琦挥手挡开：“我叫了120，我们先别动。”

她撞到了腰，疼得面色惨白。顾笙急切地问：“到底发生什么事了？！你不是在上课吗？！怎么会变成这样？！”

周琦惨笑一下，忽然用力攥住她的手掌。她攥得很用力，像是要把她的手掰断，额头豆大的汗珠不停滚落，痛苦到了极点。

“顾笙，我跟他分手了。”

她没说发生了什么，眼眶却先湿了。

想起陆子骜，顾笙紧紧地握住她的手掌，安慰她：“分得好，他配不上你。真的！你想哭就哭吧，别忍了，啊。”

周琦咬着下唇摇了摇头，惨淡一笑，眼底心如死灰：“不哭了，昨晚已经把眼泪都流光了。”

她没想到陆子骜能狠到再卖掉自己第二次。

他说再赌最后一次，周琦信了。可没想到所谓的约会后面，等着她的却是更大的陷阱。

那时喝了酒，周琦的意识迷迷糊糊的。躺在KTV的包厢里，她隐约听到耳边熟悉的声音在说话。

“你们说，这陆子骜也真舍得啊。这妞这么嫩，就是脾气大了点。”

“哼，幸好我提前给她下了药，不然上次我那个表弟就是前车之鉴！”

“听说一刀捅得鲜血直飙，这女人还真狠啊。”

“泼辣点更对味儿，不是吗？”

“嘿嘿，老哥说得对！”

“不过就这么一个女人，玩了也不解恨！陆子骜骗得老子血本无归，这笔账今晚就跟他的女人好好算算！”

“那还愣着干什么，哥几个，上啊。”

衣服被撕的时候，周琦绝望到了极点。

她想呼救，想反抗，可根本没有一丁点儿力气。

眼泪水龙头一样哗哗落下，心脏撕裂般痛着。

所有感官彻底麻木。

她死死盯着包厢缝隙里那道熟悉的影子，心里想的却是，原来他在啊。

他就在门外，却止步不前，甚至可能还拿着别人给的钞票，心情愉悦地等待着下一场豪赌。

胸腔剧烈疼痛起来，她恶心得狂吐。

也是因为这样，才逃过一劫。

“真扫兴！”

“走走走，臭死了！”

有人穿上衣服走了，有人推开门进来了，周琦直愣愣地躺着，直到最后服务生冷冰冰地叫醒她。

“麻烦结一下账。”

她擦掉眼泪爬起来，去洗手间洗了把脸，用卡里仅剩的钱结了账，转身打车直奔陆子骜的住处，用尽力气砸掉这里所有的一切。

就好像砸掉了自己喂狗的青春。

腰也是那个时候摔伤的。

周琦报了警，并打了120，然后才打电话给顾笙让她过来。

第十一章

措不及防的离别

所幸周琦的腰伤并不重。120来了之后，顾笙跟着医护人员把她抬上车，到医院做了个小手术后，她的疼痛很快就得到缓解。

顾笙没有回骨扇店，而是留在了医院照顾她。

周琦并没有告诉顾笙发生了什么，只是在住进病房后，让她去医院外面接警方的工作人员过来给她做笔录。

“顾笙，答应我，别问，我知道你是为我担心，但你看，我现在不是好好的吗？

“我只是有点累，做完笔录之后，我想好好休息一下。”

周琦太了解顾笙的脾气了。如果她知道的话，恐怕不等警察调查，就会直接拿刀冲过去找那帮人和陆子骜。

周琦不想她这样。

这场恋爱谈得她身心俱疲，她只想趁病好好歇一歇，独自疗伤。等出院之后，调整好自己重新开始，忘了那段感情，忘了那个人。

顾笙答应了她。

看得出，周琦对陆子鹭的确是用了心的。

可现在离开了也好，总比以后发现他可能是个杀人犯要强。

周琦的分手让顾笙松了口气。直到在医院忙前忙后办完手续，回家找了换洗的衣服给周琦拿过来，吃外卖的时候，顾笙一抬头，才想起答应了驰老板晚上要早点回去呢，竟然忘了告诉他。

正想着，驰未深的电话就打了过来。

顾笙放下外卖小跑到病房外面去接："喂？"

"你怎么还没回来？"

听声音，他像刚进家门，嗓音透着几分疲惫和沙哑。

顾笙心里一疼："我朋友生病住院了，我得照顾她。这两天就不去你那边了。"

"嗯，那你在外面照顾好自己。"驰未深看着漆黑寂静的房间，一时竟觉得有点空落落的。

这种感觉很奇妙，也很……蚀骨。

挂了电话，驰未深又接到柏晟打来的电话。

"深哥，有人报案了！关于陆子鹭的！"柏晟的声音透着难掩的兴奋，传来的消息也很振奋人心。

警方虽然发现了关于陆子鹭的蛛丝马迹，他们也已经掌握了部分线索。可他一直谨慎行事，哪怕是在牌桌上输红了眼，也从来没有露出过太大的马脚。

现在有受害人报警，他们就可以光明正大地进行调查。或许还可以申请搜查令，去他的住处和公司搜索更多证据，对他本人进行审讯。

这是很大的一个突破口，让本来沉寂的案子又看到了要破的希望。

挂了电话，驰未深关上门匆匆离开，心里却想的是，这下小丫头该开心了。陆子鹭一抓，就可以陪她约会了。

顾笙吃饭途中打了个喷嚏，米饭喷了一地。

……

谁在想她……

为什么偏挑这个时候？

跟她有仇吗？！

顾笙有点抓狂。

要知道，这可是她今天的第一顿正餐。

病床上，周琦已经输着液睡着了。她看了眼走廊外的服务台，里面有护士正在值班。

那不如下楼买份小吃吧？不然饿到半夜又得胃痛了。

想了想，顾笙把床头柜上的果皮纸屑一起收进垃圾袋，转身向门外走去。

走到服务台，她跟值班的护士打了声招呼，让她们帮忙看一会儿，如果有不认识的人想进去，一定要拦下来。

“好的，你快去吧，我们会帮你注意一下的。”

得到护士的肯定回答，顾笙放了心，走进电梯下了楼。

夜晚医院对面卖小吃的饭店和摊位很多。顾笙挑挑拣拣，买完自己的，又帮周琦买了点她爱吃的小吃。

转身上楼的时候，她却在一闪而过的余光里看到一个人。

展品盗窃案的嫌疑犯！

这些天他一直没再出门，警方在住处楼下盯着他，因此顾笙才清闲。可他现在怎么又出来了？

也没人跟着？

那人步履匆匆地走过马路，向另一条街道拐进去，眼看就要从眼前消失。顾笙望了眼医院，犹豫一秒后，拎着小吃跟了上去。

嫌疑犯叫杜宪，是个高高瘦瘦一脸麻子的年轻男人。顾笙抿了抿唇，一边小心翼翼地跟着他，一边快速用手机拨通警方的电话。

嘟嘟两声后，电话接通。

那边声音很嘈杂，不知在干什么。

杜宪好像察觉到什么，回头看了一眼。顾笙立刻面向一棵凤凰树装作打电话的样子。站在原地停顿了几秒后，顾笙回头去看，杜宪绕到马路另一侧，进了一所高大的建筑物。

是一所博物馆。

难道他又要作案了？

顾笙已经挂了电话。

迅速躲进路边泛黄的树荫底下，编辑信息发出去。

这回倒是很快得到回复。

——随时保持联络，我们很快赶过去。

顾笙莫名有点心慌，她摸出胸前佩戴的吊坠，打开吊坠盒子。盒子翻开，里面栩栩如生的泪滴就露了出来。泪滴里面装着一枚微型摄像机，是陆倩给她的。

她把吊坠放在衣服外面，耳后的窃听器也隐隐发烫。

要不要给驰老板打个电话呢？

顾笙想，这个点他应该睡了。

而且这是自己的工作，还是算了，谈恋爱也不能谈成事事依赖别人的三等残废吧。

月亮隐入云层，天越来越黑。

顾笙站在树荫下。

二十分钟……

三十分钟……

四十分钟……

警察没来，杜宪也没有从博物馆里出来。夜风微冷，她抱了抱肩膀，想进博物馆去看看,可走到门口才发现，门被杜宪从里面反锁了。

她进不去。

顾笙怔了一下，灵活的大脑转动起来，仿佛想到什么……

恰好有路过的学生，她连忙上前打听："小妹妹，问一下，你知道这个博物馆有后门吗？"

"有啊，就在后面呢。"小姑娘指着博物馆背后的那条街道说。

顾笙心里咯噔一下，一边转身往那条街走，一边打电话给警方，可这一次电话始终无法接通。

博物馆后面是小路，水泥地坑坑洼洼，住宅楼也已经有好些年头。

天黑，路边没有灯，顾笙不敢打开手机，只能借着月光往里面摸索。等她终于找到博物馆后门时，已经是十五分钟后的事了。

那时，她看到狭窄的玻璃门大敞着，刚要上去查看，就被人从背后一把勒住脖子。

是杜宪！

她咳得眼泪都出来了，心里却反而镇定下来："你是谁？为什么要劫持我？"

"劫持？"杜宪像是感到好玩似的看了她一眼，"你有什么好让我劫持的？"

他上下打量了她的身材一番，眼神里透着满满的嫌弃。

……

顾笙的自尊心受了伤。

"你不想劫持我的话，先把胳膊放下来行吗？"

杜宪不屑地一笑，放开："我是觉得你跟踪得太拙劣，所以想告诉你，滚回去吧。警察都不能把我怎么样，你一个没有几斤肉的小姑娘能把我怎么样。"

他的语气很狂。

顾笙差点被噎死。

杜宪却不看她了，起身向巷子里面走去，一边走，一边挥手："你去告诉那帮蠢货，让他们以后别在楼下等着了，怪傻的。"

……

这个盗窃犯，很与众不同啊。顾笙看着他摇摇晃晃的背影，没有再继续跟上去。

一是杜宪手里并没有展品。

二是她答应过驰老板，做事一定要在人身安全有保障的情况下再做。

可顾笙并不知道，在她离开那条街没多久后，杜宪就打开手机，发了条信息给驰未深。

——已经安全碰过面，放心吧。

警察局里。

驰未深略感疲惫地揉了揉酸胀的太阳穴，柏晟坐在他对面的沙发上，精神却很好："深哥，你有没有觉得陆子鸯和我们想象中的不太一样？"

刚才他们轮番对陆子鸯审讯，试探。

除了涉及刑案的，他有什么就说什么。

反应太过真实。

这让柏晟很纳闷。

"我想象里，他应该是个狡猾睿智的人，在审讯室也应该会多方周旋，怎么会这么轻易就松口呢？"

"现在这情形怎么说……"

"像个草包。"

"万一他是有意的呢？"驰未深松松领带，低头点了根烟，手指下意识地敲击着桌面。

"你是说他故意半真半假混淆视听？那你说他的合伙人提供的线索会不会也是假的？"

"不好说。"

"也是，毕竟人心难猜。不过这下根据陆子鸯交代的涉黑逃税等事实，他那个空壳公司总算能扳倒了。"

陆氏集团垮了，陆子鸯没了靠山，或许一切都会像他们预料的那样发展。那样的话，破案便指日可待。

"只是顾笙小妹妹那儿……"柏晟忽然想到什么，担忧地看向驰未深，问他，"你真打算继续瞒着她？"

驰未深抿了抿唇，望着窗外渐渐亮起的天色，情绪晦暗不明："她迟早会知道，但我还是想拖到最后一天再告诉她。"

她现在的状态很好。

勤奋学习，努力工作，有喜欢的人。

每天充实快乐。

驰未深不想让她卷入太深。

柏晟说："行，深哥你也别太担心，反正不是已经安排人保护她了嘛。你现在下班走吗？我要困死了。"

"走。"

驰未深拿起衣架上的外套，和柏晟一起出了警局。

上车后，他没有回骨扇店，而是转道去了医院。

医院里，顾笙正在睡觉。

驰未深推开病房门进去时，她正一边流口水一边念叨着好吃的。

叉烧包、奶黄包、费家烧烤、三鲜水饺，还有……

"还有什么？"

顾笙舔了舔嘴角："剩下的还没上来呢……"

说着翻了个身，接着等满汉全席开桌。

驰未深笑了一下，伸手捏住她的鼻子。

她皱眉打开。

他再捏，她就被憋醒了。

满汉全席没有了。

失落感骤然袭来。

但看到他，她眼前一亮："驰老板，你什么时候来的？"

他挑了挑眉，逗她："反正在你口水流出来之前。"

啊啊啊。

囧。

形象都毁光了！

顾笙脸有点热，连忙起来整理了一下头发和衣服，跑去洗手间洗了把脸。从洗手间出来的时候，驰未深已经靠在门口等她。

他双手插兜，低着头，淡漠地看着地面，不知在想什么。冷硬俊朗的侧脸仍然吸引了不少女人打量的目光。

顾笙抿抿唇，忽然小跑上去抱着他，声音糯糯的："驰老板，你快过生日了吧？"

"嗯，然后呢？"

“你有什么想要的礼物吗？”

她笑眯眯地挂在他身上，蹭来蹭去。直到偷看的目光都挪开，这才心满意足地放开他。

对上驰未深黑沉的目光，她脸一热，心脏扑通扑通乱跳，却很快就撇嘴瞪他：“看什么看，没见过吃醋的小女人啊。”

“嗯，吃醋的女人见过，但是醋缸你是第一个。”

他说得一本正经，眼底的揶揄却毫不掩饰。

顾笙囧囧的，驰未深却不再逗她，拉着她往病房里走：“我刚才点了外卖，一会儿你朋友醒了你们可以一起吃。”

“那你呢？”

“我看你一眼就走。”

他揉揉疲惫的太阳穴，加班后遗症很明显。顾笙想关心他两句，就听他又问：“你这周六有空吗？”

“周六？”她想了想工作安排，“应该有。”

周琦周五出院。

如果杜宪那边没什么事的话，她最近都挺清闲的。

驰未深心里有了数，晃晃她的小手，指了指病房门：“行，那你进去吧。”

嗯？

这就完啦？顾笙满头黑线，期盼的心重重地从空中跌了下来。可看到他疲惫的眉眼，那点小怨念又不翼而飞了。

她一步步退回病房，说：“那你快回去吧。”

虽然脚步在退，眼睛却可怜巴巴地看着他，充满不舍。驰未深心头一动，在她额前落下一吻。

她开心起来，正要说点什么，病房里忽然发出哐当一声。顾笙神色一变，猛地转身跑进去。

原来是周琦醒了，不小心打掉了杯子。她松了口气，扭头去看，病房门口已经没有人影。

驰未深走了。

顾笙撇撇嘴，可摸一摸额头的热度，也并不难过。

周琦瞧她泡进蜜罐似的表情，也忍不住扯了扯嘴角：“顾笙，你帮我去问问医生，看能不能提前出院。我不想在医院里待了。”

的确，医院里的气味实在太难闻。

周琦和顾笙意见难得达成一致。

于是当天下午，她们就回了家。

周琦在家里总是发呆、沉默，特别像前段时间的顾笙。

顾笙没有安慰她，只是在饭点敲门喊她吃饭。

她知道，每个人都要成长，有时候舔舐伤口不需要多余的人，否则人怎么会长大呢。

事实证明顾笙是对的。独自沉默了几天后，周琦就从分手的悲伤里缓过神，开始晒太阳，去上课，偶尔还会一个人出去喝杯下午茶。

只是没以前那么爱笑爱闹了。

顾笙想跟她聊聊，可还没来得及，周琦就先把出国的机票放在了她面前。在顾笙震惊的神色里，周琦倒先笑了。

“怎么，舍不得姐姐我走？”

“还真有点。”

顾笙吸着鼻子耸耸肩，虽然早就知道周琦有一天会走。可却没想到这一天来得这么快。她心里有点堵得慌。

周琦又何尝不是。

“但顾笙，我累了。想出去走走，看一看新的风景。”

这座城市对她来说，已经成了一座殇城。她爱过，痛过，竭尽全力想要留下来。可后来发现，或许离开是更好的选择。

“别哭丧着脸，我是出国镀金，又不是不回来了。”

虽然她为上一段爱情买单，花光了所有积蓄。可好歹父母愿意掏钱让她重新开始。虽然悲哀，但这或许是最好的选择。

总比陷在泥潭里继续纠结要强。

于是这天晚上驰未深下班回到家时，就在自己家门口发现了一个小醉鬼。

顾笙歪坐在地上，小脸酡红，醉眼迷蒙地靠在大门上，挨着墙面蹭啊蹭。

她好热，胃里又好难受。小手不自觉拽开衣领，另一只手扇着风。

乍一看到他冷硬俊朗的眉眼，她扁了扁嘴，竟然有想哭的趋势。

驰未深心里咯噔一下，头开始疼。

“不许哭。”他沉声命令道。

她仰头望着他，还真把眼泪憋回去了。可模样还是很委屈，指着他，含糊不清地控诉：“你都多久没来找我了……王八蛋……我不打电话是不是你就永远不会给我打啊……那万一哪天我消失了呢，你是不是也不会知道啊……坏蛋……就知道惹我伤心……你一点都不在乎我……”

她扁扁嘴，委屈地瞪着他，眼眶瞪得通红。

驰未深轻吸了口气，俯身蹲下，摸了摸她的脑袋，语气淡淡的，却极尽温柔：“我最近忙，不是不在乎你，嗯？”

“真的？”她醉眼迷蒙地抬起头，顺势就揪住了他的衣角，小猫一样蹭了蹭，往他怀里钻。

驰未深好笑，却还是打横把她抱起去开门：“真的，我什么时候骗过你。”

进了房间，顾笙赖在他怀里不下来。

驰未深拿她没辙，刚要抱着她上楼，就看她一只手紧紧搂住他的脖子，一只手在连衣裙的口袋里掏啊掏，掏着什么。

他奇怪：“你干吗呢？”

“找东西。”她头也不抬，继续翻。

翻了好一会儿，终于找到了。

“你不是喜欢吃玉米嘛，我专门拿给你的。”

她眉眼亮晶晶地望着他，笑容甜甜的，小脸嫣红，格外动人。

手里捧的却是一把爆米花，还沾着零散的酒气。

驰未深想起自己刚才只把她的难过当作耍性子，可她却认认真真地听了他说的每一句话。

他心头狠狠一动，愧疚的情绪排山倒海般铺散开来。

他抿了抿唇，抱着她坐到沙发上，问她："还难受吗？"

顾笙扁扁嘴："有一点点……"

"嗯，那你还觉得我哪里不好，说说？"

"驰老板……那我说了你会生气吗？"

驰未深摇了摇头："不会。"

"也不会不喜欢我？"

"嗯。"他握住她的小手，摸了摸她的脸颊，语气平静却坚定，"不会。"

"那我想想……"她低头想了一会儿，掰着指头说，"我不喜欢你的行踪总是飘忽不定……也不喜欢你对我忽冷忽热……我能理解你在忙，我也有自己的工作要做，可我发的信息你看到总是不回，我不主动找你，你也很少主动找我，这让我觉得你好像没那么喜欢我……跟你在一起，我很没安全感……"她说完，抬头看了他一眼，有点忐忑，眼底雾气迷蒙。

驰未深安抚似的摸了摸她的脑袋，漆黑的眼睛看着她："还有吗？"

"没了。"

他靠在沙发上想了一会儿。

顾笙有点不安。

即使在醉酒的情况下，她还是既敏感又没有安全感。

他伸手将她紧紧箍在怀里，亲了亲她的眼睛。亲完之后，她果然眉眼弯了起来，底气也足了些。驰未深笑着碰了碰她的鼻尖："现在还难受吗？"

"不了。"

他又问："那你想怎么解决这个问题？"

顾笙笑眯眯地望着他："很简单呀，只要以后你及时回我的信息就好了……"

“嗯……还有，一天至少联系我一次，让我知道你的行踪……”

她心情好起来，小脚在他怀里晃啊晃，眉眼弯弯的像月牙。

“好。”

驰未深应下她。

问题完美解决，两人心里都舒畅了不少。

他抱着她回到卧室，把她放到床上，拉了被子给她盖上，转身向门口走去。可刚走到门口，被子里的脑袋又不安分地钻了出来。

“驰老板——”

他回过身，头又疼起来。

“干吗？”

“我想洗澡……”

驰未深轻吸了口气，挑眉瞥她：“洗澡还要我帮你？”

“我腿软啊。”她振振有词，一张小嘴可能说了。

驰未深扫过她雪白的小腿和逐渐清明的神色，眼眸暗了暗：“自己洗，要么就忍着。”

“驰老板——”

她湿漉漉的眼睛看着他，带点撒娇的意味。他想走，可她一副你要走我立刻就能哭出来的表情瞪着他。

驰未深隐忍地咬了咬牙，最后只能把她打横抱进浴室。

进了浴室，顾笙手脚麻利地将自己剥了个净光，钻进温热舒服的浴盆里，一双湿润的眼睛却在瞄正往门外走的某人。

“驰老板——”

“又干吗？”

他挑了挑眉，眼前却无端浮现出她娇嫩微启的红唇。

暗潮在空气里涌动，他无声而隐忍地吸了口气，加快脚步。

顾笙本来想说点什么，可一听他的语气，又怵了。

驰未深瞥见她逐渐清明的神色，眼眸微动，关上浴室门。出去后，他靠在墙上，隐忍地攥了攥掌心。

顾笙却在门关上后，瞬间垮了脸。

其实刚才上楼的时候，她的醉意就被冷风吹散了。

这么好的机会不用白不用。

谁知借酒行凶的计划还没开始呢，就被扼杀在了摇篮里。

郁闷啊……

她低头戳了戳自己的小馒头。

有B罩杯呢，也不小了吧？可驰老板到底喜欢什么样的呀……

顾笙郁闷着，殊不知，驰未深却比她更郁闷。

现在还不是适当的时候，他不想小丫头还没确定最后的心意，就懵懵懂懂把自己交出来。可她莽撞又毫无章法地靠近，让他忍得很辛苦。

驰未深无奈地揉了揉太阳穴，低头点了根烟。

吸到一半，又掐灭，转身出了浴室。

顾笙本来只是觉得郁闷，并没有想太多。可直到第二天一早，在新闻上看到陆氏集团宣布破产，陆子鹜弃公司而逃的新闻时，才意识到这段时间驰老板隐约的克制和避讳从哪里来。

她盯着微博上那条热搜，脑海里却在不断过滤这段时间以来驰未深的所有行为。

他很忙，经常找不到人。

对于她的主动亲近，也是能躲就躲。

这根本就不像他的性格。

驰老板一向果决又桀骜，如果不是因为心有顾虑，怎么可能对她的示好视而不见。

她在原地愣了会儿，抿唇收了手机，转身向厨房走去。

驰未深从楼上下来时，已经是一个小时后。

顾笙做好早餐，正在厨房里摆盘上桌。他倒了杯水倚在冰箱旁，无声地弯了弯嘴角："喝醉了还能起这么早，不错。"

"那是，毕竟我的自我约束能力一向都很强。"

驰未深隐约觉得她的情绪有点儿不对，还以为是昨晚宿醉留下的后遗症，并没多想。

直到早餐吃了一半，顾笙说：“周琦今天出国了。”

周琦。

驰未深对这姑娘印象还挺深。

在顾笙和他闹别扭的时候，她不知从哪里弄到他的手机号，给他打过一个电话。电话里，她说：“顾笙这姑娘脾气不太好，但很重感情。如果喜欢上一个人，肯定会死心塌地。唯一不好的是因为生长环境复杂，所以心思很敏感，没有安全感。如果驰老板你真的喜欢她，就对她好一点。”

从周琦那里，驰未深了解到了顾笙的过去，也感受到了一个姑娘对朋友的真心。

“那要不……”

驰未深想说，那要不你以后住在骨扇店。可话没说完，就被顾笙打断了。

她望着他，眼底有些难过：“驰老板，以后我在这座城市就一个人了。你会一直跟我在一起吗？”

他想说“会”。

可忽然想到什么，到嘴边的话又咽了回去。

顾笙抿了抿唇，自嘲一笑：“你果然早就知道。”

她低着头，眉眼间的难过明明白白，戳得人心头泛酸。驰未深打开手机一看，果然，最新推送的新闻报道里，关于陆子鸯的行踪已经说得清清楚楚。

气氛一时有些沉默。

半晌，还是顾笙先开口。她说：“驰老板，你早就知道陆子鸯计划要跑路，是不是？”

他抿了抿薄唇：“是。”

“你也知道，或者说一早就猜到了陆子鸯要逃跑的地方，是吗？”

“是。”

“你还会追着他一起过去，是吗？”

这一次，驰未深看着那双难过的眼睛，回答得有些艰难，但到底还是答了。

“是。”

顾笙看着面前微微荡漾的水果粥，手指在衣角纠结着，好半天才说：“好。”

“既然你都做了决定，那我……我也没什么好说的了。”

她说完要走，却被驰未深开口喊住。

“顾笙。坐下来，听我说。”他没有拦她，可说出的话却还是绊住了她的脚步。

顾笙咬着下唇回过头，眼睛有些泛红，可这一次却没哭：“你说，我听着。”

她低头搅弄碗里的粥，心里却酸得直冒泡。她不是不能理解他的苦衷，也不是不能理解他的工作。可当她还兴致勃勃地计划着他们的未来时，他却一声不吭计划着离开。

连告诉她一声都没有。

他一直有所保留。所以他们之间才会有那层若有似无的隔阂挡在中间。原本她以为，那是因为他们还不够了解彼此。可现在看来，或许他根本就没有计划过长久地跟她在一起。

所以连退路都留好了。

顾笙心里很难过。

驰未深抿了抿唇，低头点了根烟。

烟盒被随手抛在桌上，发出哐当一声轻响。

他有些无奈，也有些烦躁。放在以前，他可能根本不会给她进入他心里的机会。

可她已经进来了，就算现在不是最好的时机，他也不能眼睁睁地看着她离开。但解决陆子鹜这件事，他却不能带她去。

沉闷的气氛越发浓重。

顾笙抿唇看着他：“你还要说吗？”

“说。”

驰未深吸完一支烟，狠狠掐灭在烟灰缸里，起身去客厅拿了车钥匙和外套，冲她抬抬下巴："去换衣服，我在车里等你。"

"要去哪儿？"

"去了你就知道了。"

说完，驰未深打开房门走了出去。

顾笙收了碗筷，转身上楼去换衣服，顺便带上自己的钱包和房门钥匙。

她下楼时，驰未深已经坐在驾驶座，车窗开着，短短十分钟，地上散落着四五个烟头，可见他心情极差。

车子启动，谁都没再说话。

顾笙坐在车后座，转头望向窗外。

街道两旁，树叶已经微黄，蓝天白云间，也偶尔能见到南飞的大雁。不知不觉，秋天已经过去了一半，他们也从陌生人逐渐走进彼此的生命。

时间真是个神奇的东西。

化陌生为熟悉，化腐朽为朝阳。

驰未深望着后视镜里倔强的少女，莫名想起初见时她紧绷下颌像只小狐狸的模样，狡黠多变，灵动娇俏。

不知不觉就偷走了他的心。

三个小时后，车子驶入B市。

顾笙心里藏着疑问，没明白为什么驰未深会忽然带她来这里。直到他们穿过熙熙攘攘的马路，拐进一条林间小道，最终停在一座枝繁叶茂的陵园门外。

陵园筑在半山腰，从山下往上，要上一百多级阶梯。阶梯依次层递，两旁草木郁郁葱葱，香烛的味道远远就能闻到。

驰未深紧抿薄唇，紧绷着下颌，眼底的颜色如落日后的天空，格外寂静。

顾笙抿了抿唇，跟在他身后拾级而上。走到一半的时候，她开始微微喘气，小腿发软。

驰未深回头看她一眼，伸出手。顾笙看他一眼，咬了咬下唇，把手放进他的掌心。却没料到刚放进掌心，他就半蹲下身，伸手一拽，把她拽到了自己背上。

她的心跳有些乱了节奏。

驰未深的背很宽阔，脚下的步伐也很稳。他背着她，一步步走完剩下的台阶，耳畔只有彼此清浅的呼吸声。

顾笙心里的难过慢慢散开。

“到了。”他停到一座墓碑前。墓碑的位置离阶梯很近，碑文上的刻痕崭新，上面贴着一张合照，是两个人的。

顾笙心里一紧。

驰未深攥着她的掌心站在墓碑前，给她介绍：“这是我父母。三年前去世的。你看，这上面的碑文还是我亲手刻的。”

顾笙一直以为他没有谈及父母，是因为还没做好跟她长久在一起的打算。原来……

她想说点什么，驰未深又开了口：“我带你来是想跟你说说他们的死因。”

结合之前遭遇的种种，顾笙心里隐约有了猜想。她试探着问：“和陆子鸷有关？”

“对。”驰未深松开她的手，低头点了根烟。

“那时骨扇店还在我父亲手里，跟现在一样，骨扇是手工制作，价值不菲。但正因为收益不菲，所以很多珠宝公司都想分一杯羹。陆氏集团也是。陆子鸷想跟我父亲谈合作，但我父亲不想急功近利毁了多年积累的口碑，就拒绝了他。之后没多久，我父母的车就在路上爆炸了。

“车毁人亡。”

警方当时的检测结果是意外事故。

可怎么可能，每次家里车子开出去之前，司机都会检查一遍。出事那天，驰未深刚从4S店把检测更新过的车子开回来。

而在那之后，有机会接触车子的就只有陆子鸷和他身边的人了。

多么似曾相识的场景。

顾笙想起半年前那件案子。一模一样的前后关系，一模一样的作案流程。如果没有关系，陆子鹜何必急着从驰未深手里毁灭证据，甚至想要杀人灭口。

驰未深从手机里翻出相册递给顾笙。

她一张张划过去，都是焦黑的尸体，触目惊心。

满地鲜血和爆炸后的残渣。

顾笙隔着屏幕心都在颤抖。

难以想象当时亲眼看见这一幕的驰未深会有多么痛苦。

心一阵阵犯疼，她眼眶一热，忽然上前一步抱住了他，笨拙地拍拍他的后背，心里的难过缓缓散开："驰老板，这些年，你心里一定很苦吧。"

没有人关心，没有人在乎，承受着外界的质疑，踽踽独行。

应该……很苦很苦……

可驰未深却只是闭了闭眼睛，说："都过去了。"

最难的时候已经熬过去了。

可他不相信父母是意外死亡的。

这几年追查发现的蛛丝马迹和种种证据，也证明了他的猜想。

"所以顾笙，这一趟我非去不可。我不能带着你。"

哪怕万分之一的危险，他都不想让她承担，何况是现在已经走投无路的陆子鹜。

他已经承受过一次家破人亡的痛苦，不想让更多人有同样的经历。

第十二章

边陲之旅

“我懂了。”顾笙将他抱得更紧，顿了顿才仰头问他，“那驰老板，你没有想过跟我分开对不对？”

驰未深哼笑着敲了敲她的脑袋：“我什么时候说过这话了？还不是你自己脑补的。”

那她还不是因为太喜欢他，所以才会患得患失嘛。

顾笙的心结解开。可一想到他要离开，心就像被密密麻麻的丝草缠住似的。她揪住他的衣角，闷闷地道：“那你什么时候走？”

驰未深摸了摸她的头：“明天。”

看到她难过的样子，他心里也不好受。

“先不说这个了，我今天带你来，不光是为了说这件事，都站到这里了，你就不打算说点什么？”他用眼神指了指墓碑。

顾笙才反应过来，原来他带自己来，也是为了见一见他父母吗？

哎呀，忽然好害羞。

这么快就见公婆了吗？

她的脸有点发烫，才意识抱着驰老板已经太久了。她连忙松开手，理了理衣服，略显局促地站到驰未深旁边。

可纠结了半天，还是不知道该怎么开口。她碰了碰他的胳膊，眉头拧成一个小结：“我该说点什么呀。”

驰未深好笑地看着她：“随便，你想说什么都行。”

那……

顾笙把他推到一边，确定他听不到声音，这才转身跑了回来。她一边跑，一边说：“你先别过来啊，等我说完再来。”

小丫头，还不好意思了。

看着那道小巧的背影，驰未深抿了抿唇，眼底最后一丝悲凉也化为一闪而过的温柔。

回到墓碑前，顾笙四处看了看，在台阶右侧的草木里采了一把野花捆成一束，郑重地放在墓碑前，鞠了三个躬。

慎重地想了想，她才说：“伯父伯母，你们好。我是顾笙，驰未深的女朋友。驰老板现在很好，被你们培养得很优秀。我很喜欢他，真的很喜欢，所以如果你们在天有灵的话，一定要保佑他平平安安地回来呀。”

……

下山时，顾笙走在驰未深身后，却听到他轻笑着问：“我刚才好像听见你说很喜欢我？那你说说，到底有多喜欢？”

“喂，偷听别人讲话可是很不道德哦。”

他一脸无辜地挑眉：“风太大吹到我耳朵里的，我能怎么办？”

顾笙脸一热，有点不想理他。可驰未深又问：“还记得我们确定关系那天晚上你说的话吗？”

顾笙当然记得。

她眼泪汪汪地看着他，说：“我虽然喜欢你，但也不能为你失去自己呀？”

“那如果两者只能选其一呢？你选谁？”他的语气里竟然有一丝难

得的不确定。

顾笙心头一动，说：“那我还是选你吧！”

她低头看着两人交织在一起的手，回握住他，嗓音糯糯地道：“驰老板，你别怕，我会一直等着你的。”

就像那个用力的拥抱，不回头，驰未深都能描绘出她稚气而坚定的眉眼。

莽撞，毫无章法，却包含了一颗稚嫩的真心在里面。

他将她裹得更紧，轻声道：“好。”

离开陵园以后，驰未深带着顾笙连夜返回了栾川。他们在路上吃了饭，回到骨扇店已经是晚上八点多。

下雨了，雨声滴滴答答，顾笙窝在沙发上，看着驰未深忙上忙下收拾行李，眼睛一分钟都没从他身上挪开过。

不舍的愁绪弥漫在空气里。顾笙抱着沙发上的靠垫，打开手机，偷拍了好多张他的照片。有喝水的，有挽起袖子干活的，有对她勾唇一笑的，也有挺拔修长的背影，低头抽烟时忧郁俊朗的侧脸。

驰未深看见了，问：“怎么不给自己拍两张？”

她抿抿唇，说不要。

“我要等再见到你的时候，你亲自给我拍。”

“好。”

他这一个晚上，不知道说了多少次好。他每答应一次，顾笙就心安一点。终于，手表的时针指向夜里十二点。

该睡觉了。

驰未深还靠在厨房，手里拿着一杯冰水。顾笙等了他好久，他都不过来，她只好自己上楼。

窗外呼啸的风雨像在诉说着什么。

顾笙走到卧室门口，扭头看了眼对面的卧室门，抿了抿唇，推门进入卧室。

听到关门声，驰未深漆黑的眼眸顿了顿，放下了杯子上了楼。

进了房间，他打算先去冲个冷水澡，可刚脱掉上衣打开灯，身后的房门就被人忽然推开。

是顾笙。

她站在门外，灵动的眉眼直勾勾地望着他。驰未深隐忍地舔了下后槽牙，快速穿上上衣，俯身撑着门问她：“有事儿？”

“嗯。”

顾笙咬着下唇，攥了攥掌心，鼓足勇气才说：“驰老板，我今晚想住你这里。”

驰未深低头看着她，深邃的眼眸越发黑沉。好半天，他才听到自己说：“别闹，回你房间去睡。”

说完，他就要关门，却被顾笙手疾眼快伸手挡住。

“我没闹。”她执拗地看着他，眼眶渐渐就红了，“你明天就走了，我今晚不想一个人睡。驰老板——”

她又开始撒娇。

驰未深吸了口气，有种想把她拎出去的冲动。可看到那双难过的眼睛，心里的抵抗又瞬间化为乌有。

他低低叹了口气：“好吧。让你进来可以，但别想动歪脑子，不然我就把你丢出去。听到没？”

“听到了。”顾笙撇撇嘴，心里有点失落。一想到他明天就走了，又觉得只要能多看一眼都是好的。

她抱着枕头乖乖趴到大床一侧，驰未深则进了浴室去洗澡。

床上全是他的味道。

顾笙用力埋在被单里嗅了嗅。

想到一会儿驰老板可能会裹着浴巾出来，她的心脏就毫无章法地怦怦乱跳起来。

他的身材……

想到不久前在门缝里的惊鸿一瞥，她的脸滚烫起来。

宽肩、窄腰、劲臀……

想想都要流鼻血了。

如果今晚能拿下驰老板该多好呀！

她默默地埋着头苦思冥想，想试试看能不能想出什么别的办法说服他。可直到驰未深从浴室出来，她也没有想到。

不仅没想到，反而睡着了。

驰未深从浴室里出来，就看到顾笙鸵鸟似的埋头睡在枕头上。

他的嘴角抽了抽，走过去帮她调整成侧躺，让她睡得舒服点。

这一夜，平静得不可思议。没有想象中的拉锯和难熬，也没有离别前的痛哭流涕，驰未深和顾笙都睡得很安稳。

第二天一早，驰未深离开的时候，顾笙已经从他的房间里走掉了。她在床头留下一张字迹娟秀的便利帖。

——驰老板，我不想看着你走，等你回来，我一定去接你。

便利帖上好像有一滴濡湿的泪痕，驰未深紧抿薄唇，把便利帖收进掌心，放进贴身的衬衣口袋里，拉着行李箱下了楼。

顾笙真的没有去送驰未深，连偷偷躲在角落里看一眼都没有。

或许是因为确定了彼此的心，她内心出奇的安定。

驰未深离开以后，她回到周琦的房子里，把楼上楼下每个角落都彻底清理了一遍，然后按照他留下的骨扇配方，一边学习制作骨扇，一边忙着跟杜宪玩躲猫猫。

杜宪真的是个很神奇的盗贼。

警方找不到人赃俱获的机会，拿他一点儿办法都没有。倒是顾笙，一来二去和他熟络起来，有时候还能凑到一块吃个饭。

“既然你本事这么大，为什么不换个正经工作呢？做盗贼多浪费你这身本领。”她一边伸手去捞锅里的涮菜，一边看着枕着手剔牙的杜宪，“哎，大哥，你慢点，别溅我碗里了。”

她撇撇嘴，把碗护到自己的胳膊里面，生怕蘸酱被污染了。

杜宪嗤笑一声：“那照你说，什么算正经工作？每天朝九晚五，坐吃等死？”

他显然不屑。

顾笙又被噎住，好半天才说：“那也比你做盗贼强啊。起码不用被人追来追去。”

“我被追来追去那是我乐意，我要不乐意，你和那帮小警察能找到我才怪呢。”

他悠然自得地晃了晃脑袋，连满脸麻子都变得妙趣横生起来。

顾笙继续吃菜：“那照你这么说，其实你就是喜欢刺激呗？”

“享受猫捉老鼠的游戏。如果给你一份平淡的工作，你自己也会腻味，做不下去？”

“可以这么说。”

杜宪一脸孺子可教的表情对顾笙比了个大拇指。

她：“……”

“其他我不管，我都请你吃这么多顿饭了，如果你哪天被抓了，记得给我独家采访。”不然她这一单可能猴年马月才能做完。

职业冒牌师这一行有个不成文的规定。

一旦接单，手上的单子没有做完之前，一般不会有人找你接下一个。时间耗得越长，顾笙的成本就越高。

周琦到伦敦后，顾笙和她的联系就少了。她每天会看到她在朋友圈发学习的烦恼、旅游的照片，偶尔还有新的朋友出镜。

周琦如愿有了新生活。

驰未深因为情况特殊，也不能跟她联系。只有偶尔深夜，才会用陌生的号码拨一通电话过来，两人靠着遥远的电波传递思念。

她实在是太孤单无聊，才走了化敌为友的路子，放弃每天苦哈哈的跟踪蹲守，改成怀柔路线，和杜宪打成一片。

杜宪听她每天念叨采访采访，耳朵都要起茧了，不耐烦地掏掏耳朵：“行吧行吧。那帮小警察抓到我是不可能了，但你毕竟请我吃了这么多饭，不回报也说不过去。这样，你等我联系，改天让你采访别的小蟊贼。”

“别的？”

顾笙下巴都要惊掉了。

杜宪还以为她是在嫌弃。

“你这小姑娘家的，什么表情啊？没听说过小鱼小虾也是肉，能填饱肚子都是好粮食吗？”

“……

“我是想说，你举报同行，真的不会被群殴吗？”

杜宪大手一挥，特豪迈：“这是我的事儿了，你甭瞎操心。”

顾笙本来也没把杜宪的话当回事儿。可没想到他说到做到，不到一周，果然就给她提供了一条线索。

——南丰路传统工艺展会偏厅，晚上八点二十分。

——这是照片。

——这是备用逃跑路线。

——你到时候只需要喊警察守着瓮中捉鳖就行。

嘿，还挺齐全的？

顾笙开始从心底佩服杜宪了。

大义灭亲！一诺千金！放在古代怎么也得是一梁山好汉呀。

晚上八点，顾笙和警方换了便装，准时出现在南丰路传统工艺展会偏厅。他们装作前来游览观赏的买家，在展厅附近徘徊。

顾笙衣服上坠的微型摄像机打开，正对展品那侧的玻璃钟罩。

八点十八分……

八点十九分……

八点二十分……

终于，分针指向二十的那一刻，偏厅门口果然出现了照片里的中年男人。男人戴着一副眼镜，斯文又绅士，不紧不慢地左右看了看，忽然伸手摸了摸自己的鼻头。

然后大厅里便骤然停电。

那一秒，说时迟那时快，中年男人毫不犹豫扑向钟罩，而顾笙身边的警察则毫不犹豫扑向他。

短短一分钟，情势逆转。

中年男人被抓了个正着，人赃并获。

顾笙当天的采访就上了新闻头条。虽然她人没出镜，可光在新闻里听见自己的声音，她都心潮澎湃得不要不要的。

正高兴着，驰未深打电话过来。

又是一张新卡。

顾笙在电话里语调雀跃，驰未深也不自觉笑了起来："怎么了今天这么高兴？"

"我采访的新闻被播出了，好开心！"

"啧，听声音都能想到你龇着牙狂笑的样子。"

"喂喂喂，哪有你这么形容女朋友的。"

顾笙不满地翻了个白眼，可一想到他现在看不到，就有点淡淡的忧伤。

她的声音低下来，有点撒娇的意思："驰老板，我想你了。"

驰未深想象着电话里她微皱的小脸，忍不住挑眉笑了下："我也是。"

她瞬间就被哄开心了，捂着被子在床上打滚直笑，笑完才想起来问他："陆子鸷找到了吗？"

将近半个月，驰未深和同事追到南方一座小镇里，可后来又失去了陆子鸷的踪迹。

他们一直在找。

今天终于又发现了蛛丝马迹。

"要收网了。"驰未深说。

"那你也快回来了，是吗？"

"嗯，开不开心？"

"开心！"她应得脆生生的，心情一好，隔着电话送了一个飞吻。

两人扯东扯西说了好大一会儿，直到电话那头有人来催驰未深，顾笙才恋恋不舍地挂了电话。

"那你注意安全，我等你回来。"

"嗯，好。"

"快去睡吧。"驰未深说完，挂了电话。

接下来半个月，顾笙满心期待地掰着指头等驰未深回来。可一天过去，又一天过去……直到半个月被消耗殆尽，他还是没有回来，甚至连电话也打不通了。

她心里有点儿慌，却只能干等着。

直到陆倩找了过来。

那是半个月后的一天下午，顾笙勉强学会做骨扇的抛光打磨，正在家里的地毯上琢磨，就接到陆倩打来的电话："小顾啊，你现在能出来一趟吗？我有事儿跟你聊。"

她能有什么事儿？

顾笙纳闷，却还是很快应下："好，那你把地址发给我，我一会儿就过去。"

一般来说，顾笙接了单，和雇主之间就很少见面了。除非涉及支付报酬、更改合同之类的事。陆倩这又是一个周期极为漫长的工作，所以顾笙从没想过她会中途加钱换项目。

"是这样，昨天我发现一个更有价值的追踪目标，所以找你出来聊聊。昨天你看新闻了吗？"

昨天？

顾笙摇摇头："不好意思，昨天我有点事，没怎么注意。"

"啊，可以理解，毕竟你们年轻人都比较爱玩，而且你的工作也比较忙。"陆倩客套地说了两句，打开手机，直入主题。

"就是这个新闻，你看看。这家骨扇店是栾川唯一一家传统文化工艺品店，店铺知名度很高，被盗的骨扇据说是从民国时期保存下来的镇店之宝。如果这个报道追踪成功的话，报酬是之前的两倍。"

骨扇店？顾笙大脑停滞了一秒。

低头一看，竟然还真是驰老板的骨扇店。他店里的骨扇失窃了，可他昨晚打电话的时候怎么不告诉她一声啊。难道驰老板自己也不知道吗？

顾笙心里一时乱起来，却还是强迫自己镇定下来。

"陆女士，你之前给的报酬已经不低了，突然加两倍，这个追踪报道应该没之前那么简单吧？”

陆倩不好意思地笑了笑：“对。是这样的，我从私人渠道得知，这把骨扇失窃以后，最后出现在一个叫青石镇的边陲小镇上。如果你要继续接单追踪的话，需要长途奔波去外地。所以我增加了报酬。”

顾笙想了想，反正现在闲着也是闲着，不如就接了这个单。事关驰老板的骨扇店，她总不能置之不理。

想到这儿，她果断决定续约。续约过程中，陆倩出去打印了一次合同。顾笙远远看着，看见她好像在跟什么人交谈。

那人的背影很熟悉很熟悉，可一转眼，就被路过的人遮住不见了。

算了，可能是自己老花眼了，自从驰老板走后，这种错觉真是越来越严重了。顾笙总觉得有什么人时不时徘徊在她身边。

可通过监控和微型摄像机观察，她又很确定没有人。

拿到二分之一的预付酬金后，顾笙回家收拾了一小包行李，出门去找了一趟杜宪。

他在这一行是个老油条了。万一有盗窃骨扇那个人的更多消息呢？但奇怪的是，听她说完情况，这次杜宪沉默了很久，反而问她：“你真的要去吗？要我说，你一个小姑娘家，跑那么远做什么，还不如就在这里待着，想做采访我可以多帮你弄几个。千里迢迢万一跑过去找不到人呢？而且那边的警察会配合你吗？”

他问得句句在理。

可顾笙低头想了想，语气还是很坚定：“这是我的工作，我既然答应了，就必须做到。”

而且，她心里还抱着一丝期望，期望能在寻找那个人的途中，遇见驰老板。

杜宪百般劝阻对她丝毫不起作用，也就放弃了。

“线索的话，我还真有。就是……”

顾笙肉疼地看了看余额宝：“说吧，你要多少才肯陪我一起去。反正你在这儿待着也是待着，而且天天还被警察盯着，多不自在啊。不如就跟我一起走吧，咱俩认识，还能愉快地做个伴，你说呢？”

杜宪摸着又长起青春痘的下巴想了想，狂傲的姿态半分不减。直到顾笙转了报酬给他，看到真金白银，他才点点头说：“行吧，那我就陪你去一趟。但如果找不到，钱也不能收回去啊。”

……

算得倒挺精。

顾笙默默地白他一眼：“知道了。”

两人达成共识后，杜宪回去收拾行李。顾笙本来想说：你还有什么好收拾的啊，平时那套衣服三十天也不换一次，还不如过去再买。

可想了想，说实话未免太伤人了。

还是不说了。

随他吧。

顾笙拎着行李箱在火车站等了大概五个小时，收拾妥当的杜宪终于来了。

“走吧走吧。”他颇为不耐烦看了眼车站人海茫茫的环境。

“车还没到站呢，走什么。”顾笙拽住他，“你来这边坐吧，我站着等。”

原本她以为杜宪肯定不会拒绝，还会跷着二郎腿接受，却没想到他头都没抬就拒绝了。

“你坐着吧。反正时间也不多了。”

顾笙稀奇地看了看他，并不跟他矫情。

坐就坐，反正她也只是客套一下。

杜宪说他有线索，果然是有线索。

顾笙跟他坐火车南下，大概一天一夜后，终于停在小镇所在县城的火车西站。从西站下车后，杜宪带着顾笙包了一辆车，直奔青石镇。

青石镇地处瑞丽和缅甸边境，山路崎岖不平，鱼龙混杂。坐在面包车里透过窗户看去，半夜还有来猎奇旅游的游客在和黑车师傅讨价还价，也有穿着性感民族装的美女站在路边揽客，手里的牌子上写着旅馆或什么价钱。

杜宪睡眼惺忪地打了个哈欠，说：“别看了，我们一会儿要去的地方很偏。你要有个心理准备。”

顾笙想了想，说：“要不我们先在小镇找个宾馆休息一晚，明天再去？”

都累成这样了。

难为杜宪还这么敬业。

她心里对这个人的敬佩之情已经难以言表。

杜宪却笼着袖子继续打着哈欠斜眼睨她：“小姑娘家的就是没远见。你想想，万一人今晚就跑了呢？起码现在根据我知道的信息，这人肯定在，如果咱们不过去盯着，再跑了，你去哪儿找？”

说得也是。

顾笙被他传染似的也打了个哈欠：“好好好，那你做主吧。我跟着你就行了。那我也先睡会儿，一会儿到了地方你喊我。”

她说完，头靠车窗闭上眼睛，杜宪却盯着手机上最新接收到的一条短信发起了呆。

再看一眼，对面的小姑娘已经没心没肺打起了轻微的鼾声。

……

顾笙被杜宪叫醒时，已经到了后半夜。

凌晨三点多，面包车停在小镇的一片竹林面前。看四周，还有荒野和田埂，晚上天黑，只能看得隐隐约约。顾笙缩了缩肩膀，被冷风吹得一个激灵。

“就这儿？”

怎么这么像坟地。

她心里打了个寒战。

可杜宪却很肯定地说：“就这儿。付车钱，走吧。”

他豪迈地一挥手，带头往竹林里面钻去。

顾笙连忙拖着行李箱跟上去。

在外面看不出来，可进了竹林里面才发现另有乾坤。里面东西南北四个方向四条路，每一条路都通向一座半山的居住地。像是傣族或苗族人的村子。

顾笙跟在杜宪身后，从东边那条小路上去，挪着行李箱，吭哧吭哧往上爬。一边走，她一边警惕地四处张望着。

耳后的窃听器隐隐发烫，胸前的微型摄像机也开着。虽然顾笙知道如果杜宪有什么问题的话，她不一定防得住。

但害人之心不可有，防人之心不可无。何况她这一趟来，最主要是找驰未深的。

驰老板已经失联了半个月。

他安不安全，是生是死都不知道，她又怎么可能在家里待得住。在路上，如果有个男人，自身的安全会更有保障。所以顾笙把目光放到了杜宪身上。

回忆里的对话越发清晰。

——驰老板，你现在大概在哪里啊，离我这里远不远？

——我在青石镇。

后来的电话里，驰老板没再提过换了地方，也没有提过搬离了这个小镇。

顾笙想，他应该在这里。现在还是要先去确定盗窃骨扇的人，然后再想办法支开杜宪自己去找人。

这样想着，她加快了脚步，却始终和杜宪保持一定的距离。如果他有什么动作，她也可以及时防备。

杜宪一边走，一边嗤笑着瞥了眼身后防备的小姑娘，对她小儿科的把戏完全不屑搭理。想卖她的话，他早就卖百八十回了，还用等到现在吗？

事实证明，顾笙的防备完全多余。进入村子后，她累得灰头土脸，杜宪却还是神采奕奕的。

“就这儿了。”走到一间竹圃围成的院子前，他伸手指了指里面还亮着灯的房间说，“如果我的消息没出错，这人就在里面。”

“那我们现在怎么办啊？报警吗？”

……

“平时看着挺机灵一小姑娘，现在怎么看着这么蠢？这里的警方知道你是谁吗？骨扇店是你们家的吗？你以什么名义报警？”

也是。

顾笙瞬间就被说蔫儿了。

“那咱们现在怎么办？”

“等。装作游客借宿，然后光明正大等那人忍耐不住了让骨扇露面。只要骨扇露面了，一切都好说，你不是还有一个摄像机？只要拍到人赃俱获再报警就行。”

说的也是。

杜宪说完，上前一步去敲门，顾笙却看着斜对面那家晾衣绳上的外套怔了一下。

“嗨嗨嗨，醒醒，困也等进去再睡啊。”

“知道了。”

顾笙打开他的手，心脏却激烈地跳动起来，像是受到了什么召唤。

第十三章

危机重重的相逢

是夜，驰未深和柏晟坐在一间小柴房里，对着一张地图在仔细研究。

“你说陆子鸳还带着一帮打手，他能藏哪儿去？”

“这下手真狠啊！要不是我躲得快，胳膊直接废掉了。”柏晟看着自己胳膊上打起的石膏，忍不住后怕。

他们识破陆子鸳放出的假文件，追着他来到这里，一个月了，和陆子鸳总共就面对面碰上一次，还吃了亏，被他跑了。现在各项证据都找齐了，就差抓人了。可这之后陆子鸳就再也没露过面。

驰未深手指敲了敲桌面：“只要他躲在镇上，那迟早会露面的。”

“镇子里里外外都有我们的同事盯梢，跑不了。”

现在只是时间长短的问题。

“也是。

“对了深哥，骨扇店的事你知道了吧？”

“嗯，知道了，但现在我们刚跟陆子鸳手下的人正面撞上过，通信设备暂时还是别用了，万一被查到，容易被包围。”

“嗯，我也这么想。那咱去睡吧，明天醒来再说。待在这山沟里闷都要闷死了。”

“好。”

驰未深起身，推开柴房门走出去，顺便收了搭在外面的外套。

院子里淅淅沥沥下起了小雨，秋意越来越浓。驰未深却想起从栾川离开的那个晚上，也是这样雾蒙蒙的天。

这么久不联系，也不知道小丫头怎么样了。他拧着眉揉了揉发胀的太阳穴，一抬头，就看到正费劲儿从墙上爬过来的一只小脑袋。

他心头一怔，快步走过去，就看到那张熟悉的脸，正憋得满脸通红使劲儿往这边爬。想起今天柏晟只是出门就差点被卸掉一条胳膊，驰未深的太阳穴突突直跳。

“你不在家待着来这儿干什么？”

他低沉的嗓音猛地响起，顾笙心一顿，直接就翻过墙头摔了下去。

她摔得屁股开花，后背生疼。

驰未深黑着脸打开门，黑沉沉的眼眸看着她，带着些许责备。

顾笙看着他，红了眼眶，可嘴上还是很硬气：“我来这里有自己的工作，又不是为了你。”

她有点委屈。本以为满心思念见到他，他会和自己一样激动。可谁知他见到她竟然只是黑着脸训她，一点儿都不像电话里温柔的样子。

果然距离才能产生美！

她狠狠地瞪他一眼，爬起来转身要走，却被驰未深一把拽住，冷声道：“你去哪儿？”

“反正不在你面前碍眼！”

驰未深气得笑出一声：“敢情我说的话你全当耳边风了是吧？是谁答应好好等我回去的？是谁说不会乱来的？不听话你还有理了是吧？”

正说着，柏晟忽然推开门大喊一声：“深哥！有情况！”

驰未深咬着后槽牙看了眼眼睛通红的顾笙，又看了眼柏晟，一把拽住她拎进自己房间，凛声急问：“什么情况？！”

说着，他又警告地看一眼她：“你给我老老实实在屋里待着！我没回来之前哪儿也别去，再不听话你试试看！”

初时那个冷漠凌厉的驰老板又回来了，顾笙被他唬得快要气死。

可柏晟那么急，一定是有重大发现。

她虽然心里又气又委屈，但也不能坏了正事。

驰未深连忙快步走到柏晟的房间，又问一遍：“什么情况？！”

柏晟正急匆匆地穿着鞋：“山下同事打电话来，陆子鹜出来了！就在一个民宿里，让我们赶紧过去！”

“那快走！”

驰未深一把拽下带枪的外套往门外走去，却又听到柏晟说：“我好像听到顾笙小妹妹的声音了啊，她来找你了吗？”

驰未深咬了咬牙，忽然意识到这间院子并不安全！

不行，他得带着她。

思及此，驰未深又从车上跳下来快步走进房间，拽着还在生闷气的顾笙上了车。

她还板着脸，却快步跟上，极其配合。

上了车，柏晟也匆匆跳上来，一见顾笙：“呦呵，小妹妹你果然来了啊？！我还以为是幻听了！”

驰未深迅速启动车子疾驰而去，顾笙笑了一下看着柏晟：“对啊，我被人雇来追踪骨扇失窃的那个报道的！你呢，胳膊怎么回事啊？”

“你可别提了，我就出门去吃了个饭，碰见陆子鹜的手下，差点被打残！要不是我跑得快，估计这会儿命都没了！”

顾笙惊讶：“你们是警察啊，他再怎么样也不能这么明目张胆吧？！”

“小妹妹你都被追杀过一次了怎么还这么天真呢？陆子鹜现在已经无退路，他想活命，但我们想抓他，他怎么可能还顾忌那么多！反正杀一个是杀，杀两个也是杀，对他来说已经没有区别了！”

“那倒也是。”

一来这里就感受到危险紧张的氛围，顾笙有点明白驰未深刚才的怒气从何而来了。

可她心里委屈，还是不想理他。何况情侣之间就算闹别扭，他也应该哄哄自己啊。

正想着，车厢里忽然响起刺耳的电话铃。

顾笙低头一看，是杜宪！

她竟然把杜宪这回事儿给忘了！

果然关心则乱！

“喂？”

“你去哪儿了啊？那小子行动了！你快回来！我们跟过去看看！说不定今晚就能收工回城了！”

“我……”

顾笙咬牙看了眼窗外疾驰的风景，说：“我现在回不去了！交给你了！”

都在一个车厢里，杜宪的声音清晰可闻，他还在那边嚷：“小姑娘你这就不对了啊，是你请我帮忙的，我凭什么替你去做！有什么好处？”

“我之前请你吃那么多饭都不算好处啊？”顾笙气不打一出来。

也不知道是在气什么。

柏晟正咔咔往手枪里装子弹。

真枪实弹，危险的氛围越发浓烈。

顾笙抿了抿唇，快速挂了电话：“那你自己看着办吧，反正我今晚回不去了！要么给你加报酬，要么你就别管了，等我回去自己弄！”

“哟，谁呀，顾笙小妹妹还带男人过来了？”

驰未深握着方向盘的手一紧，车子骤然一晃。

顾笙没有承认也没有否认。

一路车里气氛降至冰点。

偶尔柏晟问话她才说两句。

简单交代清楚了自己怎么来的，顾笙看驰未深，他还是冷着脸目视前方，毫无波澜。

她心里疼得要死，没想到这次好心办了坏事。

两人竟然因为这件事闹出了前所未有的矛盾。

车子极速颠簸狂奔在凹凸不平的竹林小道里，后来，柏晟也不说话了。

车里有一个通讯设备，他戴上耳机时不时和对面的同事快速沟通。一番交谈下来，顾笙心里有了底。

这回是去抓陆子鹜！

他就在小镇里！

她的心莫名狂跳起来！

正想着，车子骤然一个刹车，停在路边！

这是一个旅游景区，里面游客熙熙攘攘。顾笙看到驰未深的目光迅速瞥了眼景区里面的一间民宿，柏晟焦躁道："深哥，人太多了！不方便抓捕啊！"

是不方便。

"可不方便就不抓了？！"他冷声挑眉，迅速起身下了车。

景区里，装成游客的同事来回在附近闲逛，每人身上都别了枪，顾笙坐在车里不知道要不要下去。正犹豫着，就听驰未深对柏晟说："你有伤不方便，就留在这儿帮我看着她！"

"可你一个人能行吗？！"

"有其他同事，实在不行你再冲上来帮忙也行！

"不说了，你快回车里去！"

驰未深说完，冷静地瞥了眼顾笙，转身快步隐入人群里。

她被那一眼刺得心头一痛。

果然给他带来麻烦了。

柏晟看她脸色不好连忙安慰："小妹妹别怕，反正我们这么多人呢，保护一个你绰绰有余！"

他说得顾笙心里更不好受了。

“是我不该来。”

“哎，什么该不该的，要我说你来得对，虽然情况的确危急，但许清前些天还来找过驰老板，你要不来啊，指不定她又想复合什么的！”

“许清？！她来做什么？”顾笙瞬间提高了声音。

柏晟一边警惕地看着车外，一边说：“告诉深哥骨扇店被盗的事。”

许清在骨扇店工作，顾笙一直不知道，可驰老板宁愿告诉她在哪里，也不告诉自己。她咬牙望着窗外，忽然有点后悔来这一趟。

景区里面熟悉的背影闪身不见，柏晟也静静地听着耳机里的动作沉默下来。

氛围紧张起来。

顾笙一颗心悬挂在半空摇摇晃晃。柏晟看她实在担心，分给她一个耳机：“听吗？”

她连忙接过来戴上。

耳机里，只有窸窣快速的脚步和心跳声，听起来像在上楼。顾笙屏住呼吸，仿佛和耳机那头的人连在了一起。

忽然，脚步声停了。

驰未深清冷的嗓音响起：“听我口令，我数三声就一起破门！”

“好。”齐刷刷又轻微地应答，顾笙心跟着一紧。

这是她第一次听到驰未深做警察的状态。和平时或清冷或桀骜的沉静不同，带着几分让人信服的杀伐果断。

她抿紧薄唇，继续听。

驰未深锐利的目光紧盯对面房门，手里的枪悄然握紧。

“一！”

“二！”

“破！”

顾笙下意识地狠狠攥住掌心。

可一声刺耳的剧烈震动后，并没有听到预想的枪声，反而是嘈杂的脚步和接二连三的汇报声。

“深哥，没人啊？”

“这边也没有！”

“我这里也没有啊！”

“不好！他从后门跑了！”

“快快快，我看到他了！他往景区门口逃了！”

顾笙和柏晟下意识地望向窗外。

果然，一道熟悉的身影正冲开人群狂奔出来。

他手里拿着枪，对天猛放三声，人群乱成一片，彻底堵死民宿出来的路！

“出不去啊！”有人气急败坏道。

柏晟砰一声拉开车门就要去拦人。

顾笙却急了：“别去！！你一个人根本拦不住他！何况还伤了一条胳膊！”

正说着，耳机里传来驰未深的厉声呵斥。

“柏晟！拦住他！开车拦！”

开车？

对，开车！

不等柏晟反应，顾笙刷一下掰着后座椅翻进驾驶座，一踩油门骤然朝陆子鸷俯冲过去。

陆子鸷转身狂奔，回头砰砰放枪，直击顾笙脑袋。顾笙弯腰猛躲，心里怕得要死，浑身都在颤抖，可心里有个念头告诉她，不能松手，不能放弃，这回一定要抓住他，一定！

血液叫嚣着直冲头顶，顾笙想起驰未深落寞的眉眼和那些血肉模糊的照片，死死握住方向盘狂踩油门，横冲直撞冲过去。

挡风玻璃骤然破碎，顾笙耳朵被子弹擦伤，鲜血直流。可车子却离陆子鸷越来越越近！

快到了！

差一点！

只差最后一点！

顾笙用尽全力骤然俯冲，可就在这时，原本混乱的人群里忽然冲出一辆车。车子旋风一样飞驰掠过，陆子鹜就不见了！

“不好！他被人接走了！”

顾笙紧咬下唇不吭声，倒挡转弯的动作毫不含糊。

车子飘移似的从景区接连狂飙出去，直奔小镇边缘。两辆车歪歪扭扭飞驰在青石小路上，加速狂飙，掀翻无数摊位。

柏晟一边迅速射击前车轮胎，一边心急如焚地跟驰未深通话：“顾笙小妹妹在开车！我们正在狂追，陆子鹜像要往山里躲！

“我？我没来得及啊！你也知道我就一条胳膊！倒是你别管那边的片警了，追人重要，我们还是按之前的计划包抄，你快点开车跟上来！

“行行行，我知道了，你放心，就算死我都不会让她出事儿的！”

柏晟挂了电话，又连忙去看顾笙：“你还能撑住不？要不要换我来开？！”

“我没事儿！能撑住！”

顾笙死死盯着前面的车子，减速，转弯，飞飙拐弯的动作毫不含糊，始终紧跟在那辆车子身后。

车子两方还在激战，震破耳膜的枪声砰砰响起，一次又一次擦肩而过。

顾笙感到离死亡前所未有的近。

可驰老板呢？他这些天是不是都这么过来的？

不行，绝不能让陆子鹜就这样逃掉！

顾笙手背青筋暴起，再加速，车子几乎快要飞起来了。

与此同时，通往小镇山里的另一条路上，驰未深也开车一路狂飙包抄过来。

镇上能藏身的地方没几个，哪里进，哪里出，甚至哪里有块石头他都一清二楚。

更何况是被他和柏晟反复研究过的竹林。

竹子密密麻麻，却只有一条进出的通道。

驰未深和柏晟两面夹击，一阵碰撞乱战后，陆子鹜果然选择弃车钻进了竹林里。

“你们几个去守住竹林出口，剩下的人跟我走。”锐利的目光在四周环视一圈，他迅速做出决策。

柏晟没有意见。

手枪换好弹夹，驰未深带头，大踏步转身向竹林里面走去。顾笙咬牙跟了上去。

竹林幽长繁茂，地面有很多被砍断的尖锐竹刺竖着，给他们前进带来不少麻烦。但走过最初那段路，后面就只剩杂草和竹叶。

顾笙走着走着有些力不从心，走到一半连高跟鞋都踹了。

这一次没有人嘲笑她，也没有人打量她。

所有人的注意力都在地面凌乱嘈杂的逃跑痕迹上。

脚印一路延伸到竹林后的山谷悬崖，悬崖四壁空旷，地面碎石嶙峋，根本无迹可寻。

追踪忽然陷入僵局。

四周死一般寂静。

所有人的神经都紧绷起来。

要知道，陆子鹜不是一个人。

万一山谷里还藏了其他手下……

怦怦的心跳声和粗重的喘息声响在耳边，顾笙手撑膝盖半弓着身，四处搜寻。可看着看着，她忽然觉得哪里不对。

“你们觉不觉得刚才那些脚印太清晰了？”

清晰得就好像……

被人特地印上去的？

“不好！有埋伏！”

柏晟忽然大叫一声。

顾笙来不及反应，就被驰未深一把扑倒在地。

激烈的枪声骤然响起，子弹流星一样破空而来，迅速包裹了四面八方。

尖锐的刺痛袭来，顾笙感觉整个人撞到一块岩石上，肝胆俱裂。然而根本来不及爬起来，驰未深就拎着她滚进一旁的竹林里，掏出枪瞄准射击。

他动作很快，一发又一发，柏晟和其他同事也早就和四周的敌人打成一片。

顾笙从凌乱的枪击缝隙里才发现，崖壁上竟然有山洞。

那些人就藏在山洞里！

对面的枪声凌乱而没有章法，人影在不停挪动。驰未深敏锐地做出判断，上膛扣扳机，瞄准射击，一枪一个，却很少击中要害。

顾笙被他护在身后，大脑嗡嗡作响，只闻到黏腥的血液在空气里极速流淌。

每分钟都不是一个味道。

不断有人倒下，不断有人发出痛苦哀号。

她的手有些抖。

驰未深手上的动作越发狠厉，却还记得叮嘱她："你去，藏到草丛里，保护好自己！"说完问柏晟，"我们还有多少子弹？！"

"两百多发！深哥！我们现在已经有三个人受伤了！再这样下去根本不行！"

顾笙顺着他的目光看去，果然看到两个满腿是血的男人正在咬牙战斗。

可腿上的鲜血却涓流不止。

她心狠狠一颤，听到驰未深喘着粗气换弹夹的声音。他厉声道："那你们先撤！受伤的带去就医！剩下的在外面守着！"

"那你呢？！我给你们打掩护！"

有子弹隔空飞来，他迅速闪身躲过，冷冷咬着牙看了眼还在犹豫的柏晟："还愣着干什么？！快走啊！"

柏晟知道他抓陆子鹜的决心。

可眼下同事受伤，人命重要，顾不上其他。得令后，他带着受伤的同事飞快穿过竹林往外狂奔。

顾笙一直躲在驰未深身后的草堆里没吭声。

乱战还在继续，他却总是怎么躲都挡在她前面。一阵疯狂射击后，对面的枪声渐渐停了。

竹林里窸窣的脚步越走越远。

终于，驰未深松手喘了口气，趁停火的空当迅速起身朝她走来："快起来，我们也先出去！"

"好！"顾笙刚要伸手递给他，却看到他垂落的手臂滴下来的血。

她心一凉， 连滚带爬从草堆里钻了出来。

"你怎么了？伤到哪儿了？"

"我没事，出去再说！"驰未深攥着她健步如飞。

顾笙现在才知道他说的危险不是闹着玩的。

她说："对不起！我不该这么任性。"

"知错了就好。"

身后有窸窸窣窣的声音传出，驰未深喘着粗气，拎着她一路狂奔。一直奔到竹林外，和其他同事会合，他悬着的心才落下来。

"顾笙，听着，我一会儿还要继续进山找陆子鹜，机会难得，我不能就这么放弃。但你现在既然已经知道有多危险了，就赶紧回去。"

"驰老板，"她急切地看着他，眼里全是不舍，"我不想离开你，我可以帮你！"

驰未深摁着肩膀上的枪伤痛苦地蹙了下眉，眼眸沉沉地望着她："你平安就是对我最大的帮助。"

顾笙心头一怔，眼眶瞬间就红了。

他俯身亲了亲她的额头，争分夺秒："我不能没有你，听话。"

"我也是。"她哽咽着踮起脚咬住他的唇，眼泪哗哗落下，"驰老板，你一定要好好的，一定。"

"好，一言为定。我们都照顾好自己。"他将她紧紧摁在怀里，却听到身后的竹林再次传来激烈的枪声。

柏晟狂奔过来："陆子鹜正在强冲！没受伤的同事已经冲上去了！深哥，别磨叽了，快走啊！"

“去放我们之前设好的陷阱！”陷阱的操作只有驰未深知道！

“现在敌人在暗我们在明，如果一直硬碰硬很难取胜。不管能不能抓到陆子鹜，只要他们没了武器一切都好办！”

顾笙狠狠地擦了把眼泪，推开驰未深：“你去吧！”

她眼睛坚定却通红地望着他：“我没事了，我可以照顾好自己，你不要为我分心。”

“走啊，深哥！”柏晟听着竹林里的惨叫声，急得再次催促。

“走！”说完，驰未深再没看顾笙一眼，毫不犹豫地转身奔向竹林。

顾笙狠狠地擦了把眼泪，心一阵阵抽疼，却还是记着答应他的，快步转身离开。

要赶紧回栾川，不能让他分心，不要给他负担，不然她真怕……

不，不会有事的。

顾笙用力咬了咬牙，仰头望了望天空，把眼泪逼回去。

她快步赶回村子的时候，杜宪正在敞开大门的院子里晒太阳。看到她，他眯起眼：“哟，我还以为你要拖债外逃呢！”

顾笙吸了吸鼻子，对他说：“我不想找骨扇了，我们现在回去吧，钱我照给你。”

“哎，你这小姑娘怎么出尔反尔啊？你这样我很不爽的，你知道吧？”

“我知道！”

顾笙默默地瞪他一眼，又不能跟他说什么原因。

可既然答应了驰老板，不论什么原因，还是先离开这里再说。她不想再任性冒险让他分心了。

抓捕陆子鹜本来就已经足够艰险了。

之前是她没有意识到，以为所谓的危险还和以前小打小闹一样。可亲眼见了以后才发现，是她太幼稚了，只顾自己的感受，却没想过任性的行为会带给他多大压力。

杜宪伸手指了指院子西北角的房子，再确认地问她一次：“真的要放弃？”

房子里住着一个十八九岁的少年，就是盗窃骨扇的人。顾笙咬咬牙，刚想说是，杜宪又说：“你可想清楚，如果不走，我听他打电话说一会儿就会出门。”

顾笙用手机查了下火车票。

仅剩的一趟在中午一点，可现在才八点多，跟上去看看再走完全来得及。

做了决定后，她和杜宪坐在院子里等着。

半个小时后，隔壁房门被打开。

两人眼前一亮，等男生离开院子后，悄悄跟了上去。男生走得很快，时不时警惕地左右张望。杜宪和顾笙始终跟他保持十米的距离，直到跟他走进一片废弃的竹楼庄园。

庄园残破不堪，几栋竹楼空无一人。

清早的冷风一吹，怪异的嘶鸣透过竹筒呼啸而出。顾笙莫名心里咯噔一下。

杜宪仰着麻子脸瞅她一眼：“怕了？”

“还行。”她抿着唇从衣服里扯出微型摄像机打开，小声问杜宪，“你觉得他是来干吗的？”

杜宪摸了摸下巴上的胡子：“不好说，八成是见买主的。不然这大早上，谁吃饱了撑的来这种地方？”

怪瘆得慌。

不知是不是先前经历的画面太血腥，走在庄园里，顾笙总觉得四处阴风阵阵，鬼哭狼嚎。

竹叶哗哗作响，冷风一波又一波从身后涌来，她不自觉地攥紧衣角。

男生左顾右盼走进一栋竹楼，顾笙和杜宪快步跟上去。可两人刚跟过去，就被一阵风吹迷了眼。

等再睁眼时，男生就不见了。

“难道被发现了？”正说着，顾笙忽然脖子一阵剧痛，人就软绵绵地倒了下去。

杜宪看着架在脖子上寒光闪闪的匕首，皱眉瞥了眼忽然绕到身后的男生和不知哪里出来的两个打手，淡定地问：“绑架啊，还是想劫财劫色？”

三人对视一眼，男生用浓重的方言说：“你先别动！我们不会把你怎样。”

“这是电话，有人要跟你说话！”说着，男生扔了个手机过来。

杜宪接起，那边传来一个玩味的轻笑：“老朋友，好久不见。”

怔了一秒后，他的脸色变得意味深长：“果然是你！”

“是我！我只要那个小姑娘，你最好别多管闲事。”

“如果我管呢？！”

“你不会。”

“你怎么就这么笃定？”

那边不知又说了句什么，杜宪停顿几秒，忽然笑出一声：“行吧，反正我欠你一个人情，就当拿这小姑娘还了。”

“但是，”他语气一变，“以后你再拉我下水试试？”

从莫名其妙被跟踪之后，他就感觉不对劲儿。自己一向做事隐秘，怎么可能被这样一个毛毛躁躁的丫头发现？直到骨扇店失窃，有人引导顾笙找上他，再不断放出线索引诱他们来到这里，他才更加确定心中的猜想。

现在，这通电话证明了一切。

对面的人说：“放心，我就找你帮这一次忙。不会让你背锅！”

“那你最好说话算数。”杜宪冷笑着挂了电话。

那帮人带着顾笙离开后，他放在拨号键上的手犹豫了很久，到底还是收了回去。

顾笙再恢复意识时，人已经躺在一间冰冷的铁皮房里。房间里没有灯，也没有窗户，只有门外窸窣的脚步声格外清晰。

她没被绑，耳后锐利的窃听器被拽掉在地上，血迹斑斑。她想起最后被打晕拖走时看到的画面。

不是杜宪。

那就只可能是陆子鸷的人了。他们绑架了她，是想换回陆子鸷吗？

顾笙不知道，但最初的心慌过后，她反而冷静下来。

现在最重要是自救，不然谁知道接下来会发生什么。思及此，她迅速起身，去摸索黑漆漆的铁皮墙壁，想找一点儿缝隙看看外面的情况。

可门被封得死死的，只有门下一排小孔往里进空气。

门外有人在说："你们进去给我搜，越快越好。"

"找不到怎么办？"

那人粗糙难听的声音带了点怒意："找不到不会问？长着嘴巴做摆设的？"

"我不管你们用什么办法，赶紧给我撬开她的嘴，我要尽快拿到东西离开这儿。"

另一个声音冷哼："现在谁不想走。可急有个屁用，你还是想想怎么跟姓驰的交易吧。"

说完用力一脚踹开房门。

顾笙骤然抬头，看向男人的脸。

很陌生，不认识。

她攥着掌心往后退了退，装出一副害怕的样子，眼泪汪汪："你们是谁？为什么要抓我？"

"我们是谁？小妹妹，你怎么不问问你男朋友得罪了多少人？

"告诉你，你记得住吗？

"怎么，还想着回去通风报信呢？"男人嗤笑着拍了拍她的脖子，眼底狠意骤升。

顾笙被他掐得喘不过气来。

这完全就是一个疯子啊。她呛得眼泪都下来了，却还断断续续道："就算他得罪了你们，跟我有什么关系。而且你掐死我，不是白费力气把我绑回来了吗？”

“那行，你告诉我他骨扇店的制作配方，我就放了你。”

男人的手松开，眼底的狠意丝毫未退。

顾笙咬了咬牙，嘴里血腥弥漫，说：“我不知道，我也是刚跟他在一起。”

话音未落，就被男人一脚踹在肚子上：“你最好想清楚了再跟我说话。”

顾笙肝胆俱裂，趴在地上好一会儿缓不过劲儿来。

门外有人说：“你别把她弄死了，现在多一事不如少一事！”

男人暴躁地踹了一脚墙：“我一想到自己的全部心血都被姓驰的毁了，就想杀人！砸人饭碗犹如杀人父母，他杀了我父母，我弄死他女人很公平！”

门外那人又说：“我比你更想杀了她。可现在只要拿到配方，钱很快就会赚回来。在这节骨眼上因为杀人被扣下来，你觉得划算吗?”

男人狠厉地啐了口唾沫，上前一把拽起顾笙，问：“你说不说？！”

顾笙脑子里有什么亮光一闪而过。她想去捕捉，可剧烈的疼痛让她根本无法用力思考。

她说：“我真的……不知道。”

说完，刚想装晕，门口就急急忙忙冲进来一个人：“你别打她了！我跟她聊！”

帅气飞扬的俊脸，格外熟悉。

顾笙大脑轰的一声，嗡嗡作响。

男人不耐烦地冷哼一声，把她扔到地上，对林恒说：“那你给我快点，做不到的话你知道后果！”

说完他转身就走了。

“你怎么会在这里？

“你和他们——”

“我没有和他们狼狈为奸，我也是被逼的！我爸进了陆子鸯的公司后，就卷入了他见不得人的生意，现在他们拿他做要挟，让我来说服你，我也是没办法！”

短短一月，林恒已经没了少年意气风发的模样，颓废到了极点。他又痛苦又心痛地跑上来扶顾笙，却被她缩着手躲开。

她蜷缩在地上，气若游丝地问他：“所以你也是陆子鹜找来的说客？林恒，你知不知道你是在犯罪。你知道陆子鹜杀了多少人吗？你知道……”

“我知道我知道我都知道！”

林恒憋闷得一拳砸在墙上：“可难道我就看着你被打死都不进来吗？！”

“你让我怎么做得到？！”一个一米八的大男孩，看着她狼狈痛苦的样子瞬间红了眼。

顾笙心里一酸，忽然想到李子明。

如果不是自己，或许林恒一家根本不会牵扯进来。她眼底的失望和冷意渐渐消退，扶着他的手坐起来，抱着膝盖擦了擦嘴角的血迹，好半天才说：“是我对不起你。”

林恒痛苦地抓了抓脑袋：“你不要这么说。顾笙，要不你就告诉他们吧，人活着比什么都重要。”你看刚才他们的架势，如果你不说，说不定……”

“我知道。”她身子抖了一下，却还是说，“但我现在云里雾里的，你能跟我讲讲到底是怎么回事儿吗？”

这一切，驰未深为了保护她，从没告诉过她。

可如今还是躲不过。

林恒看了眼门外晃在月光下的倒影，想了想说：“具体我也不清楚。”

“但从我爸妈的议论中知道，是你男朋友调查陆子鹜旗下的涉黑资产，逼得他和合作的几个人都彻底破产，事情才变成现在这样。”

说到底还是为了钱。

顾笙疼得缓过一阵，对林恒说：“我知道了。但骨扇店的制作配方我真的不知道，你去告诉他们，就算杀了我，我也不知道。”

顾笙是在赌，他们不敢杀了她。

听先前的谈话，这帮人虽然都做了非法勾搭，但可能只有陆子鹜沾了人命。现在他们大难临头各自飞，只想趁乱抢了骨扇制作方法逃命，等着东山再起。

那她更不能轻易松口。

得拖到驰老板解决了陆子鹜找过来……

但现在，怎么才能让他知道她在这里……

顾笙的大脑飞速转动起来。可林恒走了没多久，铁皮房就被人放进一根水管。

先前那个男人冷笑着对她说：“你不老实。”

“林恒那小子也是。他明明看到过你在学骨扇，却不告诉我，那我就只给你半个小时。半个小时后，水就会淹没你们的脖子，想活命随时敲墙。”

说完，男人走了。

顾笙绝望地看着地面上一点点升高的水。

被水里的老鼠撕咬得痛苦又惊恐。

眼泪不受控制地掉下来。

空气变得稀薄。

她开始大口大口地喘气。

直到冰冷的水面淹没唇齿，冷水呛得胸腔骤然生疼。

……

竹林里，风声呼啸。驰未深和柏晟等人灰头土脸地守在外面，等陆子鹜有动静再拦截。

天阴沉得可怕。

驰未深却在低头点烟的时候出了神。

也不知道那小丫头安全上车了没。正想着，装在兜里的手机却忽然响了起来。是一串陌生号码，他没有接。

手机沉寂几秒，再次响了起来，这一次是条短信。

——驰老板，顾笙在我手里，我们谈谈。

他漆黑的眼眸骤然紧缩。

柏晟看他猛地站起来，吓了一跳。

“怎么了，深哥？”

“顾笙出事儿了。”他紧绷着下颌把电话回拨过去，可那边却不接了。

“你别急你别急啊，陆子骜还在山里，万一这是引开我们的假消息呢！”

“但也有可能是他的同伙想拿顾笙换陆子骜。”

不是没有这种可能，驰未深薄唇紧绷成一条线，把烟用力扔到地上，大踏步上了一旁的检测车。可无论怎么搜索，顾笙身上的通讯器材都没有一丁点儿信号。

前所未有的心慌笼上心头。

他想起她临走前泪眼摩挲的样子。

也不知道她有没有受伤，会不会疼。

心脏像被人紧紧攥住，越收越紧。

就在这时，他死盯着的手机忽然再次响了起来。驰未深迅速接起电话，表情一秒恢复冷静：“你是谁？”

“你不用管我是谁，我只要你骨扇店的制作方法，你给我，我就把这小姑娘还给你。”

驰未深觉得对面的声音有些耳熟，却一时想不起来是谁。他问：“那地址呢？”

对面的人停顿几秒，说：“一会儿我短信发给你。但只许你一个人来，不许带枪。如果你不守约定，那这小姑娘就再也回不去了。”

驰未深说：“好！”

短信很快发过来。

地址是小镇边缘的一个庄园，驰未深上车启动车子就要离开。柏晟急了：“你一个人去怎么可能救得了顾笙小妹妹，我让几个同事跟你一起吧！”

说着对讲机就要喊人，却被驰未深迅速制止。

他低头看了眼手机收件箱里进来的第二条短信，说：“我还有别的任务交给你。”

柏晟在他跟前听他说了几句话后，迅速点点头，调头重新回了竹林。

驰未深锐利的目光紧盯前方，车子利剑一样呼啸而出。

铁皮房子里，顾笙被一盆冷水呛醒。

先前那个男人拍拍手，看着她咳到地上的血，眼底闪过一丝报复的快意：“怎么样，想清楚了吗？”

铁皮房里的水不知什么时候已经被放出去，顾笙全身涨得难受，哇一声咳出好多脏水。

她的脚上全是血，被老鼠咬出密密麻麻的伤口，眼睛也涩得难受。男人见她不吭声，迅速起身，从门外那人手里拿过一柄锐利的匕首，抽出刀鞘拍了拍她的脸。

“你非要敬酒不吃吃罚酒是吧？”

冰冷的刀刃游走在脸上，意识到他要做什么，顾笙终于惊恐起来。她瑟缩着退后，却被男人一把拽住。

“跑什么，你不是嘴挺硬的吗？”他冷笑着抵住她脸上的皮肤，“我再问你最后一遍，说不说？！”

刀尖刺破皮肤，火辣辣地痛。

想到可能要毁容，顾笙终于崩溃。

眼泪哗啦啦落下来。

门口一道纤细的影子冷眼看着。

男人用力一刺，匕首骤然深入，顾笙终于崩溃得大哭：“我说！我说！你放开我！”

她疼得额头青筋暴起，眼泪和着血水骤然滴落。男人狠厉的眼神收回去，快步从门外拿出纸和笔扔到她面前。

顾笙狠狠地擦了把眼泪，咬牙道：“林恒呢？如果他死了，我不会写的，我要见他。”

“你还跟我讲条件，不怕被毁容了是吧？！”男人说着又要踹过来，却被门口的人粗声喝住，“你别发泄自个儿的情绪了行不行，赶紧让她写，写完我们去会驰未深！”

“听见了吧，你要敢乱写，后果自己想！”

为了以防万一，他们要从顾笙和驰未深两人手里同时拿到制作配方。在不通气的前提下，只有他们写得一模一样，东西才不会是假的。

好缜密的心思。

顾笙咬牙噙着眼泪，还是执拗道：“我要见林恒。”

林恒帮过她，又是因为她才被卷入这件事，她不能不管他。

男人不耐烦地走出去。

没一会儿，林恒就被推搡进来。

他浑身湿漉漉的，看起来没大碍。

顾笙扫他一眼，迅速低头写。一边写，脸上的血一边混着冷汗滴落到脚下，触目惊心。

这时，男人兜里的电话忽然响了起来。

是驰未深。

他神色警惕地接起电话：“你到哪儿？”

驰未深冷声道：“我在指定地点了，可你们没来。”

男人脸色骤然一变，看向门外的影子。影子做了个手势，说：“我们也快到了，你等十分钟！”

“好。”驰未深冷声道，“但我要听顾笙说话。”

顾笙早就听到他的声音，一颗心悬起来。男人犹豫几秒，驰未深又说：“做交易你们这点诚意都没有，我怎么能信？”

手机开了扩音，终于放到顾笙面前。她抿了抿唇，眼眶通红，手上的动作却没停。

“驰老板——”

“你还好吗？”

她吸了吸鼻子："我挺好的，我没事儿。可我想你了驰老板。"

"我也是。乖，等我去救你。"

"好。"她咬着下唇没有哭出声。

门口那道影子冷笑了一声。

男人立刻将手机拿开。

顾笙写完，男人收走纸笔锁门离开，却没注意到顾笙趁不断擦拭眼泪的空当，已经抽走了尖细的笔芯。

第十四章

我也是啊驰老板

驰未深放下电话，看着一男一女从不远处的木楞房里关门出来，眸光一闪，终于确定了心里的猜想。

二十分钟前，他接到绑匪发来的信息，紧接着，又收到另外一条陌生短信。信息上说——顾笙被关在青石镇西南方向的柳园街尾。

署名是杜宪。

说起杜宪，他们唯一一次的见面还是在警察局。那是三年前，杜宪因为盗窃罪被抓，重病在医院的老婆没人照顾，驰未深的哥哥知道这个情况后，就拜托驰未深和许清去照顾了几天。

后来杜宪出狱，他们就失去了联系。直到驰未深离开栾川之前，从柏晟那儿得知顾笙最新接的单子和他有关，就拜托他帮忙照看顾笙。

杜宪说："好，就当我还你人情了。"只是他们谁也没想到，后来许清也会联系杜宪。

可怕的猜想得到印证，柏晟问的那个问题终于有了答案。

他说："怎么感觉陆子骜对你特别了解。"

如果许清在，一切就说得过去了。

眼底漆黑的情绪不断翻涌，驰未深死死摁着腰上的手枪，另一只手快速发了条信息给柏晟。

“记住，申请支援后一定要快点赶去古城。”

“好！”

收到回复后，他摁灭手机，看着院子里出来的人影渐行渐远。

终于，在几人彻底消失在街尾后，驰未深起身快步向里面走去。

铁皮房内，男人一走，林恒就扑向顾笙，急忙查看她的伤口：“你怎么样，是不是很疼？”

顾笙推开他，抿着唇没吭声，视线却始终落在门口那排小孔上。她在漏光的缝隙里看着外面的影子渐行渐远，小孔里的阴影也逐渐散去，直到彻底没有，这才开口说：“我没事儿。”

她迅速从地上爬起来，走到铁皮房门口，侧耳听了听外面的声音。模样和先前判若两人，转身问林恒：“你之前进来的时候，门口几个人？”

林恒说：“两个。”

两个？那之前绑她过来的人呢？顾笙心里疑窦丛生。

可眼下不是思考这些的时候。她抿唇拿出藏在袖子里的笔尖，试探着从门缝划下去。刺啦一声后，刺耳的摩擦声消弭在耳畔，笔尖被卡住。

果然有缝隙。顾笙心里一喜，冲林恒挥手，说：“快把你袖子上的扣子卸下来给我！”

“扣子？”

林恒低头一看，这才发现自己衬衫袖口镶嵌着两枚别针式的纽扣，也不知她是什么时候注意到的。

他忍不住感慨，顾笙却没工夫欣赏他眼底的惊艳。

她接过别针，把它掰直，从笔尖卡住的地方伸出针头，上下摸索着划拉，找门锁。黑暗里，她靠感觉一点一点去撬。终于，在艰难试探了两分钟后，别针撬进锁芯，门锁一点点松动。

快了……

要打开了！

就在这时，顾笙却看到门外忽然过来一道阴影，盖住了透气孔。

阴影停在门外。她心里咯噔一下，迅速收回开锁的手。

她的心怦怦直跳。

除了怕被发现逃跑的惶恐，还多了一丝难言的恐惧。她想起不久前被冷水淹没后窒息的感觉。血气上涌，大脑炸裂，耳朵嗡嗡作响，甚至连五脏六腑都在下沉。

脸上的伤口火辣辣地疼。

如果再经历一次，她怕自己真的会承受不住……

不行……

她还没有等到驰老板呢。

如果就这样死了……多不甘心啊……

顾笙用力抿了抿唇，把眼泪逼回眼眶。刚做好再次迎接暴风雨的准备，身后的铁门就被人用力推开。

紧接着，她被拽进一个熟悉的怀抱。

灼热的胸膛贴在耳畔，她愣在原地，眼泪瞬间就掉下来。

“不怕，我来了。”

驰未深抱紧她，一次又一次低头吮掉她的眼泪。

顾笙扁扁嘴，压抑地哭着，浑身都在颤抖，小脸憋得通红。

好半天才喊出一句“驰老板”。

驰未深看着她脸上和身上的伤，心脏狠狠地揪成一团，只能一遍又一遍重复着“我在”。

终于，顾笙的情绪稳定下来。驰未深这才喘了口气松开她，说：“我们得尽快离开这里。”

“因为你放了他们鸽子？”

他揉了揉她的脑袋：“还有你写的假配方。”

“你猜到了？”顾笙一边被他牵着往外走，一边瓮声瓮气道。她身上的伤还在剧烈疼痛，走路缓慢而艰难。驰未深心头一动，又俯身狠狠地亲了她一下，这才说：“打电话时你特意放大写字声，我就猜到了。”

说着，他回头看了眼还在愣怔的林恒，挑眉道：“你不走？”

林恒沉默着跟了上来。

三人快步向门口走去。

走到门口，顾笙才看清，这是一条闲置许久的旅游街，街道一侧是飞檐走壁的复古式房屋建筑，另一侧种着枝繁叶茂的垂柳。

他们被关在街尾一栋破破烂烂的露天木楞房，房子里的集装箱是临时找来的，拖出一地灰尘，连上面凌乱的脚印都格外清晰。

顾笙对林恒说：“我们就在这儿分开吧。你多跟着我们一分钟，就多一分危险。”

林恒有些着急：“可你们就两个人，万一再被抓到怎么办？”

“不会，驰老板会保护我的。是吧驰老板？”她说着，伸手拽了拽驰未深的衣角。

驰未深的视线扫过她白皙的小手，淡淡地点头：“嗯。”

回应完，他警惕的目光又落在街口。

顾笙拽着林恒走到另一边，说：“快走吧。”

他还想争取，她又压低嗓音说：“林恒，今天我救你，就当还清之前欠你的所有人情，以后别再为我做任何事，拜托你了。”

她说得诚恳，林恒的脸色却骤然惨白。

顾笙知道这样的话很伤人，可她不得不说。

先不说林恒帮不了他们，万一今天他出了什么事，她能为他做什么？愧疚着一生陪伴？还是道歉后狠心离开？

她都做不到。

既然如此，不如彻底说清，断了后顾之忧，对他们都好。

林恒离开后，驰未深也掐着时间带顾笙转身离开。走到街口时，他们和受骗冲回来的那帮人撞到一起。

“不好！”顾笙一声惊呼还没完，对面的子弹一嗖接一嗖横空飞过来，阻止他们靠近车子。

驰未深神色瞬间变得冷厉，却很冷静。

他一把将她摁进怀里，向街道右侧的斜坡狂奔过去。斜坡背后是一片树林和一座小小的古城。树林在前，古城在后。说是古城，其实只有一条街，一个出入口，里面的客栈，古建筑，还有熙熙攘攘的游客络绎不绝。

驰未深来之前就观察好了，只要他们藏进古城，就能顺利脱身离开，还能抓到一直藏在陆子鸷身后的许清，一问究竟。

驰未深带着顾笙一路狂奔，身后的人也穷追不舍，就连之前莫名消失的那几人也齐刷刷出现。

黑夜里，手枪消了音，哪怕隔着几十米的一片树林，对面的人也对这里的惊心动魄一无所知。跑到湖边，顾笙下意识地倒退一步，却被驰未深死死摁住：“别怕，我们必须从这里游过去。不然只会被抓。”

这次被抓住，那些人肯定不会像之前那么客气，柏晟和其他同事还在守着陆子鸷，他们只能靠自己。

顾笙咬了咬牙，一闭眼，被驰未深拽着扑通一声跳进水里。一瞬间，铺天盖地的绝望再次涌上心头。

顾笙腹部骤然一痛，驰未深拎着她，奋力游向对岸。终于，两人大喘着气爬上岸，跑进树林，直奔后面的古城。

身后的人越追越近。顾笙咬着牙，用力向前，可身体还是渐渐迟钝起来。她忽然觉得很难受，胸口阵阵闷痛。

“你怎么了？”驰未深敏锐地察觉到她的不对。

顾笙摇摇头：“没事儿。”

身上没有中枪，也感觉不到伤口再疼，只是胸口闷，可能是水底的窒息感造成的生理反应。

可这样根本不是办法。

驰未深一直连拖带拽，实在太费力气，也耽误逃跑的进度。顾笙抿了抿唇，灵动的眉眼迅速在四周扫了一圈，看到一个还没收走的捕鸟笼。

她问驰未深："驰老板，你知道这里有蛇吗？"

"蛇？"

驰未深匆匆瞥了她一眼："有。"

"那就好办了。"顺着她的目光看过去，他瞬间反应过来，赞赏地看着她。

"你是怎么想到的？"

蹲在捕鸟笼前，顾笙和驰未深一左一右从里面掏出被捕到的小鸟，分别用树枝缠住，固定在四周的树上。

因为在笼子里挣扎过，小鸟身上或多或少都有血迹。

驰未深在每条树枝上割一刀，这样到一定时间，这些鸟就能挣断树枝飞走。

很快，鸟雀绑满四周的树枝。血腥味儿在空气里蔓延，隐匿在各个角落的蛇虫也迅速出洞，朝这里赶来。

驰未深拎着顾笙重新逃跑。

这一次，身后很快就响起惊慌失措的嘶吼。

"蛇！有蛇！"

"啊——"

"救命——"

顾笙咬了咬牙，这才顾得上回答驰未深刚才的问题。她说："以前我捉蛇吓过人。"

"什么人？"

驰未深有点意外，没想到她小时候这么皮，依旧健步如飞。顾笙被他背着，脸上身上忽然灼热发痒起来。

她微喘了口气，说："也没什么。就一个想欺负我的男人，我告诉他老婆，他老婆反而骂我。我气不过，就趁半夜他们睡着，抓了几条蛇扔进了他家院子。"

后来村子里再也没人欺负过她。

"你以前是什么样的？"

顾笙扯了扯嘴角：“我以前可狗血了。总结下来就是爹不疼妈不爱，后来奶奶去世，我就一个人飘到栾川，捡了几天剩饭，住了几天公园。”

“再后来，遇到周琦和你，一切就好了起来。”她软软地趴在他的背上，语气里有庆幸的笑。

即便看尽人情冷暖，历经世道艰险，她仍保持着一颗赤子之心，活得有棱有角，对生活和爱情充满向往。

想起曾经避世的自己，驰未深竟有些自愧不如。半天，他才伸手攥住她的掌心说：“以后谁欺负你，我帮你收拾他。”

“真的？”

顾笙的力气渐渐低下去。

他挑眉：“怎么，现在我说的话你都不信了？”

“信。”

她想笑，缓缓点了点头，却没什么力气。

古城就在眼前，身后的人没有再跟上来。躲进人群里后，为了以防万一，驰未深带顾笙迅速找了家客栈登记入住。

他准备得很全，登记时用了另一个身份证。

上了楼，顾笙趴在床上不太想动。

能不累吗？这些天她几乎经历了旁人一辈子都难遇到一次的艰难惊险。驰未深想抱她，被她闷声推开：“你让我缓缓，睡醒了跟你说。”

“好。”

他的视线落在她已经结了痂的伤口上，眉头一刺，迅速又转身下了楼。

下楼后，驰未深去前台要了一些绷带和消炎药，给昏昏欲睡的顾笙简单处理了一下伤口。然后反锁房门，在门把手上套了两个玻璃杯，做临时警报器，这才松了口气，洗澡上床。

按照驰未深的计划，接下来的一切都会很顺利，就算顾笙继续留在他身边，也没有什么不妥。

可他并没有想到，陆子鸳会突然死掉。

那是后半夜，两人正睡得迷迷糊糊，驰未深的手机忽然锲而不舍地响起来。他烦躁地关了几次，直到最后实在被吵得脑子疼，这才接起来。

一接起来就听到柏晟凝重的声音："深哥，陆子鸷死了。"

"死了？！"

驰未深一瞬间没反应过来。

等反应过来时，立刻从床上翻身坐起，眉眼冷下来。他踱步走到窗前，沉声问："怎么死的？"

柏晟说："失血过多。"

"很大可能是昨天激战时中了枪，他一直在山谷里没有处理伤口，后来想往外面跑已经晚了。"

所以死在竹林中央。

"具体还要等做了弹痕比对再下结论。"

说完，柏晟想安慰他，却只叹了口气。

这个结果实在出乎所有人的意料，可又像和之前预想过的没什么不同。

驰未深低头看着窗外繁华的街道，好半天没说话。直到柏晟在那边喊了好几次，他才回过神，说："你把现场照片发过来我看看。"

"好！"

说完柏晟挂了电话。

驰未深回头，就看到顾笙被吵醒了。

"驰老板，你们在说陆子鸷？"

"嗯。"

"他死了那他那些同伙呢？"

"我已经让柏晟尽快带同事过来了。"

那些人现在一定在门口等着堵他们，只要柏晟带人赶来，很快就能一网打尽。

顾笙松了口气，却有了新的担忧。她挠了挠灼痒的肚子，说："可我们不知道那些人的身份，也不能做画像啊，万一他们一哄而散，岂不是再也找不到了？”

驰未深爽约没有和绑匪见面，而顾笙只见过那个叫不上名字的男人。

事情仿佛至此陷入僵局。

驰未深却说：“不用担心。”

他挑眉一笑，想起曾经发现的模糊线索。

求复合，苦肉计住进他家，回骨扇店工作，来报信，再巧合地与陆子鸷出现在同一个地方。

直到他不久前在那间院子外看见那道熟悉的背影，才确定了心里的另一重猜想。

经他提醒，顾笙脑海里一闪而过的亮光也渐渐露出端倪。她忽然记起在铁皮房里时，门外那个人冷笑着说：“我比你更想杀了她。”

当时她想过许清。

“可那明明是个男声啊？”

“不是男声，她用了变声器。”

这么高端大气吗？

顾笙暗暗咂了咂舌，心里那口气彻底松了下来。

好像一块沉甸甸的石头终于从身上放下。

忘了关心许清和陆子鸷这两个八竿子打不着的人为什么会纠缠到一起。她忍着胸口的闷痛伸手揽住驰未深的腰，心里乐起来。

“那驰老板，我们以后是不是就可以光明正大黏在一起啦？”

驰未深看她乐得见牙不见眼，又开始逗她：“这个案子结束了，还会有下一个啊。”

“啊？

“那怎么办？！难道我们以后经常要异地恋吗？”

顾笙的小脸瞬间皱成一团，心里别提多心塞了。

光这段时间，她想黏着驰老板都已经想疯了。如果以后再这样，可怎么好。她岂不是要在家等成一块望夫石？

驰未深眼底有坏笑一闪而过，直到看她都要委屈得哭出来了，才说：“其实也好办。只要你回去和我办了合法手续，不就可以夫唱妇随了？”

夫唱妇随?

顾笙心里一乐，仰头看他：“驰老板，你这样会让我误以为你想娶我回家哦。”

驰未深俯身啄了啄她通红的眼睛：“嗯，你这么理解也可以。”

“什么叫这么理解也可以啊……

“哎哎哎，你把话跟我说清楚啊？！”

“说什么说，你好吵。”

他哼笑一声，俯身吻住她的樱唇，狠狠研磨。多日来的思念排山倒海般袭来，瞬间将理智淹没。案件至此就算告一段落，他的小姑娘也完好无损地待在他身边。可驰未深心里却总觉闷得慌。

他下意识地想抓住点什么。

顾笙被他吻得喘不过气来，几乎窒息。他的吻越发疾风骤雨，却还记得避开她身上的伤痕。

渐渐地，室内的气氛暧昧起来。

粗糙的手掌触碰到赤裸的肌肤，带起一片令人颤抖的酥痒。顾笙脑子里昏昏沉沉，她从没想过，期待那么久的一夜会在这种情景下发生。

可心里还是很欢喜。

他的吻渐渐挪开，顺着唇齿一路向下……

顾笙被吮吸得又痛又愉悦，身体里有异常的感觉在堆积。她既难过又难耐地嘤咛出一声……

驰未深漆黑的目光紧紧盯着她，里面燃烧着她从未见过的狂热和危险。他抚开她紧咬的下唇，说：“别忍着，叫出来。”

顾笙脸一红：“我害羞……”

“都这个时候了，还害羞？”

他笑得低沉又震人心脾。

她终于被他引导着学会慢慢感受，身体感觉到他的手指，顾笙眉头骤然一紧。

“放松点，别怕。”他轻声诱哄，眼底情欲渐深。

可顾笙身体里不舒服的感觉却越来越重。

她伸手推了推驰未深火热的胸膛，胸口的闷痛骤然加深。终于，在他疑惑地开灯的瞬间，一口鲜血喷了出来。

驰未深心里咯噔一下，脸色骤变。

刚要打横抱她下楼，放在床上的手机就突兀地响了起来。

是许清。

“驰未深，好久不见。”

他眉头紧蹙，攥紧顾笙的手，克制地问：“有事儿？”

现在柏晟还没有赶过来，他不能打草惊蛇。所以驰未深只能装作毫无察觉的样子跟她说话。

可许清却冷笑一声说：“驰未深，咱别装了行不行？

“我打电话干什么你难道会不知道？

“我知道你已经猜到是我，也知道柏晟正带人在赶来的路上。但驰未深，你觉得顾笙能撑到那个时候吗？”

他瞳孔一缩，语气骤冷：“你什么意思？！”

“就字面上的意思啊。那小姑娘是不是还没告诉过你，她之前淹在冷水里的时候，被老鼠咬过？”

淹在冷水里……

被老鼠咬过……

驰未深眼底的黑沉越发浓烈，隐忍得几乎青筋暴起。

许清说：“你没猜错，那些老鼠都有病。驰未深，你应该知道，鼠疫多严重啊，短时间内得不到治疗，恐怕你的小女友就要一命呜呼了。怎么，是不是恨不得杀了我？”

许清笑得癫狂，眼底却是疯狂的嫉妒。

她恨，为什么曾经一个那么爱她的人会转头爱上这样一个小丫头片子。也恨他现在的冷酷无情，让她的心脏撕裂般疼痛。

驰未深沉默着，眼底却漫起嗜血的狠厉。

“你说，想要什么？”

“我想要的很简单啊，骨扇的制作方法。”

“只是骨扇的制作方法，你用得着这么大费周章？”

买人盗窃镇店骨扇。

花大价钱不惜一切代价引诱顾笙过来。

她到底在干什么？

驰未深的大脑再次飞速转动起来。

许清却冷笑道：“就算我有其他想法，你现在也管不着。”

“我知道柏晟过不了多久就会处理完陆子鸷的事找过来，所以我给你十分钟，来古城门口。你来了，顾笙就有救。你不来，那就在古城里看着她发病死掉，你自己选。”

许清的意思很明白。

他们的人现在已经彻底堵死古城出入口，而古城里没有医院，没有诊所，没有任何一个可以进行急救的医生。

顾笙还在咳血，脸滚烫起来，被她用力抓挠过的地方开始慢慢生出红疹。她头痛得厉害，浑身滚烫灼热。

先前并不明显的症状在这一刻极速凸显。

驰未深紧抿着薄唇在房间里焦躁地踱步。

鼠疫恶化最快的话，只有二十四个小时，现在距离顾笙被绑架已经过去十多个小时。

不行，得带她下去。

可顾笙却咬着牙从床上爬起来，拽着他的衣角说：“驰老板，我没事儿。我们不能去。一旦去了，许清不会这么轻易放过你的！还有那个男人，那个男人是陆子鸷的合作伙伴，他恨你恨得要死。”

如果去了，他们一定会置驰老板于死地。

如果这样，她宁愿在这里熬着，赌一赌生的概率。

柏晟的电话忽然再也打不通，许清难道真的是为了获得暴利才这么大费周章？无数凌乱的头绪涌来，驰未深几乎没再犹豫，抱着顾笙就朝楼下走。

顾笙拗不过他，疼得眼泪直流。

她身也疼，心也疼。

明明一切都结束了，为什么、为什么许清还要出现。

她忽然开始恨自己。

如果那时候留下的是真方法就好了。这样许清就会离开，她也就不会成为驰老板的拖累。

她无声地在他怀里反抗着，咬得嘴唇血红弥漫。驰未深却第一次对她的自虐视若无睹。

他紧绷下颌向古城门口快步走去，心像是被人狠狠戳了个窟窿，四处漏风："顾笙，你怨我也好，不理解我也好，可我没法眼睁睁看着你在我眼前死掉。"

她哭得更厉害。

"可我也是啊，驰老板。如果你因为我有了意外，你告诉我，我该怎么办？"

她该怎么度过余生。

她该怎么接受最爱的人因她而离开。

光想一想，顾笙的心都痛得要死掉了。

窒息的绝望蔓延在两人心头。

古城门口，许清面无表情地看着对面两人亲昵的姿态，修长的指甲狠狠攥着，几乎将掌心刺穿。

为了试图找到骨扇的制作方法，她去过驰未深家里，去过骨扇店里，却始终一无所获。

现在看来，或许他是把那些方法都装在了自己的脑子里。

毕竟他教她的时候，总是信口拈来。

遗憾的是她只学到了一点儿皮毛。

"你果然挺心疼这小姑娘。"她嗤笑一声，冰冷的视线扫过面色惨白的顾笙，有愉悦的快意从心底一闪而过。

驰未深冷声说："别废话，先兑现承诺。"

许清闪身退开，顾笙这才看清她身后还停着一辆救护车。救护车的车门大敞着，里面坐着一个穿防护服的医生。

准备得很充分。

顾笙紧咬下唇不吭声，知道局势已经无法改变，双手紧紧抱着驰未深，不肯撒手。

许清看着她，说："你抱那么紧，是怕传染不了吗？"

顾笙眼睛蓦地瞪大。

许清又漫不经心地朝驰未深笑了笑："你这小女朋友还真不知道鼠疫会通过肢体接触传染致死，我以为你们已经决定一起殉情了。"

胸腔里的闷痛一波又一波翻涌倾覆，顾笙竭力忍住想要从嗓子里溢出来的甜腥，却因为许清的话，骤然松开了抱着驰未深的手。

驰未深凌厉的目光扫过许清，警告十足："你不说话没人把你当哑巴。你不是答应我送她去医院吗？！"

鼠疫必须去医院隔离治疗，严密监控，否则一不小心就会危及生命。

许清也知道这一点。

但她却不紧不慢地道："我只说帮她急救，没说要救到底。"

眼看驰未深眼底的怒意翻涌，她这才打开前车门补充："放心，只要我离开边境，就立刻派车送她去医院。当然，前提是你们得送我出去。不然柏晟来了，我岂不是就走不了了？"

她说着，已经拉开车门坐进救护车。

顾笙挣脱不掉，驰未深紧紧抱着她大踏步进入后车厢。

她已经整个人都烧灼得迷迷糊糊的。

后车厢里，一名穿着防护服的医生正在等待。看到驰未深，他连忙阻止："病人一个人进来就可以了，你不要跟进来，会被传染！"

顾笙拽着他，气息越来越弱："驰老板，你去前面。我不会有事儿的，你放心，好吗？"

她眼泪汪汪地看着他，带着绝望的祈求。

驰未深的心被抓得生疼生疼，却也知道，他必须保持冷静。

"好，我去前面，疼的话你就喊我，我陪你说话。"

“嗯！”

她重重地点头，又听他说了几句话，眼泪不争气地掉下来。

救护车出发前，驰未深上了副驾驶。他们前面还有一辆银灰色面包车带路，隔着一层玻璃，都能感觉到里面的腾腾杀气。

许清脚下的油门踩得极狠，驰未深紧抿薄唇，打开车窗一根接一根地抽着烟，漆黑的眼底一片冷寂。

他时不时回头敲隔挡板，问顾笙：“现在好点没，还疼不疼？”

顾笙抬头看一眼吊瓶，眼看药水要滴完了，这才说：“好多了驰老板，但我困了，要睡一会儿。”

驰未深沉声一应，不再说话。

许清却冷笑着挑了挑眉：“这个时候还卿卿我我，你就一点儿都不怕？”

“怕又能怎样？”驰未深从窗口用力丢出烟头，冷漠地瞥她一眼，“你这么大费周章到底是为什么？”

“为了钱。”

“只为钱？”

“不然呢？”许清冷笑，“就算有其他原因我也不会告诉你。”

驰未深说：“那换个话题。你和陆子鸯什么关系，为什么会成为合作伙伴？”

许清说：“为了你。驰未深，你从没想过吧？！为了成为跟你一样优秀的人，配得上你，从见你父母开始，我就不断想往上爬，想爬到商业金字塔顶端！是陆子鸯给了我这个机会！虽然他是个草包！可你绝情得让我心寒！就算我说了，你又懂什么？！”

许清想起陆子鸯赌红眼以后跪在她面前借钱的画面。她是想看男人跪在面前，可那个人不是陆子鸯，而是他！

为从国外回来复合，她放弃了金钱名利和商业地位。可现在却被他和那个小姑娘逼得要亡命天涯。

她多恨啊，恨得几乎抓狂。

驰未深却仍然很平静。

“我是不知道，但你可以告诉我。”

他继续聊着拖延时间。

与此同时，后车厢里顾笙正拿刀逼着医生打开车门。

二十分钟前，驰未深放下她离开救护车时，跟她说：“拿着这把匕首，滴完这瓶药你就跳车。记住，下车立刻去医院。”

因为驰未深知道，许清绝不会轻易放过他们。

就算她肯，剩下的人也未必。

一瞬间，狂风涌进车厢，肆虐得人睁不开眼。顾笙却仍然眉眼狠厉地指着医生说：“跳！你先跳！”

刀子戳进血肉。

医生瞬间放弃趁机告发的想法。

“好，我跳，我跳！”他战战兢兢看了眼极速倒退的马路，狠心一闭眼，骤然跳下去，滚进一边的草丛。

顾笙紧随其后。

身体被撞击得几乎碎掉，可她不敢犹豫，一下车就瘸腿狂奔到路边拦车。

只有拦下车才能联系到柏晟，只有联系到柏晟，才能救驰老板。

救护车前座，情绪激动的许清并未发觉异常。

她冷笑着看着驰未深，几乎歇斯底里：“我告诉你又能怎样？！告诉你，你是能抛下顾笙还是能放过我？！”

“既然不能，那就别说这些没用的！”

车子在山间飞驰狂飙，一路奔向缅甸边境。直到下了车，站在瑞丽和缅甸一墙之隔的藩篱外，驰未深才说：“我有个问题想问你。”

许清说：“什么问题？”

他扫了眼手表上的时间，说：“我想知道，陆子鸳的死，是不是你设计的？”

“我听不懂你在说什么。”许清冷笑一声，表情不变，可看得出，垂在身侧的手在微微颤抖。

冷风肆虐，天渐渐大亮，初升的太阳洒落在地面上，仿佛希望的曙光。

驰未深说："你听得懂。之前在古城打电话的时候你说，知道柏晟处理完陆子鹜的事就会追上来，可我什么时候告诉你陆子鹜出事了？警方和新闻都没有通报，你是怎么知道的？"

许清脸色骤然一白，眼底有急剧的痛苦一闪而过："驰未深，你别逼我！陆子鹜被堵在山里那么久，我猜中他死了有什么稀奇？你说我杀了人，有什么证据你拿出来啊！别磨蹭时间，快把骨扇的制作方法写给我！不然你的小女朋友可要活活疼死了！"

她一边说，一边快步向救护车后走去。

心里疯狂的妒恨让许清恨不能立刻拉着顾笙陪葬，可不行，她不能被警方抓住！只有逃出国才能重新开始！

她要打开车门拖顾笙下来，却被驰未深率先一步挡在面前。

"驰未深，你脑子是不是做警察做出毛病来了？"许清恼羞成怒，攥着匕首，指了指车厢厉声警告，"你到底写不写？！不写我就让医生拔输液管！或者加一些别的东西进去！到时候你可别后悔！"

"好，我写。"

驰未深紧绷着下颌拿起压在车上的纸迅速动笔。

同时，他身上失联的耳机终于响起来。

"深哥！我们来了！"

柏晟和同事按照原计划，本来已经将古城团团围住，可就在他们四处寻找许清下落时，却接到顾笙打来的求救电话。

跳车后，她并没有立刻去医院治疗，而是拼命拦下一辆车给柏晟打了电话，和他们一起跟了过来。

第十五章

她终于等到自己的归途

顾笙趴在草丛里，看驰未深写好骨扇制作方法，躲开许清抢夺的手。

“你什么意思？！”

许清脸色一变，身后的人围了上来。

驰未深在心里飞快计算着，怎么才能把她引到草丛附近去。停顿一秒，他指着右手边临近草丛的一块空地说：“一手交人一手交货。现在我们都去那边，我走二十米你走五十米。你站定以后我把纸笔放在地上，我向救护车走，你再过来拿。”

许清冷笑：“你真把我当傻子呢？要是人给你，你反悔了呢！”

“那如果东西给你你撕票了呢？”驰未深的声音更冷。

两方僵持不下。

这时有人急得出声：“清姐，不能再磨蹭了，万一警察追上来呢！”

“对啊对啊！”

“咱们可还都等着到缅甸从你手里领钱呢，别到时候都走不了啊！”

许清一咬牙一狠心说：“好！但驰未深，你最好别跟我耍什么花招，不然我肯定拉着你们同归于尽！”

她话里的狠意昭然若揭。

驰未深却很冷静。

两人同时朝空地走去。

草丛里，柏晟和身边十多个便衣刑警绷起心弦。

现在只等许清走近后将她抓获。

可就在这时，她身后持枪的男人忽然看着草丛里露出的人头大叫一声：“不好！有条子！”

“快走！快翻墙过去！”

说着，他和其他人转身就向身后的藩篱狂奔过去。

柏晟和同事一窝蜂冲出来。驰未深去追许清，可她身边的男人在疯狂射击阻拦。

“子弹往藩篱上打，别让他们过界！一定要拦住！”

驰未深接过柏晟扔来的手枪，迅速加入战斗。

许清被逼得往另一个方向狂奔逃跑，那里是悬崖，悬崖旁边就是下山的公路。

不行，不能让她跑掉！

驰未深眉眼凌厉一顿，转身跳上救护车开车狂飙过去。

许清却并没有下山。她眼尖地看到藏在草丛里穿着防护服行动不便的顾笙，绕开藩篱直奔她而去。

驰未深的车子刚开到跟前，就看到许清手里的匕首已经死死摁在顾笙脖子上。顾笙昏昏沉沉地被拖拽到悬崖边，眼前的景象时而模糊时而清晰。

她感到脖子上尖锐的刺痛。

驰未深好像中了枪，胳膊一直在流血。

她被勒得喘不过气来，这次却没有哭。

她听到许清几乎癫狂的怒吼声："驰未深！我说过，你骗我，我就拉着你们同归于尽！"

"别冲动！许清，你恨的是我，放开她，我做你的人质。"看着顾笙摇摇欲坠的身子，驰未深喉结焦灼地滚动，拳头攥得手背青筋暴起。

"你？！"许清冷笑一声，"好啊，那你扔了枪，自己走过来！"

如果非要拉一个垫背的，她宁愿拉驰未深。

活着不能得到他，死了得到也不错。

远处的追击还在继续。

驰未深放下枪，一步步朝悬崖边走过去。

"不要！驰老板！你别过来——"顾笙嘶哑的吼声被许清死死遏住。

驰未深走到许清身边，忽然说："如果陆子鸷的死跟你没关系，那三年前那场车祸呢？也跟你没关系？"

许清脸色骤然一白。

"你不是说这次走了可能就再也见不到了吗？！"驰未深语速极快地分散她的注意力，"你真没什么想说的？哪怕只是作为朋友，我辛苦寻找真相这么多年，今天一个人站在这里，就算你说了又能怎么样？你说自己跟这两件案子完全没有关系，那你跑什么？如果只为了骨扇的制作方法，你大可不必绑架勒索，我可以直接送给你！"

"送给我？！"

许清的冷笑越发尖锐："你真把我当傻子啊？！陆子鸷为它杀了人都没能从你手里拿到的东西，你凭什么会送给我？！凭我们的旧情？还是凭以前我那点少得可怜的投资？！而且你口口声声说我做了那么多，你有证据吗？！没有证据你在这儿跟我瞎编什么呢？！"

"如果我有呢！"

"不可能！你怎么可能会有？！"许清气得发狂。

可话一出口就知道自己失言了！

"果然是你。"驰未深和顾笙齐齐变了脸。

许清几乎站立不稳。

惨白的脸色一瞬间千变万化。

可很快就破罐子破摔，几乎癫狂地看着他。

“是我又怎么样？！还不是你家那两个老不死的父母逼我的？！”

驰未深隐忍得额头青筋暴起，脚下的距离越来越近：“我爸妈逼你什么了？他们对你难道还不够好？你有什么不满意的非要杀了他们？！”

“哈，我有什么不满意的？！”许清凄凉地大笑，“你怎么不问问你父母对我有什么不满意的？！三年前他们用陆子鹜的事逼得我几乎走投无路！我为你做的改变还不够多吗？他们凭什么那样对我？！凭什么糟蹋我的感情？！”

她眼泪狂飙，疯狂发泄一般厉声质问。

就在这时，她拽着顾笙的手松了，驰未深趁机蹿过去，一把拽下顾笙，可由于惯性闪躲，许清直直朝悬崖下面落下去。

顾笙被狠狠摔到地上，刚要爬起来，就听身后传来一声重物坠地的巨响。

还伴着许清疯狂的大笑。

她骤然回头。

草地上空无一人。

心被冷箭刺穿，她浑身发冷，疯了一样朝悬崖边狂奔过去。

可只能看到两个极速下坠的影子。

“不——”

顾笙跌跌撞撞向悬崖下的盘山公路跑去，一路磕磕绊绊，摔得头晕眼花，甚至一条腿都被摔断了。

她已经感觉不到疼，心里绝望恐慌到了极点。

驰未深好像听到有人在叫他，又好像没有。

耳边风声呼啸，腹部还在流血，他忽然觉得遗憾。

怎么没再多看她一眼。

怎么没再多抱抱她。

他还答应了要带她回去。

如果做不到，那丫头又要哭鼻子了。

骤然落地的瞬间，有黏腥的血液从他身体里涓涓流出。

天空忽然下起暴雨，电闪雷鸣。

他听到撕心裂肺的号哭，带着苦涩的泪水重重砸下。

他想抬手摸摸她，可好累好累。

怎么都使不上力气。

最终，他的手重重垂下，只剩她孤零零坐在滂沱大雨中。

柏晟赶过来时，就看到顾笙捂在防护罩里，无声而大口地喘着气，眼泪扑簌簌落下，一只腿摔得血肉模糊，却还死死抱着驰未深。

他心口一窒。

同事慌乱地奔上去要把两人抬上担架，可她怎么都不肯放手。

直到柏晟打晕她，众人才把两人弄上救护车。

三天后，所有嫌疑人被抓捕归案。

顾笙穿得严严实实趴在重症监护室外面，眼睛呆呆地看着病床上面色惨白的男人。

“你说，驰老板会不会一直就这么睡下去啊。”话没说完，她又自己否认了，“不会的，不会的，他还说要带我回栾川，娶我呢。”

她手里已经攥了一沓病危通知书。

医生说，他中了枪，又从高处坠落，浑身多处骨折，能醒来的概率很渺茫，甚至能不能度过手术危险期都很难说。

顾笙从隔离病房出来后，就没日没夜地趴在门外看着。

生怕一不小心，他就溜走了。

柏晟看着心里难受，可他要押送嫌犯回栾川，只能请其他同事来照看。

日子一天一天过去，顾笙做了一次又一次血液透析。

她感染的并不是鼠疫，而是流行性出血热，因为错过初期治疗，所以她现在每天游走在死亡边缘。

有一次高烧甚至心跳达到每分钟180下，身体各项指标都紊乱了，还进了重症监护室。可从床上爬起来时，她还是踉跄着跑到驰未深的病房里去看他，紧紧抓着他的手不放。

她喘着粗气说："驰老板，你再不醒，万一我等不到你了怎么办？你看，求婚戒指我都买好了。要不我跟你求婚好不好？这样就算死了，我们也是夫妻了呀。我听说，夫妻死后是可以牵手过奈何桥的。"

她絮絮叨叨地说，他安安静静地听。

可直到顾笙都痊愈了，他还是没有醒。

"那他到底什么时候能醒来？"

医生说："这要看病人的自我苏醒意识。"

……

那你还不如不说。

柏晟无奈地叹口气，连忙跟上前面的顾笙。

"小妹妹，你都好多天没睡了，回去睡会儿吧，我帮你看一天。"

"不用。"

顾笙摇头拒绝，在门口扯出一个弧度好看的笑，这才推开病房门走了进去。

渐渐地，她已经习惯了这样照顾他的生活。

尽管他不会睁开眼看她，也不会像以前一样板着脸训她，跟她说话。可顾笙觉得，只要他还在她身边，就已经很好了。

病床上，驰未深睡得很安稳，冷硬的眉眼俊朗如初，只是瘦了些，下巴胡子拉碴的，像个流浪汉。

顾笙坐到床前，一边用湿毛巾帮他擦脸，一边问柏晟："你今天过来，案子都处理完了？"

"处理完了，我连夜赶过来的。"柏晟拿起床头一个苹果啃了一口，想了想又说，"法医那边陆子骛的死因也检测出来了，不是我们造成的死亡。临死前他服用了大量安眠药。"

那时，驰未深让柏晟发现场照片时，他们在陆子骛手机里发现了一条没有发出去的短信。

——答应你的我做到了，你要说话算话。

电话号码是许清的。

发现陆子鸳那条留言后，他们就觉得事情不大对。幸好去救顾笙之前，驰未深就让柏晟追踪许清，后面的抓捕才会少了许多阻碍。

许清虽然死了，可专案组连夜审讯后，还是从她的同伙那里拼凑还原出了当年事件的背后真相。

顾笙攥到驰未深的手，说："那你说说啊，驰老板应该很想听。"

或许听了，他就醒了呢。

她还在想，放在掌心的手指忽然动了一下。

接着，她就被一双粗糙宽大的手掌紧紧裹住。

"嗯，我是很想听。"嘶哑干涩的嗓音骤然响起，柏晟的苹果掉到地上。

顾笙的心像是瞬间停跳。

她难以置信地抬起头，正对上那双漆黑沉静的眼眸。

她眼眶一热，嘴唇颤了颤，明明有那么多话想说，却哽在喉头，一句都说不出来。

他也看着她，像是过了一个世纪那么久，才拽着她趴到自己身上。

"好姑娘，我回来了。"

"嗯！回来就好，回来就好……"

她无法抑制地颤抖着，一句又一句重复着，声音呜咽得像受了委屈的小猫，夹杂着极致的狂喜和失而复得的后怕。

他的吻狂风骤雨般袭来，顾笙被他吻得喘不过气，可手还死死拽着他，生怕他再次跑掉。

眼泪和着唇齿间的甜腥骤然弥漫，直到她咬破他的舌尖，才有号啕大哭声传遍病房。她哭得撕心裂肺，像要把这些日子压在心底的恐惧和担忧连根拔起，哭到最后，连手都在颤抖。

"是我不好，是我不好。让你一个人等了这么久。"他一遍又一遍重复着，手足无措地擦掉她的眼泪，一次又一次。

直到她哭累了，他也哄累了，一边的柏晟才上来，狠狠砸了一下他肩旁的床头。

“兄弟，恭喜你挺过来。”

这时，顾笙才意识到柏晟还在边上。

想起刚才的现场表演，她的脸瞬间爆红！

舌吻……

驰未深酣畅淋漓地呼了口气，又拽着顾笙狠狠吻了一口，在她舌尖上留下属于自己的印记，像是恐慌后的再次确认。

顾笙推他，嗓音糯糯地抱怨，“你干吗呀驰老板，我也是病号呢！”

驰未深哼笑一声看着她：“病号我也想欺负你。”

“哎哎哎，你们俩虐狗不要太过分啊！”柏晟终于忍不住捡起苹果抗议。

驰未深不自在地轻咳一声。

顾笙也不好意思地偷笑一下。

她擦了下泪痕，这才又转身看向柏晟：“不虐你了，那你继续讲。”

“三年前到底发生了什么？”

柏晟他们发现的是陆子鸷和许清见面时无意间录下的一个视频。

许清抱臂站在窗前，点了根烟，红唇妩媚地俯视着跌坐在她面前的陆子鸷，语气满是讥笑：“陆子鸷，逼我回国的时候你可不是这副嘴脸。”

“是，我现在落魄成这样，你怎么说都行。我不想跑了，你自己逃吧，三年前的事我也不会告诉任何人。”他眼底一片颓然。

许清却凄厉地笑起来。

“你真以为我还会相信你吗？！三年前说要帮我建立商业王国的是你，让我变成杀人犯的也是你，现在你说不想逃就不想逃了？我怎么知道你会不会对警方反咬一口？！”

陆子鹜颓然地望着天花板，好半天才说：“你不是一直想让我死吗？只要你放了周琦，我就销毁三年前你在驰家汽车里做手脚的视频。你继续逃你的，我去拖住警察。我死了，警察结了案，就再也没人会威胁你了。怎么样，这个买卖是不是很划算？”

许清惊愕，随后嗤笑：“没想到你还是个情种。”

他哪儿是什么情种啊。

陆子鹜自嘲一笑，却忽然想起那个女孩素面朝天的脸。

他总想着让她忍一忍，等他凑够本钱翻了身，就娶她，给她一个家，以前的种种他也不会介意。

为了拥有无尽的权力和金钱，他挖空心思，剑走偏锋，甚至泯灭良知杀人抢夺。

可现在才知道，自己一直走的是一条错路。

走不通啊。

他最后能做的，也只是用自己的一条烂命，换她一世平安。

祈求一个来生。

如果有来生，他一定好好待她，给她一个家。

可她还会原谅自己吗？

陆子鹜闭上眼，忽然再也想不下去。

周琦？！

顾笙心里咯噔一下，连忙要去打电话确认，却被柏晟阻止。

“别担心，许清没有绑架周琦，她只是伪造了一份录音骗了陆子鹜。”

“那在缅甸边境，她说的那些话也是假的？”

柏晟心情复杂地叹了口气：“也不算是。”

柏晟说出了一个连驰未深也不知道的秘密。

“其实许清并不是什么富家小姐。

“她从小被父母抛弃，在亲戚家寄人篱下，后来遇到深哥，因为内心极度自卑，编造了所谓的身世和过往，才会不惜一切想往上爬，想让谎言变成真的。

“可她还没来得及圆了自己撒下的谎，深哥的父母就无意间发现了这个秘密，还有她与陆子鹜的图谋。许清怕深哥父母毁了自己的爱情和前途，惊慌之下，才制造了那起车祸。

“因为长时间的自我拉扯和怨恨，这几年，许清的精神一直在慢慢崩溃，只记住了自己想记住的事，其他虽然能客观描述出来，但总觉得都是别人的错。

“可能内心深处，她一直认为，如果不是深哥的父母发现了她所做的一切，事情就不会变成现在这样。

“心理疾病的一种。”

顾笙哑了哑口，下意识去看驰未深，却发现他也正看着她。

“你看我干什么？”

他勾了勾唇：“怕你吃醋。”

顾笙心里一暖，忽然伸手抱住他的腰，肆无忌惮地蹭了蹭。

柏晟仰头望天几秒，还是选择默默离开，灭了自己这盏超大号电灯泡。

柏晟走后，顾笙窝在驰未深怀里许久，才满眼担心地问他：“驰老板，你现在还难过吗？虽然知道了真相，也抓到了凶手，可你的家人却再也回不来了。你难过吗？”

驰未深低头看了眼树袋熊一样的小丫头，嗓子一热，心被撞了个满怀。

“不难过了。”

他其实有过执念，甚至在知道陆子鹜那么轻易死掉后，被无名的愤怒和悲凉笼罩。

直到被顾笙抱着躺在血泊中，听见她撕心裂肺的痛哭声。

那一刻，许清虽然还没被抓到，可他却忽然意识到自己被死死禁锢在过去，忘了珍惜眼前最重要的人。

他不敢想如果真的失去她，自己会不会疯掉。

现在，为父母讨回了公道，他也终于可以放下过去，向前看了。

驰未深出院回栾川是在半个月后。

那时除了肩膀上的枪伤，他身上的其他伤口都已经在逐渐愈合。顾笙也是，只是她脚上缠的绷带还是会影响到穿高跟鞋。

驰未深给她买了双内增高的平底运动鞋，帮她穿鞋的时候，驰未深说：“其实你以后不用穿这么高的鞋子。”

顾笙咬着下唇没吭声。

心里却想，我还不是怕你嫌弃我。

他像是能读懂她的心一样，挑眉坏笑：“反正你这么丑我都不嫌弃了，矮点也没什么。”

欠打啊。

顾笙忍不住咬了咬牙，在从医院出去时，狠狠在他腰上掐了一把。

掐完就跑。

驰未深也拿她没辙。

她一瘸一拐地跑，他就双手插兜跟在身后，在漫天秋叶里看着她，眼底晕开清浅的笑，俊朗的眉眼格外迷人。

他一笑，她就被电得晕晕乎乎，乖乖停下来等他，像只乖巧的小狐狸。

驰未深狠狠在她耳朵上捻了捻，惹得她面红耳赤心跳加速。直到一双灵动的眼睛水汪汪地望着他，才肯罢休。

这算是驰老板自创的惩罚方式吗？

好害羞呀。

但她喜欢。

但顾笙没想到，这次来青石镇，虽然受了伤，却也因此迎来了意外收获。

那是他们回到栾川的第四天。

网络电视到处都在报道陆氏集团这件案子。

这时，陆倩再次找到她，说要跟她聊聊。

顾笙一想到当初她可能和许清有过什么不为人知的交易，就不太想去。可转念一想，他们合同的后续也要处理，不如就趁这个机会去处理一下。

说干就干。

趁驰老板出门的空当，顾笙换了套衣服，稍作打扮，和陆倩约在A大校园旁边的西餐厅里。

餐厅还是老样子。

陆倩的肚子仿佛更大了。

顾笙打车过去的时候，她已经坐在靠窗的位置看着外面的行人发呆。

她整理了下自己的抵触情绪，上去打了个招呼："陆小姐。"

"小顾啊，赶紧坐吧。"

陆倩看到她，笑眯眯的，丝毫没有不好意思的感觉。

……

四天前，顾笙刚下飞机，就在机场看见等着要微型摄像头的陆倩。因为想尽快回去休息，所以她交接得很爽快。

交接完第二天，骨扇店骨扇被盗一案的相关画面和录音就曝光在新闻里。加上这件案子的热度，一时被炒得沸沸扬扬。

只是关于合同和报酬的事，他们谁都没再提。

随便聊了几句客套话之后，陆倩终于转入主题："小顾，之前的事很不好意思，我也不知道盗窃骨扇其实是许清他们策划好引我找上你的。这件事对你造成的伤害……"

"没关系，都过去了。"

"嗯嗯，那我就开门见山了。是这样，你暗访调查拍摄的录像画面和录音曝光后，多家媒体都来问过你是不是我们公司的员工，想挖你过去工作。我和我们领导商量了一下，想问问你对长期做记者这个行业有没有兴趣。如果有兴趣，可以来我们公司上班。"

嗯?

顾笙有点蒙。

"可我……"

她虽然心里跃跃欲试，但还是尴尬地笑了笑："可我不是你们这个专业的，而且学历也不够……”

陆倩说：“这个没关系，主要是公司看中你的暗访能力，还有敢拼敢闯的执拗劲儿。你也知道，学历虽然重要，但公司更缺的是有能力的人。其实进入我们公司上班，还有一个条件。公司想就这次的事对你做一个独家采访。”

除了警方，只有顾笙亲眼见证了这件案子的凶险过程，这是很多人都好奇和想知道的。

陆倩公司的想法也没错。

破例降低门槛招揽一个人才，再为公司带来相关利益，这是双赢的局面。

说到这儿，顾笙心里的底气忽然就足了。反过来想，正是因为她现在有能给公司带来利益的资本，人家才会主动跟她交谈，给她这个机会。

不是被施舍，而是等价交换啊。

她心里一喜，当然是特别乐意了。还是保持理智问了下薪资待遇和工作内容之类的。

陆倩回答得很详细。

“薪资待遇和普通记者一样，晋升制度也是，但我之前就听说你已经在自考新闻专业，三年内你只要拿下从业资格证就行。毕竟让你进公司已经是破例了，后续能补的东西还是得补上，你能理解吧？”

顾笙能理解。

只是没想到，自己曾经幻想过的，离开灰色边缘地带，找一份喜欢的工作去奋斗的梦想，会这么快实现。

有种忽然被馅饼砸晕的错觉。

但……

“驰老板，其实我还是有点儿心虚。”

驰未深好笑地帮她擦药，一边擦，一边挑眉问：“你心虚什么？”

“就是……虽然我的确是为追骨扇才去青石镇的，可后来发生的一切，很多时候并不是我主观意识去做的，而是被动发生的啊。”

所以别人夸她勇敢坚毅什么的……

她很心虚。

觉得带了私心的奋不顾身和勇敢好像配不上别人的赞誉。

可驰未深却说："不论初衷是什么，过程都是你自己经历的，伤痛和曲折也都发生在你身上。你没有欺骗大众，就算这次是误打误撞，可机会来了，就好好抓住它。你能做的，是得到这个机会后，做每件事之前都坚定自己的初衷，就当……"

"就当吃一堑长一智了，对吗？"

她眼睛亮晶晶地望着他。

好像忽然懂了。

驰未深颔首："是这个意思。"

说完又低头继续帮她处理伤口。

有了驰老板的鼓舞，顾笙心里安定了不少。

第二天一早，她就打电话给陆倩，说自己考虑好了，两人约定了入职日期。

而驰未深在处理完许清的案子后，也辞掉了警局的工作，专心经营骨扇店。

顾笙觉得可惜。

驰未深却第一次开口跟她讲自己的事。

"相对而言，其实我更喜欢做骨扇。而且我在警务系统使用的身份，也不是自己的。而是我那个双胞胎哥哥的。"

他们长得一模一样，学的专业也一样。

毕业后，哥哥进了公安部门工作，驰未深却并不喜欢稳定的工作，一心想经商。

直到三年前那件案子发生后，驰未深想要调查，想要寻找真相，所以冒用了哥哥警察的身份。

这也是当初许清拿视频威胁他的原因。

"这件事只有极少数同事知道，甚至有人怀疑是我为了独吞骨扇店和陆子鸯他们串谋的。所以如果被举报，就再也没有机会亲手找到真相了。”

原来是这样。

顾笙有些惊讶，可想了想，又抱住他。

“没关系，驰老板，以后我做你的家人。”她仰头笑眯眯地望着他，“好吗？”

他逗她：“既然你意愿这么强烈，那我就勉强同意一下。”

“喂喂喂，这时候难道不应该温情点趁机对我说点什么山盟海誓，回应我一颗赤裸裸的真心吗？”

顾笙忍不住撇嘴抗议，却被驰未深伸出两只手捏住，哼笑着说：“吵。”

那时他们正在往陵园的路上。

驰老板生日，所以带她来看看家人。

顾笙也是第一次见到驰未深的哥哥。

因为要冒用他的身份，所以他的墓碑一直没有刻上名字和照片。现在，他终于与父母并排葬在一起。

站在墓碑前，顾笙把曾经说过的话在心里说了又一遍。

和驰老板携手闯过这场风雨艰险后，她已经足够确定自己的心意。

可让顾笙纳闷的是，从青石镇回来，除了每天替她擦药换药，驰未深连睡觉都不抱着她了。

难道是嫌弃自己差点得了鼠疫？

不应该啊。

他又没被感染。

思来想去，她还是决定主动出击。

反正今天是驰老板的生日……

喝醉酒，借着酒疯做点什么坏事，应该也没有关系吧？

在心里安慰自己一番后，顾笙一路装睡，直到从陵园回到驰老板的B市公寓。一进门，她就跑上楼去洗澡。

驰未深看着那道纤细娇小的背影，问她：“一会儿还要帮你换药吗？”

“不用啦，我伤口已经彻底好了！”

好了？

他敲着桌子轻轻磨了下牙，眼底有晦暗不明的光芒一闪而过。

浴室里，顾笙洗完澡，站在镜子面前将自己全身上下涂了厚厚一层香体乳。

拍干，喷点香水，然后……

她咽了咽口水，把目光挪向衣架上只遮住了三点的情趣内衣。

想起晚上周琦发微信说——姐们儿，好样的！女人就是要敢于做真正的勇士！

……

——我怕诱惑不成，万一被驰老板丢出去怎么办？

那多丢人啊！

可周琦却说——那套情趣内衣如果还能忍住，那……你还是劝劝你的驰老板去医院男科看看吧……

……

哎呀不行，脸好热。

顾笙用手扇了扇风，在镜子面前忐忑不安。直到楼下送蛋糕外卖的人敲门进来，又走了，她这才一狠心一咬牙。

穿！

穿上后，她拿起一旁的浴巾将自己裹了个严严实实。

下楼时，驰未深也换了衣服。

头发湿漉漉地滴着水。

顾笙注意力一转移，心里的紧张也就烟消云散了。

“驰老板你也洗澡啦？”

“嗯。”

他低头点了根烟，想了想，又掐灭。

顾笙关了灯，跑到他对面的沙发上坐下：“那我们快点蜡烛吃蛋糕。”

“对了，你还要许个愿。”她说着，纤细白皙的手掌已经摸过驰未深手边的打火机，蹭蹭两下点燃了蛋糕上的蜡烛。

她裹着浴巾，白皙的肩膀和锁骨暴露在空气里，像滑腻的牛奶，触手微凉。

驰未深舔了下后槽牙。

吃完蛋糕，两杯红酒下肚，顾笙有点撑。却还惦记着那点小心思，一下一下往驰未深身边蹭。

驰未深余光看着，没动。

顾笙见他没动，以为他没发现，蹭过去的动作更加明目张胆。

“驰老板——”

“嗯？”

“你还没说想要什么生日礼物呢？”她说着，嗓音糯糯地窝进他怀里。

驰未深笑了下，声音有点哑：“我没说你就没给我准备？”

“谁说我没准备，我准备了！”

“攀岩啊，骨扇啊，还有，这蛋糕也是我用自己的钱帮你买的，这还不算嘛？”

“还有呢？”

“还有……”

顾笙开始紧张。

喝的酒还是不够多啊。

早知道就多喝点了。

她忍不住咬咬牙，仰头瞄了驰未深一眼，他的目光落在茶几上，没看她。纠结了几秒，她才忽然起身站在他面前，伸手解开浴巾，脸爆红。

“还有我。”

说完，她紧紧闭上眼，心里那根线几乎断掉。

沉静的目光在她身上一扫而过。

顾笙听到自己心脏剧烈跳动的声音。

可好半天，对面都没什么动静。

她小心翼翼睁开眼，就看到驰未深正眸色深深地望着她。

脸热得快要爆炸。

对上他的眼，她心一慌，就乱了："你要是不喜欢……不喜欢的话……那我还是，改天送你个别的好了……我……我……"

"你什么？嗯？"正说着，驰未深已经骤然起身，从背后打横抱起了她。

他低低地笑："就这点儿胆子。我还以为你有后招，等着看呢。"

嗯？

顾笙总觉得哪里有点不对，直到进入正题时，某人淡定从容地从桌子上摸过早就备好的小雨伞。她才瞬间反应过来。

"驰老板……你竟然……扮老虎吃猪！"

"嗯？你是猪？我怎么觉得你像个小妖精？"

说着，他更加用力。

直到看见她被折腾得嘤咛出声，一句嘴也顾不上还，他才心满意足地勾了勾嘴角。

……

这一夜，浮浮沉沉，格外漫长。从梦里醒来时，已经第二天中午一点多，顾笙全身炸开了一样酸疼。

她从被子里爬出来，腿软地在房间里找了一圈，都没有看到驰未深的影子。直到半小时后，她点了外卖，吃得正欢，他才从外面开门回来。

看到她，他挑挑眉："这么快醒了？"

他不说还好，一说，顾笙想到昨晚，脸又热起来。

"害羞什么，嗯？"

他坐过来，手里拎着一袋药，被她躲来躲去的样子逗得心情愉悦。

"哎呀你好烦，让我好好吃饭。"她埋头不看他。

就听到他又低低笑开，胸腔里的震动几乎将她酥死在里面。

吃完饭，顾笙上楼去换衣服，准备回栾川。驰未深顺手把桌上的药扔给她："疼的话记得擦擦。"

嗯？

顾笙一看——

脸又爆红。

热死她算了！

怎么在一起这么久还经不起调戏啊。

她有点郁闷，可心里更多的是甜蜜。

回栾川这段日子以来，驰老板兑现了以前所有答应她的事。

一有空就陪在她身边，每天定时汇报行踪，还陪她做各种幼稚但开心的小事，好像自从跟他在一起以后，从前受过的苦，都化为了满满的幸福。

从B市回去时，顾笙拉着驰未深陪她去A大咨询申请毕业证的事。自考的最后四门专业课的成绩出来，她都合格，现在就等拿到毕业证，去考从业资格证。

走进校园，驰未深立刻就吸引了很多女生的目光。

“快看，那不是驰老板吗？”

“是啊，好久都没见他了。”

“那个谁上次还去骨扇店找他了呢，结果连一句话都没说上。”

“哎，你们看，他身边怎么还是那个女的啊？”

“对啊对啊，感觉好不搭，应该不是女朋友吧？”

“那我们要不要上去搭个讪？”

……

顾笙看着驰未深挺拔的背影，心里一怯，下意识要后退，却被他忽然伸手拽住。

“你干吗？”她疑惑地看着他。

驰未深漆黑的眼睛看了她几秒，却伸手揉揉她的脑袋，没有说话。下一秒，他蹲下身，替她重新系起散开的鞋带。

周遭的议论更加哗然。

顾笙却眼眶有点湿。

一颗心扑通扑通跳个不停。

“驰老板，你这样多少少女心都要碎掉了。”

“我管她们做什么？”他挑眉看她，“你的心碎不碎对我来说才最重要。”

系好后，他起身，再往前走时，顺势把她拽到自己身边，手掌裹着她的手插进衣兜。

秋风凛冽，顾笙却觉得好暖和。

她满心欢喜地跟着他，连脚步也轻盈了起来。

“哎，驰老板，你说，你是什么时候喜欢上我的呀？”

“这重要吗？”

“当然重要了！如果不重要的话，那你觉得什么重要？”

“我觉得？”

他忽然停下脚步，四处看了看。

顾笙觉得奇怪：“你看什么呢？”

驰未深挑眉笑：“看周围的人够不够多，能不能给我们家小狐狸带来安全感。”

嗯？

顾笙还在想什么，就看到他忽然从右侧口袋里掏出一个丝绒的小礼盒。

她的心晃了一下，整个人都开始发蒙。

驰未深从礼盒里拿出一枚戒指，说：“我这个人其实并不喜欢张扬。但如果你想要安全感，我不介意给你。怎么，不喜欢？”

他轻笑着看她，把戒指推进她的无名指。

顾笙嘴唇颤了颤，眼眶好热，却说不出一句话，好半天才说：“你还没问我愿不愿意呢！”

“那你愿意吗？”

“嗯！”

她重重地点头，擦了把眼泪。

过了一会儿才仰头望着他说：“但驰老板，我现在才刚刚开始工作，我想等到有能力和你并肩的时候，再结婚。”

“所以在这之前，我们就先谈恋爱……好吗？”

他看着她忐忑的眉眼，忽然低头一笑，抵着她的鼻尖说：“好啊。反正你追我那么久，也该我等等你了。不然多不公平，是不是？”

那一刻，她的心仿佛又如初见时，听见雨滴打在玻璃上的淅沥之声，鸟雀失重飞过屋檐下的叽喳啼鸣。

只是这一次，沦陷得更加彻底。

【全文完】